오늘은
뭘 만들까
과자점

옮긴이 이규원

한국외국어대학교에서 일본어를 전공했다. 문학, 인문, 역사, 과학 등 여러 분야의 책을 기획하고 번역했으며 현재 전문 번역가로 활동중이다. 옮긴 책으로 미야베 미유키의 『이유』, 『얼간이』, 『하루살이』, 『미인』, 『진상』, 『피리술사』, 『괴수전』, 『신이 없는 달』, 덴도 아라타의 『가족 사냥』, 다치바나 다카시의 『천황과 도쿄대』, 쓰네카와 고타로의 『야시』, 『천둥의 계절』, 사토 다카코의 『한순간 바람이 되어라』, 『슬로모션』, 슈카와 미나토의 『도시전설 세피아』, 『새빨간 사랑』, 마쓰모토 세이초의 『마쓰모토 세이초 걸작 단편 컬렉션』, 『10만 분의 1의 우연』, 『범죄자의 탄생』, 『현란한 유리』, 우부카타 도우의 『천지명찰』, 구마가이 다쓰야의 『어느 포수 이야기』, 모리 히로시의 『작가의 수지』, 하세 사토시의 『당신을 위한 소설』, 가지야마 도시유키의 『고서 수집가의 기이한 책 이야기』, 도바시 아키히로의 『굴하지 말고 달려라』 등이 있다.

오늘은 뭘 만들까 과자점

사이조 나카 지음
이규원 옮김

북스피어

차례

일러두기
본문의 모든 주는 옮긴이 주입니다.

南 星 屋

첫 번째 과자

카스도스

고지마치는 에도 성 한조 성문에서 서쪽으로 뱀처럼 길게 휘어진 동네이다.

그 중간쯤인 6초메우리나라의 읍과 흡사한 '초'를 보다 잘게 나눈 행정 구역 뒷골목에 과자점 난보시야南星屋가 있다.

폭이 한 칸약 1.8m 남짓한 작은 가게는 별난 옥호 말고는 이렇다 할 특징이 없다. 고지마치는 북쪽에 반초쇼군을 직접 알현할 수 있는 고위 무사인 하타모토들이 주로 살던 동네, 남쪽에 소토사쿠라다센다이번의 상번저가 있는 곳으로, 상번저는 무사가 정무를 보는 에도에 위치한 저택이다가 있어 무가 저택이 늘어선 지역이라 자연히 무가를 상대하는 가게가 많았다. 과자점도 대개 고급스러운 나무 상자에 담긴 선물용 과자를 파는 가게였다.

하지만 난보시야는 그런 과자점들과는 어딘가 달랐다.

널문 두 짝은 늘 한낮이 다 되도록 닫혀 있다. 그러다가 정오 일각1각은 약 2시간 전을 고하는 네 번째 시종時鐘이 울리면 손님이 하나 둘 나타나기 시작하여 가게 앞에는 짧은 줄이 생긴다. 줄은 시간이 지날수록 길어져 많을 때는 사오십 명을 헤아렸다. 매일 줄을 서다 보니 손님들도 익숙해져서, 통행을 방해하지 않도록 구불구불한 열을 짓고 저희끼리 잡담에 열을 올리며 개점을 기다렸다.

정오 시종 소리와 함께 널문이 치워지면 기다리고 기다리던 개점이다.

"오래 기다리셨습니다, 손님 여러분. 오늘도 난보시야를 찾아 주셔서 감사합니다."

올 정월에 열여섯 살이 된 간판 아가씨가게에서 손님을 응대하는 매력적인 젊은 여성 오키미가 탄력 있는 목소리로 인사하면 손님들 사이에서는 어김없이 이런 소리가 나온다.

"오키미 짱, 오늘은 어떤 과자야?"

난보시야에는 정해진 명물 과자가 없다. 지헤에는 계절별로 열 종쯤 되는 과자를 정해 두고 재료 조달 상황이나 날씨, 혹은 자신의 기분에 따라 그날그날 다른 지방의 과자를 내놓았다.

에도에서는 좀처럼 맛볼 수 없는 진기한 과자 덕분에 연일 손님이 끊이지 않았다.

"오늘은 무사시 구마가야 지방의 고카보, 이요 마쓰야마 지방의 벚꽃양갱입니다."

오키미가 견본품을 담은 쟁반을 손님에게 내밀었다.

"벚꽃양갱이라니, 요즘 철하고 잘 어울리는군. 오, 정말 벚꽃 빛깔이네."

맨 앞에 선 남자가 신기한 듯 찬찬히 살펴보자 뒤에 있던 손님들도 끌어당겨진 것처럼 상체를 내밀며 들여다보았다.

"이 과자 이름이 뭐야?"

남자 손님이 엄지손가락만 한 굵직한 과자를 가리켰다. 오키미 옆에서 상냥한 목소리가 흘러나왔다.

"엿으로 굳힌 밥풀과자를 콩가루와 엿을 섞어 만든 피로 싸고 다시 콩가루를 묻혀 만든 고카보예요. 니코, 지치부 등 관동팔주 어디서나 만들어 먹는 과자인데, 무사시 구마가야 지역의 고카보가 제일 맛있다고 합니다."

막힘없이 대답한 사람은 오키미의 어머니 오에이였다.

"거 맛있게 생겼네. 그럼 양갱 하나에 그거 여덟 개만 싸 줘."

"나는 양갱 두 개에 고카보 열다섯 개만 줘."

"예, 감사합니다! 이쪽 손님은 44몬에도 시대 화폐 단위, 이쪽 손님은 85몬입니다."

오키미는 낭랑한 목소리로 능숙하게 손님을 응대하기 시작했다. 오에이는 과자를 포장하고 거스름돈을 건넨다. 손님의 줄은 좀처럼 줄어들지 않았고 봉당보다 한 단 높은 다다미방에 쌓아 둔 과자 상자 더미는 금세 높이가 낮아지고 있었다. 불과 일 각 만에 과자가 거의 다 팔리자 오키미는 품절을 예고했다.

“죄송합니다. 이제 양갱은 다섯 개, 고카보는 스물두 개 남았습니다. 이 손님 뒤에 계신 분들은 다음에 다시 찾아 주세요.”

줄 뒤쪽에 있던 손님들이 낙담한 얼굴로 가게 앞에서 흩어졌다. 마지막 과자는 남은 세 손님이 상의해서 나누어 구입했고, 이로써 난보시야는 오늘도 준비한 과자를 전부 팔아 치웠다.

“벌써 품절인가. 오늘은 한결 빨리 팔렸군.”

마지막 손님이 꾸러미를 기다리고 있을 때 가게 입구에 삿갓 쓴 승려가 나타났다.

색 바랜 먹빛 가사는 후줄근하고 둥근 갓 밑으로는 넓은 하관과 각진 턱이 보였다.

“어머, 오셨어요, 고로 할아버지. 안으로 드세요.”

오키미가 스스럼없이 인사하자 승려는 가게 구조를 잘 아는 듯 가게 옆을 지나 안채로 들어갔다.

“저 꾀죄죄한 스님 또 오셨네. 난보시야 주인장 친척이라도 되나?”

“몰랐어? 저 스님이 주인장 동생이야.”

“뭐? 저 거지 스님이…… 아차, 미안.”

손님들이 나누는 대화에 오키미가 깔깔 웃었다.

“할아버지한테 과자 좀 달라고 자주 오시는걸요. 거지 소리 들어도 하는 수 없죠뭐.”

삿갓을 벗은 승려가 인상을 쓰자 지혜에가 웃음을 터뜨렸다.

“나 참, 누구 보고 거지 스님이래. 요쓰야 쇼텐지 주지 스님 곳카이를 몰라보고.”

곳카이가 두텁게 썬 벚꽃양갱을 커다란 입에 던져 넣고 투덜거렸다.

올해로 환갑을 맞은 형은 웃음으로 얼굴을 우그러뜨리며 동생에게 찻잔을 내밀었다.

“나는 이 가게 이름을 지은 대부잖아병약한 아이, 혹은 부모의 액년에 태어난 아이는 대부를 세워 이름을 받았으며, 대부와 아이의 인연은 평생 이어졌다. 대부의 작명을 통해 대부의 힘이 아이에게 전해진다고 믿은 데서 나온 풍속. 파는 과자 조금 먹는 게 무슨 허물이라고.”

“네가 꼭 그 이름으로 하라고 우긴 거잖아. 나는 영 낯간지러워서 내키지 않던 이름인데.”

지혜에는 길쭉하고 붉은 얼굴과 귓불이 늘어진 복스러운 귀 때문에 주로진도교의 신선이자 일본에서 복을 관장하는 일곱 신의 하나로, 장수·인망·지혜를 상징하는 신을 닮았다는 소리를 자주 들었다. 곳카이는 주로진을 염두에 두고 가게 이름을 지었다. 난보시는 남극성을 말하며, 주로진은 남극성의 화신이었다.

“옥호를 지어 준 덕이 높은 스님께서 고생을 무릅쓰고 몸소 찾아와 살펴 주시는데, 요즘은 오키미까지 나를 우습게 본단 말이지."

원래대로라면 화려한 금빛 가사를 걸치고 시중드는 승려까지 거느리고 훌륭한 가마를 타야 하는 격이 높은 주지 스님이다. 굳이 후줄근한 차림으로 슬쩍 절을 빠져나오는 것은 천성이 짓궂은 동생다운 장난기였다.

스스럼없이 책상다리를 틀고 앉은 스님은 후룩후룩 요란한 소리를 내며 차를 마셨다.

지혜에가 저도 모르게 후후 웃었다.

"하는 행동이 그리 투박하니 너도 공경받기는 힘들겠구나."

쇼텐지는 요쓰야에 있는 대형 사찰로, 고지마치에서 엎어지면 코 닿을 데 있다. 곳카이는 평소 수십 명이나 되는 승려들의 우두머리로서 수행에 힘쓰며, 그만한 대찰大刹이므로 고관이나 다이묘지방의 영토를 다스리는 영주인 무사를 모시거나 다른 사찰과 교류하는 등 이런저런 일로 바쁘다. 바쁜 와중에 종종 난보시야에 찾아와 좋아하는 과자를 배부르게 먹는 것이 곳카이가 무엇보다 고대하는 즐거움이었다.

"이 양갱도 훌륭하지만 역시 요전에 먹은 카스테라가 특출나게 맛있었지."

"인로 카스테라 말이냐? 그건 이제 안 만들어."

"저런, 벌써 치워 버린 거요? 오늘도 먹을 걸 기대하고 왔는데."

“계란이 너무 비싸서 역시 카스테라는 우리처럼 작은 가게에는 안 어울려. 카스테라를 만들어 파는 가게라면 에도에 여러 군데 있기도 하고.”

남만포르투갈·스페인을 이르던 이름에서 전해진 카스테라는 요즘 격이 높은 무가나 부유한 조닌도시에 사는 상인이나 장인 사이에서 각광받고 있다. 다만 선물용 고급 과자여서 서민들은 좀처럼 맛볼 기회가 없다.

지혜에가 재료비를 최대한 낮췄지만 인로약 따위를 넣어 허리에 차는 타원형의 작은 합만 하게 자른 카스테라는 개당 36몬이나 했다. 난보시야에서는 파격적인 고가였지만 그래도 사러 오는 손님이 끊이지 않았고 평판도 좋았다.

그런 인로 카스테라가 겨우 사흘 만에 난보시야에서 자취를 감춘 데는 지혜에밖에 모르는 사정이 있었다.

“보통 카스테라보다 촉촉하고 달기도 더 달았지. 필시 당밀을 넣고 설탕도 넣었겠지? 카스테라는 다른 데서도 여러 번 먹어 봤지만 그렇게 색다른 건 처음이었수” 하고 곳카이가 막힘없이 말했다.

카스테라는 본래 씹으면 바삭하니 마른 느낌을 주는 과자였다. 건조한 맛을 좋아하지 않는 시코쿠에서 반죽에 물엿을 넣어 촉촉한 카스테라를 만든 것은 한참 뒤의 이야기다.

“달변은 여전하구먼” 하고 지혜에는 희미하게 웃었다.

"……돌이켜 보면 아주 오래전에 딱 한 번 맛본 것 같기도 해. 그런데 어디서 먹었는지 영 생각이 안 나. 형님은 기억나지 않수?"

곳카이가 탐색하듯 눈을 반짝였지만 지혜에는, 글쎄, 하고 가볍게 흘렸다.

"카스테라에 살짝 변화를 주어 봤던 것뿐이야. 중이 되어서도 식탐은 여전하군."

"술도 안 돼, 생선도 안 돼. 여자도 안 된다잖수. 과자 정도는 마음껏 먹게 해 주소."

"여전하구나, 고로는. 옹고집이 옛날 그대로야."

지금은 조닌과 승려로 마주 앉아 있지만 형제의 본가는 본래 가록 5백 석 하타모토 가문의 자손이었다.

지혜에의 아명에도 시대 무가나 화족 집안의 아이가 어릴 때 쓰던 이름은 오카모토 고헤이지였다. 오카모토가의 차남이며 한 살 어린 고로가 삼남이다.

열 살에 무가 신분을 버리고 과자 장인의 제자로 들어간 것은 스스로 원해서였다. 같은 시기에 고로도 절에 들어갔다.

큰형이 오카모토가를 계승하였는데, 지금은 타계하고 큰형의 아들이 당주로 있다.

지혜에는 우에노 야마시타에 있는 과자점에서 10년을 수행하고

2년간 보은봉공계약 기간이 끝난 뒤에도 주인에게 은혜를 갚기 위해 일정 기간 남아 일하는 것까지 마친 뒤 에도를 떠났다. 기량을 닦기 위해 여러 지방을 돌아다니는 것은 과자뿐만 아니라 어느 분야의 장인이나 거치는 과정이다. 지헤에도 3년쯤 지방을 돌아보고 에도로 돌아올 계획이었다.

그러나 지헤에는 전국을 떠돌며 만난 다양한 과자에 매료되었다.

가도 하나를 지나며 마주치는 낯선 과자만 해도 한두 종이 아니었다. 맛보는 것만으로는 성에 차지 않아 꼼꼼하게 그림으로 그리고 맛과 감촉을 기록하게 되었다.

눈에 띄는 과자는 대개 취급하는 가게가 많은 지역 명물 과자였다. 어디서나 흔쾌히 제조법도 가르쳐 주었다. 재료를 준비하고 숙소 부엌을 빌려 직접 만들어 보며 제조법을 이리저리 궁리했다.

어느새 지헤에는 세상의 과자를 다 먹어 보고 싶다는 생각을 품게 되었다.

떠돌이 장인이 되어 여행길에 만난 과자점에서 1년을 일하고 다시 여행에 나서서 반년을 떠도는 식이었다. 그렇게 16년을 살았다. 방방곡곡을 다 가 봤다고는 할 수 없어도 동쪽 무쓰에서 서쪽 사쓰마까지 지헤에는 애오라지 걷고 또 걸었다.

아내를 만난 곳은 도토미의 커다란 과자점이었다. 아내는 지헤에가 1년 반을 머문 가게에서 하녀로 일하던 처녀였다. 조촐하나마 식을 올렸고, 그 뒤로 지헤에의 여행에 길동무가 되었다. 여자인 만큼 한곳에 정착해 살기를 바랐는지도 모르지만 아내는 지헤에가 추구하는 삶을 방해하려고 하지 않았다.

"우리 다시 길을 떠나요, 여보. 앞으로 당신은 더 많은 과자를 만날 수 있을 거예요. 나는 그런 당신을 위해 길동무가 된 거예요."

아내는 누구보다 지헤에의 바람을 이해하고 그 꿈을 마지막까지 함께하려고 애써 주었다.

외동딸 오에이도 여로에서 낳았다. 아내와 딸 곁에서 과자에 빠져 살아온 지헤에는 아쉬운 게 없었다.

여행을 접고 에도로 돌아가기로 결심한 것은 여로에서 아내를 여읜 뒤였다.

아내는 오래전부터 몸 상태가 나빴지만 지헤에에게 감춘 채 여행을 계속하다 지쿠젠과 히젠 사이의 숙소에서 쓰러졌다. 지헤에는 그곳에서 가장 가까운 성하마을다이묘의 성을 거점으로 형성된 도시인 지쿠고 구루메에 일자리를 얻고 아내를 쉬게 했으나 반년이 지나도록 회복하지 못했다. 아내는 지헤에를 떠나보내려고 했다.

"나는 여기서 기다릴 테니까 당신은 그동안 히젠과 사쓰마의 과자들을 살펴보고 오세요."

지헤에는 망설였지만 아내는 끈질기게 권했다. 결국 일하던 과자점에 아내와 딸을 맡기고 길을 떠났다. 규슈를 샅샅이 돌아볼 생각이었지만 역시 마음이 급해 히젠, 히고, 사쓰마를 돌아보는 것으로 그치고 스무 날도 지나기 전에 구루메로 돌아왔다. 하지만 기다리겠다고 했던 아내는 이미 저승으로 떠난 뒤였다. 지헤에가 돌아오기 불과 이틀 전이었다.

늦지 않게 장례를 치른 것이 그나마 다행이었다. 부인을 사랑하는 마음이 분명 전해졌을 거예요, 하고 주위에서 위로해 주었지만 지헤에는 그저 자신의 깊은 악업을 저주할 뿐이었다.

상심에 빠진 지헤에를 일으켜 세운 것은 여덟 살 오에이였다.

"엄마는 한 번도 아빠를 원망하지 않았어요. 늘 아빠랑 나랑 함께여서 행복했다고 했어요."

오에이는 결코 말을 잘하는 아이가 아니었다. 아내를 닮아 누긋하고 대범한 소녀였고, 아빠가 그림책 대신 내준 과자첩을 차분히 들여다보는 아이였다. 그런 오에이가 그때만큼은 엄마가 생전에 했던 이런저런 말들을 아빠에게 열띠게 전해 주었다.

"엄마의 꿈은요, 언젠가 작은 가게를 내는 거랬어요. 아빠가 만드는 과자를 손님들이 행복하게 사 먹는 그런 가게 말예요."

난보시야는 아내의 유지를 따라 연 가게였다.

"어머, 이렇게 싱거운 차를 드시고 계셨어요? 당장 새로 타 드릴 테니 천천히 말씀 나누고 계세요, 고로 삼촌."

가게 뒷정리를 마친 오에이가 거실에 나타났다.

주지 스님은 금세 기분이 풀어져 각진 얼굴이 환해졌다.

"오키미는 밖에 나갔니?"

"네, 오늘은 바느질 배우는 날이에요. 그 애도 이제 그럴 나이잖아요. 근처 처녀들처럼 두루 배워 두고 싶다고 해서요."

차통에서 차를 한 수저 떠서 찻주전자에 넣었다. 더운 물을 붓자 그윽한 다향이 실내에 감돌았다.

"허, 오키미도 이제 몇 년 뒤면 시집을 간단 말인가. 설마 오에이처럼 시집 안 가겠다고 소동을 피우지는 않겠지."

곳카이가 씩 웃으며 형의 팔을 팔꿈치로 쿡 찌르는 시늉을 했다.

"쓸데없는 소리. 오에이가 혼인할 때 시끄럽게 군 건 고로 너 아니냐. 쪽방에 사는 미장이한테 어떻게 예쁜 조카딸을 줄 수 있느냐면서."

"열 살이 되도록 떠돌이로 살아온 아이가 늘 눈에 밟혔거든. 그러니 조카딸이 조금이라도 편하게 살기를 바라는 게 당연하지."

"저처럼 복받고 자란 딸도 없어요, 고로 삼촌."

삼촌의 말에 오에이가 후후 웃었다.

"매일 여기저기 구경하고 지역 명물 과자도 먹어 보고, 돌아가신 어머니가 꿈꾸던 가게도 삼촌 덕분에 이렇게 마련했으니 아쉬울 게 하나도 없는걸요."

이곳에 난보시야를 차린 것은 오에이가 열두 살 때였다.

지헤에는 구루메의 과자점에서 1년을 일하고 에도로 가는 도중에 도이세의 과자점에서도 1년을 일하는 등 명물 과자 탐색을 계속하며 3년을 두고 에도로 돌아왔다. 예전에 일했던 우에노 야마시타의 과자점에서 일하며 가게를 차릴 돈을 모을 심산이었는데,

"남의 가게에서는 10년을 일해도 노점 하나 차리는 게 고작이우. 돈은 내가 마련해 볼 테니까 천천히 갚으슈. 이자는 당연히 과자로 받을 거유."

하고 당시 이미 아타고시타의 사찰에서 별당일본 사찰에서 주지를 보좌하는 실무 책임자에 상당하는 승직으로 있던 동생이 지체 없이 도움의 손길을 내밀었던 것이다.

고지마치에 가게를 차린 지 22년. 지헤에는 여러 지방의 명물 과자를 만들어 왔다.

오에이는 시집간 뒤에도 가까운 고지마치 10초메에 살며 매일 가게에 나와 일했지만 남편이 바람을 피우자 6년 전 오키미를 데리고 지헤에 곁으로 돌아왔다. 그 탓에 오키미는 미장이 신랑만큼은 사양하겠다고 누누이 말했다.

지헤에는 적어도 오키미가 시집갈 때까지는 세 식구 모두 무탈하게 살아갈 거라고 믿고 있었다.

하지만 난보시야에 난데없는 재난이 닥친 것은 그로부터 불과 이틀 뒤였다.

"나는 역시 과자 장인한테 시집갈래요. 난보시야를 할아버지 대

로 끝내는 건 아깝거든요."

아침마다 하는 재료 준비가 일단락되어 가족이 모여 앉아 아침 식사를 들고 있었다.

"이렇게 작은 과자점에 데릴사위로 들어올 사내가 있겠니."

그렇게 대꾸하면서도 지헤에는 흐뭇한 얼굴이 되었다.

"사윗감 찾기 전에 살림과 바느질 배우는 게 먼저예요."

"무슨 말씀을. 엄마, 돈 계산이라면 내가 누구보다 빨라요."

"가게 살림 말고 가정 살림을 말하는 거야. 조림 하나 제대로 못 하면 어떤 신랑이 좋다고 하겠니."

오에이가 어머니다운 잔소리를 하자 오키미가 볼멘 얼굴로 볼을 부풀렸다.

평소와 다를 게 없는 평온한 아침은 불쑥 나타난 불청객에 의해 깨져 버렸다.

누군가 가게 문을 거칠게 두드리더니 바깥이 시끄러워졌다. 이웃이라면 옆의 현관을 두드렸을 것이다. 심상치 않은 소리에 세 식구가 엉거주춤 일어서려는데 굵은 목소리가 날아들었다.

"남부 마치부교쇼에도에 거주하는 평민들의 사법, 행정, 치안 등을 관장하는 관청으로, 남과 북의 두 개 조직이 있었다다! 난보시야 지헤에는 문을 열라!"

서둘러 일어서려는 오키미를 말리며 지헤에는 복도를 지나 가게로 나갔다. 먼저 문밖을 향해 대답하자 그때까지 태풍이라도 닥친 것처럼 흔들리던 널문이 즉시 조용해졌다.

널문을 치우고 조심스레 밖을 내다본 지혜에는 흠칫 놀랐다.

검은 마키바오리밑자락을 안으로 접어 허리띠 속에 집어넣어 활동에 편하도록 입은 하오리 차림의 마치부교쇼 도신요리키 밑에서 지금의 경찰 업무를 맡던 하급 관리과 수하로 보이는 네 명의 사내가 험악한 얼굴로 지혜에를 노려보고 있었다.

중년의 도신이 엄숙하게 고했다.

"난보시야 지혜에, 네가 판 과자를 두고 히젠 히라도 번에서 고소했다. 조사를 위해 부교쇼로 가야겠다."

뭐라고 대꾸할 틈도 없이 지혜에는 부하 두 명에게 양팔을 붙들렸다.

"카스도스라는 이름을 들은 적 있나?"

지혜에는 부교쇼 조사실 마루에 무릎을 꿇고 조사관 요리키고위 무사인 마치부교를 보좌하여 도신을 지휘하는 중간 관리자에게 심문을 받았다.

요리키는 한 단 높은 다다미방에서 지혜에를 내려다보고 있고, 옆에는 지혜에를 연행한 도신이, 뒤에는 붓을 잡은 서기가 대기하고 있었다. 그 밖에도 정장을 차려입은 무사 두 명이 요리키의 등 뒤에 서 있었는데, 조사에 입회한 히라도 번의 가신이었다.

지혜에는 요리키 앞에서 어깨를 움츠리고 대답했다.

"……아뇨, 처음 듣습니다."

"카스도스라는 건 히라도 번 마쓰라가에서 제조법을 대외비로

정한 오토메과자다이묘가 다회나 법회에 내놓는 명품 과자로, 지정된 곳에서만 제조하고 판매할 수 있었던 과자다."

고개를 숙이고 있던 지헤에의 눈이 살짝 커졌다.

다행히 관리들 눈에는 띄지 않았고, 요리키는 이야기를 이었다.

'달다'를 포르투갈어로 '도스'라고 하는데, 카스도스는 단 카스테라를 뜻하는 말이라고 한다.

"그 대외비 과자를 네 가게에서 판 적이 있다."

"그, 그럴 리가요……. 저는 무슨 말씀인지 통……."

"시치미 떼지 마라! 이번 달 초에 난보시야가 판매한 인로 카스테라는 카스도스가 틀림없다고 히라도 번 가신이 직접 고소했다."

대체 어떻게 제조법을 훔쳐 냈는지 상세히 조사해서 범인을 처벌해 달라는 고소장을 마쓰라가의 에도 가로다이묘 가문의 에도 저택을 맡아서 지휘하며 번주藩主가 에도를 떠나 있을 때는 그를 대신할 권한을 갖는 요직 야하기 히로쓰구에게 받았다고 요리키가 고했다.

나이가 들고 나서는 좀처럼 땀을 흘리지 않게 된 몸에서 식은땀이 배어 나왔다.

"듣자하니 지헤에, 젊었을 때 여러 지방을 돌아다니며 수많은 과자를 견문했다지? 그때 히라도 섬으로 건너가 누군가에게 제조법을 얻어들은 게 아니냐?"

"당치 않습니다. 애초에 저는 히라도에 건너간 적도 없습니다."

히젠 지방을 돌아본 것은 아내가 구루메에서 자리보전하고 있을 때였다. 일정을 서두른 탓에 나가사키에 가 보는 것이 고작이었고 히라도 섬에 가려고 배를 탈 여유는 없었다.

하지만 아무리 해명해도 입증할 방법이 없었다. 조사관 요리키는 당시의 여정을 집요하게 캐물었다. 조사하는 요리키와 조사받는 지혜에 모두 지친 기색을 보일 때였다. 도신 한 사람이 조사실에 들어와 요리키에게 뭐라고 귀띔했다.

"뭐? 그게 정말이냐?"

요리키의 안색이 변했다. 도신이 나가자, 이거 골치 아프게 됐군, 하는 표정으로 지혜에를 쳐다보았다.

"오늘 조사는 이것으로 마치겠다. 일단 귀가하도록, 지혜에."

번의 에도 가로가 몸소 고소한 건이다. 자백할 때까지 부교쇼 유치장이나 감옥에 갇힐 각오를 하고 있었다. 히라도 번의 가신도 그런 줄 알고 있었는지, 이의를 제기하려 했지만 요리키는 그들을 제지하며 엄숙하게 고했다.

"내일 진시오전 일곱 시부터 다시 조사하겠다. 마치나누시에도의 평민이 사는 지역의 행정을 담당한 조닌와 집주인공동주택 나가야의 주인. 입주자의 신원 보증인이기도 했다에게는 호출장을 보내 두겠다. 두 사람과 함께 이리로 출두하도록."

지친 걸음으로 부교쇼 현관을 나서자 오에이와 오키미, 그리고 곳카이가 기다리고 있었다. 세 사람은 얼마나 애를 태웠는지 다들 근심 어린 얼굴로 지혜에에게 달려왔다.

지혜에는 동생을 보고서야 상황을 이해했다.

"그래, 네가 힘써 준 거냐. 괜히 고생시켜서 미안하다."

진보랏빛 비단에 은사로 당초 무늬를 수놓은 화려한 가사를 걸친 주지 스님의 우락부락한 얼굴에 안도의 표정이 떠올랐다.

"아무리 그래도 형은 하타모토의 자손 아니오. 더구나 이 몸의 혈육이니 제아무리 관리라도 절대로 함부로 대할 수 없지."

곳카이가 승정의 권위를 보란 듯이 과시하는 것은 처음이었다. 뒤집어 생각하면 이것은 그가 이번 사건을 얼마나 심각하게 받아들였는지를 보여 주는 증거일 것이다.

할아버지가 관리에게 연행되기 무섭게 요쓰야의 쇼텐지로 달려간 것은 오키미였다.

"인로 카스테라를 사 간 손님 중에 예전에 마쓰라가의 상번저에서 하녀로 일했던 사람이 있었다더군. 그게 발단이었어."

해는 이미 지고 있었다. 오에이가 차린 간단한 저녁밥을 먹고 차를 한 모금 마시자 지혜에가 순서대로 이야길 들려주었다.

인로 카스테라를 매대에 내놓은 것은 2월 초하루부터 3일까지 단 사흘간이었다.

2월 2일, 우연히 지나가던 어느 상가의 부인이 장사진을 이룬 손님들을 보고 호기심에 끌려 인로 카스테라를 사 갔다. 먹어 보니 한 번도 맛본 적이 없는 감칠맛이라 이튿날 다시 난보시야에 찾아와 스무 개나 사 갔다.

"그 손님이라면 기억나요." 오키미가 끼어들었다. "비싼 과자라서 우리 단골손님이라면 많아야 세 개 사는 게 고작인데 스무 개씩이나 샀거든요."

오에이도 기억이 나는지 고개를 살짝 끄덕였다.

"마침 그날은 부인이 히라도 번저에 인사하러 들르는 날이라 특별히 고급스러운 나무 상자에 담아 번저 고참 하녀에게 선물로 주었다고 하더군."

히라도 번 상번저는 아사쿠사 구라마에 근처에 있었다. 상가 부인은 처녀 시절에 신부수업 명목으로 상번저에서 2년 정도 하녀로 일한 적이 있다부농이나 조닌은 자기 집보다 부유한 집에 혼기에 든 딸을 보내 살림, 예의범절, 접객, 꽃꽂이 등을 배우도록 하는 관습이 있었다. 그녀는 그때 신세를 진 오추로무가의 우두머리 하녀인 로조에 버금가는 지위의 하녀에게 문안을 드리며 카스테라를 선물로 건네주고 번저를 나왔다. 소동이 일어난 것은 그 뒤였다.

오추로는 선물로 받은 인로 카스테라를 여러 사람에게 나누어 주었는데, 마침 집무실에 있던 에도 가로 야하기 히로쓰구에게도 바쳤다. 고령의 가로가 단것을 몹시 좋아한다는 것을 알고 있었기 때문이다.

히라도 번 마쓰라가는 과자에 조예가 깊어 재작년에는 대대로 전해 내려오는 과자 백 가지를 모아 『백과내도百菓乃圖』를 편찬했다.

나중에 나가사키로 옮겨 갔지만 과거 히라도에는 화란和蘭 네덜란드 상관商館이 있었다. 카스도스는 그때 전해진 남만 과자 가운데 하나로 알려졌다. 그리고 『백과내도』에도 실린 유서 깊은 과자이자 서민들은 결코 맛볼 수도 없는 명품이었다.

야하기는 번국에 있을 때 번주를 수행하다가 카스도스를 두 번 정도 먹은 적이 있었다. 그때 먹은 카스도스와 완벽하게 똑같은 맛이라고 야하기는 단언했다.

"그러자 즉시 상가 부인이 호출되고 난보시야에서 판 과자라는 사실이 밝혀졌지."

"하지만 할아버지는 히라도엔 간 적도 없잖아요? 카스도스라는 과자도 먹은 적이 없는 거죠?"

"음…… 뭐, 그렇지. 분명히 히라도에 간 적이 없고 카스도스라는 이름도 처음 들었다."

어딘지 모호한 말투에 곳카이가 형에게 힐끗 시선을 던졌지만 아무 말도 하지 않았다. 오에이가 걱정스러운 얼굴로 물었다.

"아버지, 앞으로 어떻게 하실 거예요?"

지헤에도 마땅한 대책은 떠오르지 않았다. 주로진을 닮은 길쭉하고 붉은 얼굴에 곤혹만이 짙게 배어 나왔다. 아무리 다른 과자라고 주장해도 그저 변명으로 들릴 것이다.

아무런 계책도 마련하지 못한 채 닷새가 지났다.

그날도 다람쥐 쳇바퀴 도는 듯한 심문을 마치고 귀갓길에 올랐다. 매일 남부 마치부교소에 호출당하자 매번 동행해야 하는 마치나누시와 집주인도 지친 기색을 드러냈다.

가게는 당연히 계속 휴업이었다. 이 건이 일단락될 때까지는 영업을 할 수 없다는 마치부교소의 통지가 있었다. 세 식구가 즐겁게 대화를 나누던 저녁식사 자리도 영 흥이 나지 않았다.

지헤에가 일찌감치 잠자리에 들려는데 동생이 찾아왔다.

"며칠 전 형님의 묘한 말투가 마음에 걸려서 내가 곰곰이 생각해 보았는데."

오에이와 오키미가 잠을 자러 물러가기를 기다렸다가 곳카이가 입을 열었다.

"그 카스도스인지 뭔지를 히라도에 가지 않고도 맛볼 수 있는 방법이 딱 하나 있었수. 예전에 오카모토가에 있을 때 얘기인데."

동생의 동그랗고 커다란 눈이 뭔가를 탐색하듯 형을 쳐다보고 있었다.

체념한 지헤에가 앞으로 고꾸라지듯 고개를 끄덕였다.

"역시 그 과자유?"

"그래, 바로 그거야. 너나 나나 카스도스를 맛본 적이 있는 거지. 그게 문득 떠올라서 그 맛을 흉내 내려고 이리저리 궁리해서 만든 것이 인로 카스테라야."

당연히 맛이 기억에 남아 있었겠지, 하며 곳카이가 납득한 표정이 되었다.

"벌써 오십년이나 지난 일이야. 너도 까맣게 잊고 지냈잖아. 아련한 기억에 의지해서 만들었는데 설마 똑같은 맛이 나올 거라고 생각하기는 힘들지 않겠니."

변명처럼 혹은 불만처럼 그렇게 작은 소리로 말하고 지헤에는 흥이 깨진 듯 고개를 떨어뜨렸다.

"이렇게 됐으니 뭔가 타개책을 생각해 내는 수밖에."

"대책이 없으니 이러고 있는 거 아니냐."

"그러니까 거짓말이든 임시변통이든 생각해 내야지. 요는 그쪽 다이묘 가문을 납득시키면 되는 거 아니오."

지헤에는 잠시 고민했으나 역시 떠오르는 계책이 없었다. 틀렸다는 듯이 고개를 가로젓자 동생이 각진 얼굴을 긴장시켰다.

"그럼 차라리 그 이야기를 꺼내 보든지."

지헤에가 흠칫 놀란 듯 고개를 들었다.

"그건 안 돼! 설사 무슨 벌을 받더라도 그것만은 절대 밝힐 수 없어."

"더 이상 물러설 데가 없어지면 형도 진지하게 생각하게 될 거요."

"고로!"

두 사람이 서로 노려보자 방 안 공기가 팽팽해졌다. 먼저 시선을 내린 것은 지헤에였다.

"알았다, 고로. 뭔가…… 모면할 방법을 생각해 보지. 그러니 그 얘기만은 잊어."

곳카이가 긴 콧숨을 내쉬자 방 안의 긴장이 그제야 누그러졌다. 그러고는 꼭 생각해 내슈, 하고 다짐을 받듯 말하고 돌아갔다.

잠자리에 들어서도 동생 얼굴이 뇌리에서 지워지지 않아서 지헤에는 한숨도 못 자고 아침을 맞고 말았다.

이튿날 아침 진시, 오늘로 이레째 조사실에 앉으면서 지헤에는 처음으로 먼저 입을 열었다.

"저어, 나리. 한 가지 여쭐 게 있습니다."

지헤에 앞에 앉은 조사관 요리키에게서 얼핏 반기는 기색이 느껴졌다.

심문하는 쪽도 지칠 대로 지쳐 있었다. 고소한 측이 다이묘 가문이니 조사관으로서 한층 신중해야 했고, 무엇을 어떻게 물어봐도 판에 박은 대답만 돌아왔으며 대답에 모순은 없었다. 조사는 마치 양쪽에서 똑같은 힘으로 바위를 밀어 대는 형세로, 좀처럼 진척될 기미가 보이질 않았다.

"말해 봐라, 지헤에."

"히라도 번주님을 위해 카스도스를 만드는 사람은 번에 소속된 요리사입니까?"

요리키는 몸을 돌려 히라도 번에서 나온 두 입회인을 쳐다보았다. 두 입회인은 서로 얼굴을 쳐다보며 말없이 고개를 끄덕였고, 곧 둘 가운데 젊은 가신이 앞으로 나섰다.

두 가신 중에 한 명은 중간에 교체되었지만 가와지 긴고라고 밝힌 젊은 무사는 조사에 계속 입회하고 있었다.

가와지는 번국에서 『백과내도』 편찬을 담당하고 있었다. 에도 번저에서 카스도스를 가장 잘 아는 자로서 입회인을 맡은 것이다.

"번국 거성번국의 중심지에 있는 성으로 번주가 정무를 보는 성에 카스도스를 납품하는 것은 어용 과자점 가지야다" 하고 가와지가 대답했다.

"그 가지야 주인이 에도에 오시는 일은 없습니까?"

"선대나 선선대 때는 에도 번저 마님께 과자를 바치기 위해 에도에 오기도 했다고 들었다. 하지만 그건 매우 드문 일이고 요즘은 그런 이야기를 들은 적이 없다."

무엇보다 번주가 내년 참근교대막부가 다이묘에게 부과한 의무로, 격년 교대로 가신을 이끌고 에도로 올라와 생활하게 했다. 『굴하지 말고 달려라』(북스피어) 참조 때까지 번국에 머문다. 따라서 어용 과자점 주인이 에도에 올 일은 없다고 가와지는 말했다. 지헤에는 잠시 고민하다가,

"나리와 가신님들께 부탁이 있습니다."

하고 요리키와 가신을 우러러보며 말했다. 요리키는 가와지와 마주보며 말없이 고개를 끄덕였다.

"말해 봐라."

"예전에 제가 만들었던 인로 카스테라를 많은 분들이 지켜보는 가운데 다시 만들게 해 주십시오. 그 제조법을 상세히 기록해서 번국의 가지야 주인에게 살펴보게 하는 겁니다. 가지야의 과자 장인이라면 틀림없이 다른 과자라는 걸 알아줄 겁니다."

지혜에는 단숨에 말하고 대답을 기다렸다.

두 번사번에 소속된 무사와 요리키가 얼굴을 모으고 낮은 소리로 상의하기 시작했다.

지혜에가 과자를 다시 만들고 에도 가로가 이를 맛보게 하자는 방안이 그들 사이에서도 나온 적이 있다. 하지만 에도 가로가 인로 카스테라를 먹은 지도 보름 이상 지났으니 당연히 한 조각도 남아 있지 않았다. 게다가 인로 카스테라의 맛을 아는 사람이 에도 가로 한 사람뿐이고, 미각은 몸 상태나 날씨에 따라서도 좌우되는 모호한 것이다. 무엇보다 고소한 당사자인 에도 가로에게 판정을 맡기는 것은 매우 공정하지 못한 처사다.

작은 과자점 주인이라고 해도 5백 석 하타모토 집안의 자손이고 대형 사찰의 주지가 배후에 버티고 있다. 게다가 고지마치나 인근 주민들로부터 난보시야의 영업 재개를 청원하는 탄원의 목소리도 날로 커지고 있었다.

훌륭한 맛과 뭇 지방의 명물 과자라는 희귀함에 더불어 서민이나 가난한 무사라도 사 먹을 수 있는 저렴한 가격이 난보시야의 매력이었다. 지혜에는 여러 지방에서 보고 배운 과자를 그대로 만들지 않고 쪽방에 세 들어 사는 서민들의 주머니 사정을 감안하여 재료를 선택하고 제조법을 궁리하여 가격을 낮췄다.

지혜에의 진심은 손님들에게 그대로 전해진 듯했다.

두 번사는 상의한 끝에 일단 상관에게 보고하기로 했고, 이튿날 가와지는 에도 가로가 승낙했다고 알렸다.

"사흘 뒤인 2월 24일 사시오전 아홉 시에 우리 상번저 주방에서 검증하기로 했다."

지혜에는 공손히 고개를 조아리며 저도 모르게 속으로 혀를 찼다.

'사흘 안에 어떻게 구체적인 대책을 마련하나.'

당장 달아나 버리고 싶은 초조감을 애써 감추며 지혜에는 귀갓길을 서둘렀다.

"검증이 사흘 뒤로 결정되었다. 오에이, 그쪽은 어떠냐."

집에 도착하기 무섭게 지혜에는 거실에 있던 딸에게 물었다.

방바닥에는 장부들이 빈틈없이 늘어 놓여 있고 그 틈새에 끼듯 오에이와 오키미가 앉아 있었다.

"오셨어요? 이쪽은 조금 뒤면 끝나요."

오에이는 아버지에게 그렇게 고하고 가만히 눈을 감았다.

"제65의 11, 아이즈 카스테라타마고."

오키미는 예, 하고 대답하고 65번 과자첩을 뽑아내어 넘겼다.

금세 찾아내지 못하자 오키미의 미간이 점점 날카로워졌다.

"데와 과자, 노시우메매실을 곱게 갈아 한천에 섞어 판 형태로 굳힌 뒤 대나무 잎을 양면에 댄 과자 다음이야."

오에이가 도와주려고 설명하자, "있어요!" 하고 오키미가 외쳤다. 연갈색 네모난 그림이 그려진 쪽에 빨간 실로 만든 책갈피를 넣었다.

"65는 그것으로 끝. 66은 빼고 다음은 제67."

"새삼스러운 말이지만, 오에이, 네 기억력은 정말 대단하구나."

지헤에가 딸을 바라보며 한숨을 짓자, 오에이가 후후, 하고 재미있다는 듯이 웃었다.

"아는 거라고는 이 과자첩밖에 없는걸요."

"그래도 역시 대단해. 이렇게나 많은 장부들 가운데 어느 권 어느 쪽에 어떤 과자가 실려 있는지 샅샅이 기억하고 있다니."

다다미 6첩을 다 뒤덮은 과자첩을 앞에 두고 오키미도 어머니에게 존경의 눈길을 보낸다.

"어릴 적부터 이게 너무 좋아서 매일 들여다보았으니 당연하죠. 읽기 쓰기와 덧셈 뺄셈도 아버지가 쓴 과자첩이 교본이었으니까요."

숱한 지방을 돌아다니던 16년 동안 지헤에가 기록한 과자첩은 무려 72권에 달했다. 종이를 실로 꿰어 놓은 것이 전부인 조잡하고 얇은 공책이지만, 그래도 권당 열 종이 넘는 과자를 기록해 두었다. 머물던 지방에서 다섯 권, 열 권 모일 때마다 파발꾼을 시켜 동생의 사찰에 전달해 두었는데, 지금은 기록한 본인조차 원하는 과자를 찾아내는 것이 몹시 어려운 일이 되었다.

하지만 세 살 때쯤부터 과자첩을 교본이나 에조시흥미로운 사건 따위를 그림으로 소개하는 한두 매짜리 목판 인쇄물 대신 들춰 보던 오에이는 목차를 전부 암송할 만큼 아버지의 과자첩에 친숙했다.

지헤에는 딸에게 새로운 카스테라 제조법 개발에 참고가 될 만한 과자를 골라 달라고 부탁했었다.

카스도스는 쉽게 말해서 카스테라에 당밀을 바르고 설탕을 뿌린 과자이다. 곳카이가 알아맞힌 것처럼 형제는 어린 시절 이 과자를 맛본 적이 있다. 그때 혀에 또렷히 새겨진 맛을 기억에 의지하여 흉내 내서 만들어 본 것이 인로 카스테라였다.

이대론 제조법을 훔쳤다고 해도 변명할 길이 없었다. 카스도스와는 다른 제조법으로 만들되 맛은 똑같이 재현해야 한다. 지헤에는 고민을 거듭하다 그것밖에 방법이 없겠다고 마음을 굳혔다.

"아버지, 시험 삼아 이런 것도 뽑아 보았는데요."

오에이가 옆에 놓아 준 과자첩 중에서 41이라고 적힌 것을 집어 들었다.

"이건…… 단고 변두리에서 보았던 음식인데……."

오키미가 얼른 할아버지 손맡을 들여다보았다.

"이게 뭐야. 과자도 아니잖아요."

"응, 유난히 된장 맛이 단 음식이야. 교토의 흰된장을 쓰더라."

지헤에의 과자첩에는 종종 과자 이외의 음식도 실려 있었다. 새로운 과자를 만들 때 어쩌면 도움이 될지도 모른다는 생각에 적어 둔 요리들이었다. 하지만 오에이는 아버지의 짐작과는 다른 이야기를 꺼냈다.

"제가 주목한 건 양념장이 아니라 요리 쪽이에요. 씹으면 입안에 폭신하게 퍼지는 부드러운 느낌은 과자에서도 좀처럼 느끼기 힘든 맛인 것 같아서요."

"그렇지."

지헤에는 딸의 착상에 저도 모르게 감탄했다. 오에이가 과자첩을 암기하는 까닭은 어릴 적 부모와 함께 먹었던 과자의 맛을 혀가 기억하고 있기 때문인지도 모른다.

"할아버지, 한가롭게 있을 때가 아녜요. 지금부터가 중요해요."

"응? 오오, 그렇구나."

"이 일이 끝나면 도우러 갈 테니까 우선 이걸 가지고 가셔서 이렇게 저렇게 만들어 보세요."

오키미의 재촉에 지헤에는 빨간 실이 끼워진 과자첩 더미를 안고 달콤한 냄새가 밴 작업장의 문턱을 넘었다.

히라도 번 상번저 주방에 정오 일 각 전을 고하는 시종 소리가 들렸다.

"그럼 시작하겠습니다."

화덕이 나란히 자리 잡은 봉당보다 한 단 높은 주방 마루에서 지혜에가 엎드려 절했다. 양쪽에 있던 오에이와 오키미도 따라서 절했다. 주방마루 안쪽에는 다다미를 깐 자리가 있고 에도 가로야하기 히로쓰구가 앉아 있었다. 앞에는 가신 네 명과 조사를 맡은 남부 마치부교소의 요리키가 나란히 서 있다.

그리고 난보시야 일가 옆에는 가와지 긴고와 남부 마치부교소의 도신 한 명이 각자 서기를 대동하고 기다리는 중이다.

야하기 가로는 지혜에와 같은 연배로 통통하게 살이 올라 동글동글하게 생긴 남자였다. 하지만 볶은 완두콩 같은 작은 눈에 험악한 빛이 어렸다. 평소 겁이 없는 오키미도 그 눈동자에 찔리기라도 한 것처럼 분위기에 짓눌려 몸을 움츠리고 있었다.

"오키미, 계란."

오에이가 귀엣말로 재촉하자 오키미는 흠칫 놀라 계란 바구니로 손을 뻗었다. 어제도 밤늦게까지 열심히 연습해서 조리 순서는 완전히 익혔다. 지혜에는 이미 절구 앞에 꿇어 앉았고 오에이는 밀가루와 설탕을 채에 거르기 시작했다. 지혜에는 절구에 하얗고 네모난 뭔가를 던져 넣었다.

"그거 혹시 두부인가?"

가와지 긴고가 의아한 표정으로 절구를 들여다보았다.

"예, 그렇습니다. 아무래도 계란은 비싸서 조금이라도 적게 쓰려고 합니다."

오에이가 과자첩에서 찾아낸 단고 지방의 요리 히료즈가 힌트가 되었다. 히료즈는 물기를 뺀 두부에 마를 갈아 넣고 여러 재료를 섞어 기름에 튀긴 사찰 요리이다.

지혜에는 계란의 양을 반으로 줄인 대신 두부를 썼고 찰진 반죽을 위해 마도 넣었다. 그것만으로는 계란의 깊은 맛을 내지 못하므로 유채 기름을 넣고 풍미를 위해 흰된장도 조금 넣었다. 배합 비율이 몹시 까다로워 사흘 동안 밤낮없이 실험에 실험을 거듭한 끝에 어렵게 완성했다.

잘 섞인 재료는 장방형 구리 틀에 부어넣고 위아래를 숯불로 굽는다. 불 조절은 카스테라의 핵심 가운데 하나로, 감각을 곤두세워서 미세한 소리와 냄새로 불의 세기를 헤아린다.

봉당에 돌을 길게 깔고 숯을 놓아 급조한 화덕 앞에서 지혜에는 진지한 표정으로 불과 씨름했다. 가와지는 그 모습을 잠시 지켜보다가 오키미 옆으로 다가갔다. 오키미는 도기 술병을 기울여 연갈색 내용물을 솥에 붓고 있었다.

"그건…… 맛술인가?"

"예, 그렇습니다. 먼저 끓여서 술기운을 빼고 물엿을 넣었습니다."

몸을 움직이다 보니 긴장이 풀렸는지 오키미가 씩씩하게 대답했다.

"오호…… 이게 당밀 역할을 하나. 하지만 이것만 가지고는 풍미가 부족할 것 같은데."

과연 『백과내도』 편찬에 관여한 사람다웠다. 가와지는 고개를 끄덕이면서도 전문가다운 식견을 내놓았다. 오키미 곁에서 오에이가 빙긋이 웃었다.

"지당하신 말씀입니다. 단맛과 향을 내기 위해 이걸 썼습니다."

찻잎처럼 잘게 부순 것을 손바닥에 얹어 가와지에게 보여 주었다. 가와지가 손가락으로 집어 올려 찬찬히 관찰하고 갈색이 섞인 붉은 조각을 입에 넣고 천천히 씹었다.

"이것은…… 감? 그래, 말린 감인가!"

놀란 가와지가 억제된 목소리로 외쳤다. 하지만 이내 의아해하는 표정이 되었다.

"하지만 말린 감은 길어야 한 달 정도 갈 텐데. 게다가 이건 보통 말린 감보다 훨씬 달군."

"말린 감을 설탕에 재서 만든 겁니다." 지혜에가 대답했다.

우엉, 무, 다시마, 밀감껍질 같은 채소나 과일을 달콤하게 졸이고 여기에 설탕을 뿌리는 음식은 각지에서 볼 수 있고, 에도에서는 이것을 전문으로 만들어 파는 과자점도 있다. 난보시야에서는 과자 재료를 제철에 구해서 설탕에 재어 두는데, 말린 감도 그중 하나였다.

너무 많이 넣으면 감 맛이 도드라진다. 은근한 맛을 내기 위해 감을 갈아 맛술로 녹인 것을 한 수저만 넣었다.

어쨌거나 에도 가로가 먹었던 인로 카스테라와 같은 맛으로 만드는 것이 목적이었다.

마침내 카스테라가 다 구워지자 인로만 하게 잘라 꿀을 바른다. 마지막으로 그 위에 설탕을 뿌려 완성한 난보시야의 인로 카스테라가 야하기 가로 앞에 놓여졌다.

"자, 이제 드셔 보시지요."

지금이 고비다. 그가 예전에 먹었던 것과 다른 맛이라는 것을 알아채면 모든 게 허사가 된다.

지헤에는 이를 꽉 물었고 오키미도 두 무릎 위에 양 주먹을 꼭 쥐었다. 오에이만이 평소의 차분함을 잃지 않고 상황을 지켜보고 있었다.

야하기가 접시 위의 과자를 잘라 주름살이 오글오글한 입으로 옮겼다.

사실 두부를 사용한 카스테라는 아무리 애를 써도 인로 카스테라와 맛이 완전히 같아지지는 않았다. 지헤에는 궁여지책으로 꿀을 진하게 만들어 풍미를 더함으로써 본래의 맛에 가깝게 했다.

하지만 만약 가로가 날카로운 미각의 소유자라면 차이를 알아챌지도 모른다. 그렇지 않기만을 비는 수밖에 없었다.

가로는 천천히 꼭꼭 씹어 먹고 나서 고개를 크게 끄덕였다.

"음, 이거야, 바로 이 맛이다! 역시 카스도스가 틀림없지 않느냐!"

지혜에의 심장이 벌떡벌떡 뛰었다. 그러다가 마침내 안도감이 천천히 솟아나 맥이 풀려 마룻바닥에 널브러질 뻔했다. 딸과 손녀도 기쁨을 억누르며 애써 진지한 표정을 꾸몄다.

"죄송합니다만 가로님, 정말 카스도스와 똑같은 맛입니까?"

야하기 앞으로 나선 것은 가와지였다.

"아무렴. 내 혀를 못 믿느냐?"

"그럴 리가 있겠습니까. 하지만 그렇다면 난보시야 카스테라와 카스도스는 전혀 다른 과자입니다."

"히라도의 가지야에 확인해 보지도 않고 어떻게 그렇게 단언하느냐."

통통한 몸을 숙이며 조금 새된 목소리로 가로가 물었다.

"마쓰라가 비전의 과자에 이런 재료를 쓸 리 없기 때문입니다."

카스도스에는 값비싼 계란과 백설탕이 듬뿍 들어간다. 해서 번의 오토메과자가 될 수 있었다고 가와지는 말했다.

흐음, 하며 에도 가로가 동그란 얼굴을 찌푸렸다.

"그리고 또 하나 커다란 차이가 있습니다."

"카스테라 절단 방법 말이냐" 하고 가로가 가와지의 말에 대꾸했다.

카스도스는 한입 크기인 데 반해 인로 카스테라는 이름처럼 큼지막한 인로만 하다. 하지만 가와지는 고개를 저었다.

"황송합니다만 잠깐 귀 좀 빌리겠습니다. 이건 카스도스의 비전에 관한 이야기라서요."

야하기가 상체를 기울이자 가와지가 그의 귓가에 소곤거렸다. 가로의 눈이 크게 벌어졌다.

"아니, 그렇게 호사스럽게 만든단 말이냐."

카스도스는 지혜에 일행은 들어 본 적이 없고 또 생각지도 못한 방법으로 만들어지고 있었다.

카스테라에 꿀을 조금 바른 정도의 물건이 아니다. 계란노른자에 살짝 담갔다가 튀김을 하듯 뜨거운 당밀에 푹 담근다.

"그래서 시중의 쪼그만 과자점이 쉽게 흉내 낼 수 있는 물건이 아니라는 건가."

마쓰라가 비전의 제조법은 가로를 납득시키기에 충분한 것이었다.

가로는 일단 서기가 기록한 지혜에의 인로 카스테라 제조법을 다이묘의 파발꾼을 시켜 히라도에 전하게 했다.

히라도에 소식을 전하려면 가는 데만 스무 날은 걸린다. 히라도의 가지야가 서신을 확인하고 곧장 답신을 보내도 한 달 보름은 기다려야 도착한다.

그동안 지혜에는 딸과 손녀와 셋이서 하루하루를 더없이 귀하게 보냈다.

궁리한 대로 상황이 전개되지 않는다면 일가는 길바닥에 나앉

게 된다. 만일 옥에 갇히거나 섬에 유배라도 당한다면 오에이, 오키미하고도 헤어져야 한다. 그런 생각을 하며 각오를 단단히 하고 나니 하루하루가 전에 없이 귀하게만 느껴졌다.

"근데 할아버지, 에도에서 추방당하는 것도 나쁘기만 한 것은 아니지 않나요?"

"어허, 오키미. 이 할아버지가 그렇게 벌을 받았으면 좋겠니."

"하지만 절대로 할아버지 혼자 보내진 않을 거예요. 나랑 엄마도 할아버지를 따라 온 나라를 돌아다닐 거라고요. 가게 차리기 전의 생활로 돌아가는 것뿐이잖아요. 걱정할 거 하나도 없어요."

아침상에는 통째로 말린 정어리, 뿌리째 담근 냄새 좋은 파드득나물 절임이 올랐다. 된장국에는 깍둑썰은 두부와 파가 듬뿍 들어 있었다. 특별할 것도 없는 아침이지만 더운 김 너머에 손녀와 딸이 있다.

"걱정이 태산이네. 평소 별로 걷지도 않던 네가 졸지에 여행에 나서는 거잖니. 그런 발로는 하코네 산 하나 넘지 못해."

"엄마도 참, 할머니 같은 소릴 하시네요. 일단 여행에 나서 봐요. 하코네 산이든 후지산이든 얼마든지 넘어 보일 테니까."

오에이는 떠돌이 생활의 불안함을 뼈에 사무치도록 알고 있다. 설레는 즐거움은 있지만 생각지도 못한 재난을 겪는 일도 많았다. 마음 한구석은 늘 긴장해야 하고, 특히 여자아이에게는 결코 만만한 삶이 아니다.

하지만 오에이는 딸에게 웃는 낯으로 말했다.

"그렇게 무리할 게 뭐 있니. 느긋하게 걷다가 힘들면 쉬면 그만이지. 안 그래요, 아버지?"

"그럼. 예전에 그렇게 돌아다녔지."

걸음을 멈추지 않으면 못 보고 지나쳐 버릴 풍경도 있다. 바로 지금이 그 풍경인지도 모른다. 지헤에 얼굴에 서서히 깊은 미소가 피어올랐다.

가와지 긴고의 주장이 히라도의 가지야에 의해 확증된 것은 가로 앞에서 인로 카스테라를 만든 날로부터 한 달 반이 지난 4월 중순이었다.

난보시야가 다행히 영업을 재개하게 된 그날, 가게 앞은 소식을 듣고 온 단골과 근처 주민들로 바글바글 끓었다.

"여러분, 오랫동안 걱정을 끼쳐드렸습니다. 손님 여러분이 걱정해 주신 덕분에 다시 장사할 수 있게 되었습니다. 이것도 다 단골 여러분이 주신 선물입니다."

평소보다 긴 오키미의 인사에 커다란 박수가 터졌다. 지헤에도 오늘은 옆에서 오에이와 함께 허리를 숙여 인사했다.

"그래, 오키미 짱. 오늘의 과자는 뭐지?"

단골손님이 늘 하던 질문을 던졌다.

"오늘은 미노 지방의 묘가보치밀가루와 쌀가루로 만든 반죽에 잠두콩 소를 넣은 떡을 생강 잎으로 싼 것와 데와 지방의 노시우메입니다."

오키미가 똑 부러지게 대답했다. 오에이는 과자를 자세히 설명하기 전에 먼저 손님들에게 좋은 소식을 전했다.

"오랫동안 걱정을 끼쳐 드린 것을 사과하는 뜻에서 오늘과 내일은 반값에 드립니다."

와아, 하고 환성이 터졌지만 맨 앞에 있던 손님이 걱정스러운 얼굴로 물었다.

"하지만 가게를 두 달이나 쉬어 놓고 그렇게 팔아도 괜찮나?"

"예. 아주 손 크신 손님께서 저희 과자를 후한 값으로 주문해 주셨거든요."

오키미가 환하게 웃는 낯으로 대답했다.

인로 카스테라는 역시 시중에 파는 것은 삼가기 바란다는 통보가 남부 마치부교소를 통해 내려왔다. 한편 번저 주방에서 만든 과자는 다이묘 부인이 지내는 안채에도 전해졌다.

"주인마님께서 몹시 흡족해하시며 더 만들어 달라는 분부가 계셨네. 하지만 누구보다 간절히 바란 것이 다름 아닌 가로님이었네. 에도에서 카스도스를 맛볼 수 있다면 그보다 복된 일도 없다시면서."

재미있다는 듯이 그렇게 전한 것은 가와지였다. 인로 카스테라를 가끔 에도 번저에 납품해 달라고 부탁하며 어용 간판을 내리겠다는 의사까지 넌지시 내비쳤다. 지혜에는 어용 간판은 정중히 사양하고 주문만 고맙게 받았다.

"아버지, 여기는 됐으니까 저쪽을 부탁드려요."

오에이가 울타리처럼 에두른 손님들 뒤에 혼자 서 있는 사람을 가리키며 말했다.

색 바랜 검은 옷에 삿갓 밑으로 각진 턱이 보였다.

"내가 카스도스만 흉내 내지 않았으면 이런 재난도 없었을 것을."

동생을 안쪽 방으로 안내한 지헤에는 찻주전자에 새 찻잎을 넣으며 그렇게 자책했다.

"올 정월 말일은 그분 7주기였수. 그래서 만든 건 아니었수?"

잔에 차를 따르던 지헤에의 손이 흔들렸다. 흘린 찻물이 쟁반 위로 퍼져 갔다.

"역시 그랬군……. 생각해 보면 과자는 형님과 친아버지를 연결하는 가늘지만 유일한 끈 같은 것이었으니까. 제사 대신 그 과자를 만든 것도 납득이 가네."

"그런 깊은 의미 같은 건 없었지만…… 재미있는 일이야. 피를 받았다고 부모 자식이라고 할 수는 없다고, 뭐 하나 받은 기억이 없어 내내 등돌리고 살았는데."

태어났을 때 이미 곁에 없던 친부에게는 분노도 원망도 없었다. 다만 머나먼 존재라고 막연히 생각하고 있었다.

하지만 환갑을 맞은 올봄, 지헤에는 문득 이런 생각이 들었다.

나 역시 아버지에게 뭐 하나 효도한 일이 없구나.

그리고 고로와 함께 먹었던 하사품 과자들과, 그중에서도 유난히 선명하게 혀가 기억하고 있던 카스도스가 떠올랐다.

"관리들이나 히라도 번 사람들도 아마 놀라자빠질 거유. 난보시야 지헤에가 실은 전대 쇼군의 서자라는 걸 알면."

"아서. 실성한 놈이란 소리나 듣게 되겠지."

"하지만 어쩌면 형이 대권大權을 물려받았을지도 모르지. 지금 쇼군의 형님뻘이니."

지헤에는 아버지 오카모토 구니에의 아들이 아니라 그 누이의 자식이었다. 양부는 삼촌이고 고로하고도 형제가 아니라 사촌지간이다.

어머니는 신부수업을 위해 에도 성 내궁에 들어가 일할 때 주군의 성은을 입어 지헤에를 임신했다. 다행히 딸이라도 낳아 측실이 된다면 오카모토가에도 나쁜 일은 아니었다. 그러나 어머니는 그걸 바라지 않았다. 오빠 구니에 역시 괜한 욕심을 부릴 사람은 아니어서 지헤에를 아들로 들여 오카모토가에서 키우기로 했다.

가독家督 상속을 위해 출생 신고를 미루는 것은 무가에서는 흔한 일이다. 지헤에의 출생신고도 출생의 비밀을 숨기기 위해 1년 늦게 이루어졌다.

당시 친부는 아직 십대로 나이가 어렸고 쇼군직 상속을 앞두고 있었다. 구니에는 누이가 잉태한 아기가 친부의 쇼군직 상속을 방해하는 일이 없도록 하고 싶었다.

"지금 생각해 보면 괜한 걱정이었는지도 모르지. 전대 쇼군이 하셨던 짓을 보슈. 성은을 입은 여자가 한둘이 아니고 숱한 분들을 통해 잇달아 자손을 보셨잖수."

그러니 서자 하나 늘어나는 게 무슨 대수겠냐고 말하며 곳카이는 웃었다.

"그래도 나는 역시 오카모토가에서 자라서 다행이라고 생각하고 있어. 어머니하고도 3년 정도는 같이 지낼 수 있었고."

지헤에는 고모를 친모로 알았고 어머니에 관해선 희미한 기억밖에 없지만 오에이를 닮은 조신한 여인이었다. 친모는 인연이 닿아 이와미 번의 번사에게 시집을 갔고, 남편을 따라 번국으로 옮겨 가 그곳에서 세상을 떠났다.

"간절히 바라던 과자 장인이 될 수 있었지. 아버지가 인정해 주셨을 때는 얼마나 기뻤는지."

집을 떠나 과자 장인이 되고 싶다고 생각하게 된 것도 자신의 출생의 비밀을 안 것이 계기였다.

쇼군의 아들이라는 말을 들어도 전혀 실감이 나지 않았고, 부모가 실은 양부모이고 고로하고도 형제가 아니었다는 사실이 어린 지헤에로서는 슬프기만 했다.

꼬박 이틀을 고민한 뒤 과자점에 점원으로 들어가 일을 배우고 싶다고 양부 앞에 엎드려 빌었다. 이때 힘을 보탠 것이 누구보다 사이가 좋았던 동생 고로였다.

'저는 아버지가 시키는 대로 머리를 깎고 절에 들어갈 테니까 대신 형의 소원을 들어주세요.'

고로는 어릴 적부터 누구 말을 고분고분 듣는 아이가 아니었고 허구한 날 못된 장난과 싸움을 일삼았다. 장래를 걱정한 부모는 고로를 절에 맡기려고 했지만 본인이 고집스레 듣지 않았다. 그런 아홉 살 고로가 형을 위해 아버지 앞에 눈물을 흘리며 고개를 숙였다.

"그 탓에 네가 술과 여자와 인연이 멀어졌으니 생각해 보면 나 때문에 형편없는 제비를 뽑고 만 셈이지."

"그러게 말이우. 하지만 형도 마찬가지인지도 모르지. 과자 장인이 된 것도 그분이 가끔 보내 주시던 하사품 과자 때문이었지 않수. 아니우?"

지헤에는 길게 늘어진 귓불 뒤를 손가락으로 긁었다.

"인정하기는 싫지만 아마 그랬겠지."

과자는 하사품과자 오카시お菓子와 하사품 오카시お下賜는 독음이 같다, 즉 쇼군이 내려 주는 선물이다『뇌물은 과자로 주세요』(북스피어) 참조. 쇼군가에는 매년 수많은 명산품이 헌상된다. 그 양이 방대하여 남는 헌상품들은 가신이나 친척들에게 선물로 돌렸다.

그리고 오카모토가에 오는 하사품은 왠지 늘 과자였다.

오카모토가에는 어린아이가 반색할 만한 과자를 내려 주라고 명한 것은 친부였다. 지헤에에게 출생의 비밀을 밝히면서 양부는 그렇게 덧붙였다.

카스도스 역시 그런 과자 가운데 하나였다.

에도에서 생활하는 다이묘의 부인을 위해 가지야의 장인을 불러 상번저에서 만든 카스도스를 마쓰라가가 쇼군에게 헌상한 것은 아닐까. 형제는 그렇게 짐작했다.

“그러고 보니 한 가지 모르겠는 게 있수. 한입 크기 카스도스를 왜 인로만 하게 크게 자른 거유?”

“잊은 게냐? 그건 너 때문이었잖아. 이렇게 작으면 씹는 맛이 없다, 그러니 인로만 했으면 좋겠다고 네가 말했었지.”

곳카이가 놀라서 입을 벌렸고, 지헤에는 동생 등 뒤에서 비춰 드는 초여름 햇살에 눈을 가늘게 떴다.

난보시야 앞에 늘어선 장사진은 여전히 줄어들지 않고 있었다.

두 번째 과자

와카미도리

지헤에는 아침이 이르다. 동트기 일 각 전에는 일어나 곧장 작업장에 들어간다.

올해 환갑인 나이 때문이 아니라 과자 장인이라는 직업에서 비롯된 습관이다.

도로에 면한 가게 안쪽에 있는 6첩방과 4첩방이 딸린 조촐한 살림집을 지나 과자를 만드는 작업장으로 들어간다. 좁은 뒤뜰이 있던 곳에 집주인의 양해를 구하고 두 평이 채 안 되는 작은 달개집 본채의 뒤편 모서리에 낮게 지은 집을 지어 작업장으로 쓰고 있다. 마룻바닥은 먼지 하나 없이 반질반질하게 닦여 있다. 본채와 작업장을 바닥 가까이까지 내려오는 포렴으로 나누었다. 포렴 반대편에는 좁은 봉당과 쪽문이 있다. 쪽문을 나가면 우라나가야에도 시대 서민들이 살던 공동주택을 나가야라고 하는데, 그중 골목 안쪽에 있는 나가야와 공동우물이 있다.

낮에는 나가야 아낙네들로 시끌벅적한 우물가도 지금은 쥐 죽은 듯 조용하다.

소리 나지 않게 조심하며 두레박을 스륵스륵 내렸다. 길어 올린 물을 손으로 떠서 한 모금 머금는다. 잠시 혀 위에 굴리다가 꿀꺽 넘긴다.

"흠, 그리 나쁘지 않은 것 같군."

물맛은 기온이나 날씨에 따라 달라진다. 장마가 물러가지 않은 요즘은 더욱 그렇다. 소싯적 여러 지방을 떠돌던 지헤에는 에도의 수질이 결코 좋지 않다는 것을 잘 알고 있었다.

그래도 이 나가야의 우물은 나은 편이었다. 다른 곳에 비해 우물이 깊고, 막부에서 시공한 상수도가 아니라 지하수가 고인다. 이곳에 과자점을 낸 것도 지하수가 마음에 들어서였다.

물맛을 확인하자 쪽문 밖에 놓아 둔 나무통 앞에 앉았다. 차양을 길게 낸 자리라 어지간한 비바람은 피할 수 있는 곳이다. 지헤에는 나무통에 앉아 그날 만들 과자를 궁리한다.

밤새 팥과 쌀을 불려 두고, 무엇을 만들지는 물맛을 보고 기온과 습기를 피부로 확인한 뒤에 정한다.

"그래도 결국은 내 맘이지."

구름이 두터워 보인다. 별 하나 보이지 않는 하늘을 우러르며 혼잣말을 했다.

주로진을 닮은 풍모와 온화한 인상 때문에 남들은 그렇게 보지 않지만 지헤에는 자신의 변덕스러운 기질을 잘 알고 있었다.

"오늘은 그 두 가지로 할까."

다시 낮은 소리로 중얼거리고 나무통에서 일어섰다.

"안녕히 주무셨어요, 아버지."

동트기 직전임을 고하는 묘시오전 다섯 시 시종이 울리자 딸 오에이가 작업장에 얼굴을 내밀었다.

이미 몸차림을 마치고 앞치마도 단단히 맸다.

"오늘은 어떻게 할까요?"

"구지라모찌찹쌀과 멥쌀을 섞은 쌀가루에 설탕, 호두 따위를 넣어 반죽을 만들고 틀에 넣어 찐 과자를 만들 테니까 쌀가루와 설탕을 꼼꼼하게 체질해 둬."

예, 하고 오에이는 선반에서 체를 꺼냈다.

"그리고 긴교쿠칸을 만들어야 하는데, 속에 무얼 넣을까" 하고 지헤에가 궁리에 잠겼다.

"요전번처럼 금붕어를 넣으면 안 될까요?"

"그것도 나쁘진 않지만 이렇게 푹푹 찌는 날이니 좀 더 개운해 보이는 것이면 좋을 텐데."

긴교쿠칸은 한천에 설탕과 물엿을 넣고 푹 고은 뒤 틀에 부어 굳힌 것으로, 투명한 한천이 시원해 보이는 여름에 어울리는 과자였다. 네리키리착색한 팥소로 각종 모양을 만든 과자로 만든 금붕어나 꽃을 넣어 어항이나 꽃병을 형상화하면 한결 멋져 보인다.

"그럼 일단 일하면서 생각해 볼까."

"네, 그렇게 해요."

오에이가 밀가루 체질을 시작하자 지헤에는 화덕에 건 솥을 들여다보며 팥 상태를 살폈다.

두 사람 다 말수가 많은 편이 아니고 각자 자기 일에 몰두하느라 작업장은 의외로 조용하다. 행상의 호객 소리나 나가야에서 들려오는 목소리가 잦아지고 바깥은 점점 활기를 더해 갔다.

늘 정해진 시간에 오는 단골 생선 장수의 목소리가 들려오자 오에이가 고개를 들었다.

"어머, 시간이 벌써 이렇게 됐네. 오키미도 참, 언제까지 자려는 건지."

체를 탁자에 내려놓고 앞치마에 손을 닦았다.

"오늘은 무슨 생선이 있나 잠깐 보고 올게요. 물 좋은 새끼 전갱이가 있었으면 좋으련만."

오에이가 봉당으로 내려가 쪽문을 열고 나가자 갈마들듯 본채에서 발소리가 다가왔다. 오에이는 거의 발소리를 내지 않지만 손녀의 발소리는 집안 어디서나 들린다.

"할아버지, 안녕히 주무셨어요."

"잘 잤니. 지금 일어났으니 아주 늘어지게 잤겠구나."

“제가 또 늦잠을 잔 건가요? 엄마도 참, 좀 깨워 주시지.”

열여섯 손녀는 아무리 자도 부족한지, 흔들어 깨우고 소리를 질러도 눈을 뜨지 않는다. 오에이에게 그렇게 들은 지헤에는 재미있다는 듯이 살며시 미소지었다.

“아마 꿈 때문일 거예요. 근데 엄마는요?”

“잠깐 생선 보러 나갔다. 오키미, 체질 좀 해 줄래?”

지헤에는 오에이가 내려놓은 체를 가리켰다.

“예. 그런데 할아버지, 아주 재미난 꿈이었어요.”

오키미는 얼른 체질을 시작하면서도 입을 쉬지 않았다.

“요 근처 마루타케 도목수가 지붕에서 굴러 떨어져서…….”

“저런, 그런 꿈이 뭐가 재미있다고. 도목수가 떨어지다니, 불길하구나.”

“근데 괜찮아요. 허공에서 빙글 한 바퀴 도는 순간 도목수님이 고양이로 변해 버렸어요. 그러고는 땅에 사뿐히 내리면서 뒷발로 오뚝 서는 거예요.”

“고양이 모습으로?”

“네. 그리고 팔짱을 끼며 윗몸을 잔뜩 젖히는 걸 보고 그 고양이가 실은 도목수님이란 걸 알았죠.”

지헤에가 웃음을 터뜨리고 말았다. 작은 체구를 크게 보이려고 팔짱을 끼고 몸을 뒤로 한껏 젖히는 것이 그 도목수의 버릇이기 때문이다.

오키미가 나타난 순간 작업장은 잠에서 깨어난 것처럼 시끌시끌해진다.

곧 오에이가 아까 나갔던 쪽문이 아니라 본채 쪽에서 들어왔다.

"안녕히 주무셨어요, 엄마. 아침 찬거리 사셨어요?"

"전갱이를 샀으니 소금구이를 해 먹자. 근데 오키미, 조금 더 일찍 일어나야겠다. 곧 진시잖니."

진시는 서당 공부가 시작되는 시간이라 자식을 서당에 보낸 어머니들은 우물가에 나와 빨래를 한다. 나가야 공동우물가에도 여인네들이 모여드는지 여자들의 소란한 목소리가 들려왔다.

"아침마다 똑같은 말씀, 이젠 귀에 못이 박혔네요. 저는 먼저 가게 청소부터 할게요."

엄마의 잔소리에서 도망가는 것처럼 오키미가 얼른 작업장을 빠져나갔다. 가게 청소는 오키미 몫이지만 가게 앞 청소는 새벽에 오에이가 해 두었다. 난보시야의 개점 시간은 정오이지만, 가게 앞이 지저분하면 이웃에게 폐가 되기 때문에 새벽에 해 두었다.

"재는 왜 저럴까. 저래서 시집이나 갈 수 있을는지."

"걱정할 거 없다. 저래 보여도 의외로 알찬 아이니까."

손녀를 아끼는 마음에서 하는 말이 아니었다. 오키미는 벌써 체질을 마쳤다. 그런데 오키미가 금세 다시 들어왔다.

"할아버지를 만나고 싶다는 손님이 오셨는데요."

"누구? 지금은 자리를 비울 수 없는데."

"그러게요. 그런데 무가 분이어서 계속 기다리게 하기도 좀……."

오키미답지 않게 말끝이 모호하다. 달갑지 않은 손님인가? 지혜에는 낯을 살짝 찡그리고 하는 수 없이 일손을 멈췄다.

가게와 본채도 포렴으로 나뉘었다. 그것을 헤치고 가게를 들여다본 지혜에는 뒤에 있는 오키미를 묘한 표정으로 돌아보았다.

"무가 분이라는 게…… 저 아이냐?"

오키미가 고개를 까딱했다. 널문에 달린 쪽문이 열려 있어 방문객 모습이 보였다. 가게 안쪽에 깔린 다다미의 마루귀틀에 등을 보이고 앉아 있는 사람은 열 살쯤 돼 보이는 사내아이였다.

기척을 느꼈는지 소년이 뒤를 돌아보았다가 지혜에를 보고 당황하며 발딱 일어섰다.

"불쑥 찾아와 죄송합니다. 여기 난보시야의 주인님이신가요?"

나이는 어려도 무가의 자손이라고 점잖은 말투로 묻는 것이 우스워 그만 얼굴에 웃음이 떠올랐다.

"님 자까지 붙이실 필요는 없습니다, 도련님. 제게 무슨 볼일이신지요?"

그 말을 들은 소년의 얼굴이 긴장 탓인지 더 딱딱해졌다.

"부탁이 있습니다. 저를, 제자로 받아 주십시오!"

턱없이 진지한 소년을 바라보며 지혜에는 눈을 끔뻑거렸다.

"선봉조 도신에도 성 경비, 쇼군의 외출 경호, 에도 시중의 치안 유지 등을 맡는 최하층 무사 이나가와 사키주로의 아들 스이노스케라고 합니다."

안쪽의 6첩방으로 안내받은 소년이 예의바르게 인사했다.

"희귀하지만 좋은 이름이군요."

호기심을 참을 수 없는지 오키미가 지혜에 옆에 붙어 앉았다. 오키미가 방긋 웃자 그때까지 딱딱하게 굳어 있던 소년의 몸에서 얼마간 힘이 빠졌다.

"스이翠는 한자로 이렇게 쓰고…… 풀나무의 초록빛을 뜻합니다. 돌아가신 조부께서 지어 주셨습니다."

다다미에 손가락으로 한자를 써 보였다.

"2년 전에 돌아가신 학문이 높으셨던 조부께서 푸른 풀과 나무처럼 건강하게 자랐으면 좋겠다고 이런 이름을 지어 주셨습니다."

"훌륭한 분이네요."

오키미가 칭송하자 스이노스케는 아이다운 기쁜 표정으로 볼을 붉혔다.

"그렇게 훌륭한 분의 손주께서 왜 과자 장인을…… 과자를 그렇게 좋아하세요?"

과자 장인이 되면 달콤한 과자를 많이 먹을 수 있다. 자못 아이가 생각함 직한 희망이겠다.

"그렇게 가벼이 생각한 것은 아닙니다."

스이노스케가 냉큼 부정했다. 오키미가 뜻밖이라는 표정을 지었다.

"어머, 아니라고요? 우리 단골손님이시라 필시 그렇게……."

"도련님이 단골손님이시냐?"

"네, 맞아요. 아마 세 번쯤 오셨을걸요?"

오키미가 고개를 갸웃거릴 때 복도에서 오에이의 목소리가 들려왔다.

"맨 처음에는 단오절에 오셔서 가시와모찌떡갈나무 잎에 싼, 팥소를 넣은 찰떡를, 그때부터 열흘 사이에 보리 라쿠간보리가루에 물엿과 설탕을 넣고 반죽하고 틀에 넣어 모양을 만든 뒤 건조시킨 과자과 사사아메조릿대 잎으로 싼 엿를 사가셨습니다."

"아마 그랬던 것 같습니다만…… 손님이 사간 과자까지 일일이 기억하십니까?" 하고 소년이 눈을 동그랗게 떴다.

"저희 엄마는요, 저희 과자에 관한 한 기억력이 엄청 좋아요."

오키미가 마치 자기 일처럼 살짝 뿌듯해하는 얼굴이 되었다.

복도에 무릎을 꿇은 오에이는 어린 무사에게 미소를 보인 뒤 지혜에게 얼굴을 돌렸다.

"죄송해요, 중간에 끼어들고 말았네요. 팥이 잘 익어서 알려 드리러 왔어요."

"아, 그래? 그럼 팥소를 만들어야 하는데……. 도련님, 죄송합니다만 잠깐 자리를 비우겠습니다. 떡이나 팥은 맛이 금방 변하거든요."

지헤에가 일어서자 스이노스케가 매달리듯 목소리를 높였다.

"저어, 저도 과자 만드는 걸 볼 수 있나요?"

놀라는 바람에 지헤에의 궁둥이가 다시 다다미로 떨어졌다.

"방해 되지 않게 구석에 가만히 있을 테니…… 아니면 역시 외부인에게는 밝힐 수 없는 비전의 기술이 있는 건가요?"

"비전이라고 할 만큼 대단한 건 전혀 없습니다." 지헤에가 저도 모르게 환하게 웃었다. "저희 과자는 대개 남의 과자를 흉내 낸 것에 불과하니까요."

과자의 기초는 어린 시절에 익혔고, 지금 자신이 만드는 과자는 여러 지방을 떠돌아다니며 배운 과자들을 모방한 것들이다.

"오늘 만들 구지라모찌는 데와 지방의 과자이고, 긴교쿠칸은 요즘은 에도에서도 맛볼 수 있지만 교토에서 배운 겁니다."

"하지만 여기 과자는 어느 가게보다 맛있다고 누이동생이!"

하고 말하다가, 아뿔싸, 하는 표정이 되며 스이노스케는 얼굴이 새빨개져서 고개를 숙였다. 소년의 궁둥이가 움찔거리기 시작했다. 복도에서 오에이가 상냥한 목소리로 말했다.

"그때 사 가신 과자가 누이동생분께 드릴 거였나요?"

스이노스케가 사 가는 과자는 늘 한 개뿐이었다고 오에이가 말했다.

엽전을 꼭 쥐고 자기 먹을 것만 사가는 소년은 그리 드물지 않지만 스이노스케는 과자 하나를 누이동생에게 주고 자기는 꾹 참았던 듯하다.

“실은…… 저는, 먹어 보지 않았습니다” 하고 어렵게 말을 꺼냈다.

스이노스케는 열 살, 누이동생은 세 살 어린 일곱 살이라고 했다. 이나가와가는 살림이 몹시 쪼들리는 듯했다. 올해 서당에 다니기 시작한 누이동생이 가시와모찌를 먹어 보고 싶다고 했단다. 히나마쓰리소녀의 건강한 성장과 행복을 기원하는 3월 3일 명절에 먹는 사쿠라모찌쌀가루나 밀가루로 만든 얇은 피로 팥소를 감싸서 떡을 만들고 소금에 절인 벚나무 잎으로 감싼 과자도 모른다고 서당 아이들한테 놀림당한 듯하다. 막과자밖에 모르는 누이동생이 가여워 단오절인 그날 스이노스케는 엽전을 꼭 쥐고 집을 나섰던 것이다.

스이노스케가 사는 선봉조 도신촌은 요쓰야 성문 서쪽에 있었다. 집 근처 과자점을 둘러보았지만 손에 쥔 엽전으로 살 수 있는 과자는 없었다. 고지마치 대로변의 가게들도 마찬가지여서 막 체념하려고 할 때 대로 뒷골목에 인파가 보였다. 난보시야 과자를 사려는 손님들이었다고 스이노스케는 말했다.

“줄 끝에 선 사람이 이 가게에서 가시와모찌를 판다고 일러 주었습니다. 그리고 점원분이 외치는 소리가 잘 들려서 하나에 4몬이라는 것도 알았고요.”

난보시야는 명절 당일에는 그날을 상징하는 과자를 만들어 판다. 대로변 과자점에서는 하나에 8몬은 줘야 하지만, 난보시야에서는 축하의 마음을 담아 이문이 남지 않더라도 가격을 절반으로 낮추었다. 스이노스케는 4몬 엽전을 소중히 쥐고 줄 뒤에 섰다.

"집에 가서 누이동생에게 주자 이렇게 맛난 과자는 처음이라고 아주 좋아했어요."

다시 푼돈을 마련해서 난보시야로 달려가 라쿠간과 사사아메를 샀다고 한다.

그때까지 잠자코 듣던 지헤에가 스이노스케에게 물었다.

"도련님이 과자 장인이 되려는 것도 누이동생분을 위해서인가요?"

스이노스케는 잠시 생각하는 표정이 되었다.

"우선은 그렇습니다. 하지만 한 가지 이유가 더 있는데……."

주저하듯 고개를 숙이고 말을 잇지 않았다. 지헤에는 굳이 캐묻지 않고 일어섰다.

"저어……."

불안한 눈초리로 올려다보는 소년에게 지헤에가 말했다.

"과자 작업장이 저기 안쪽에 있습니다. 구경하셔도 좋습니다."

"정말입니까! 고맙습니다!"

스이노스케 얼굴이 햇살이라도 받은 것처럼 환해졌다. 지헤에가 오키미에게 소년을 안내하라고 부탁했고, 두 사람이 함께 나가자 오에이는 근심 어린 표정으로 그 뒷모습을 바라보며 말했다.

"괜찮을까요, 아버지? 저 도련님은 무가를 물려받아야 할 텐데요?"

오에이가 무엇을 걱정하는지는 지헤에도 알고 있었다.

"제자로 받겠다는 말은 하지 않았다."

냉정하게 대꾸하면서도 지헤에는 서둘러 작업장으로 향했다.

지헤에는 말차를 넣은 반죽으로 작은 초록빛 단풍잎을 만들었다. 그의 손맡을 스이노스케가 진지한 표정으로 들여다봤다.

"도련님 성함을 듣고 단풍나무를 떠올렸습니다. 덕분에 좋은 모양이 나올 것 같습니다."

가로로 놓은 긴 나무틀 밑에 진한 초록빛으로 착색한 네리키리를 얇게 깔았다. 완만한 호를 그리듯 파도무늬를 만들고 위에 작은 단풍잎을 뿌렸다. 그러고는 조심스레 한천을 부어 넣었다.

와아, 하고 스이노스케가 탄성을 질렀다.

"여름 냇물에 초록 단풍잎이 춤추는 것 같아요."

"그렇지요."

만족스러운 결과물에 지헤에도 웃는 낯으로 대답했다.

"그럼 구지라모찌를 시작해 볼까요."

"구지라모찌라면, 고래 모양으로 만드나요?"

궁금해 못 견디겠는지 아이다운 천진한 얼굴로 물었다.

"고래처럼 엄청 커다란 떡이라 구지라모찌라고 하는 거예요."

"오오!"

"아서라, 오키미. 도련님, 이 아이가 농담한 겁니다."

나무라면서도 오에이 역시 웃음을 참았다.

"자, 잠시 지켜보세요."

지헤에는 곱게 체질한 쌀가루와 설탕에 더운 물을 붓고 반죽했다. 반죽을 밀어 두터운 양갱만 한 상자형 나무틀에 넣었다. 이어서 엿과 칡가루를 섞은 팥소를 떡의 3분의 1 두께로 밀어 하얀 떡 위에 얹었다. 그리고 찜틀에 쪄낸 뒤 나무틀을 빼낸다.

"이게 구지라모찌입니까?"

팥소의 색깔이 떡의 하얀 색을 도드라지게 하여 보기에도 신선한 과자였지만, 대체 어디가 고래를 닮았다는 건지 몰라 스이노스케는 연신 고개를 갸웃거렸다.

"팥소를 고래 껍질로, 떡을 고래 살점으로 본 거죠."

말하자면 껍질이 붙은 고래 고기 조각을 형상화한 과자다. 아하, 하고 스이노스케가 고개를 크게 끄덕였다.

지헤에는 구지라모찌 덩어리에 젖은 천을 씌웠다. 개점 시간까지 식히고 적당히 굳으면 제 크기로 자른다.

"자, 과자가 식는 동안 같이 아침밥을 드세요" 하고 오키미가 스이노스케를 재촉했다.

난보시야에서는 과자 제조가 일단락되면 세 식구가 함께 늦은 아침밥을 먹는다. 조금 일찍 작업장을 나선 오에이가 이미 식사 준비를 마쳐 놓았을 것이다.

"아뇨, 저는 이만 돌아가겠습니다. 멋대로 찾아와서 식사까지 신세 질 수는 없습니다."

"할아버지 제자가 되려는 거 아녜요? 제자라면 스승님 집에서 밥을 먹어야죠."

오키미가 그렇게 말하며 얼굴을 가까이 기울였다. 그래도 내키지 않는지 스이노스케는 망설이는 모습이었다.

"과자든 밥이든 일단 우리 집의 맛을 모르는 사람은 제자로 들일 수 없습니다."

지혜에가 말하자 스이노스케는, 그런가? 하는 표정이 되었다.

"자, 가요. 오늘 아침 반찬은 전갱이 소금구이예요."

오키미는 이제 누나나 되는 것처럼 소년의 작은 손을 잡고 포렴을 헤치며 본채로 들어갔다.

그날 저녁, 동생 곳카이가 난보시야에 찾아왔다.

함께 저녁을 들면서 오키미는 냉큼 스이노스케 이야기를 삼촌에게 들려주었다.

"그래서요, 삼촌. 고래떡 먹는 그 아이 얼굴이 글쎄 눈을 요렇게 똥그랗게 뜨고 한참 동안 말도 못하더라고요."

못 견디게 재미있다는 듯이 들려주는 오키미의 이야기를 듣고도 스님은 평소의 무뚝뚝한 얼굴을 더욱 찡그릴 뿐이었다.

"설마 그 아이를 정말 제자로 들일 생각은 아니겠지?"

요쓰야 대형 사찰의 주지 스님은 우락부락한 얼굴을 형 쪽으로 쓱 내밀었다.

"그런 짓은 하고 싶어도 못 해."

지헤에는 일소에 부쳤지만 동생은 의심스러운 듯 커다란 눈을 가늘게 떴다.

"그렇다면 왜 똑 부러지게 거절하지 않수? 그 아이가 내일도 오겠다고 했다며?"

"무가의 아이가 그냥 놀러오는 것뿐이야. 그렇게 쌍심지 돋울 거 없어."

외동인 오키미는 갑자기 동생이 생긴 것 같아 기뻤다. 모처럼 느낀 신나는 기분에 찬물이 뿌려지자 입을 삐쭉거렸다.

"아무리 어린아이라도 상대는 무가 자손이오. 방심하다가는 골치 아픈 일이 생길 수 있소."

"그렇다고 야멸차게 내쫓기도 딱하잖아."

사람이 물러 터졌다며 동생이 어이없어했다.

"아버지 어릴 적 모습을 보는 것 같아서 짠한 마음에 그러시는 거 아녜요?"

곁에서 오에이가 말했다. 지헤에도 무가의 아들이면서 과자 장인이 되었다. 아버지에게 과자 장인이 되겠다고 말할 때 자신도 그런 눈빛을 하고 있었겠지 하는 생각에 감상적이 되기는 했다.

"누이동생에게 과자를 먹이고 싶댔어요. 코흘리개 동자승 시절의 고로 할아버지가 생각나신 거죠?"

지혜에가 동생을 여전히 아명으로 부르는 탓에 오키미도 늙은 숙조부를 그렇게 부른다.

"뭐 그런 점도 없지는 않지" 하고 지혜에가 가볍게 응했다.

"누굴 보고 코흘리개 동자승이래. 나만큼 덕이 높은 스님쯤 되면 어릴 때부터 용모가 단정해서 콧물은커녕 방귀조차 함부로 뀌지 않는다."

"아유, 고로 할아버지도. 식사 시간에 무슨 그런 말씀을 하세요. 고로 할아버지가 주지로 있는 한 쇼텐지도 격이 높아지려야 높아질 수가 없겠네요."

오이절임에 양념을 얹은 냉두부와 동부조림. 특별할 것도 없는 밥상에 웃음소리가 구색을 더했다.

손녀와 동생의 응수는 늘 있는 일이다. 아옹다옹하는 모습을 바라보는 지혜에의 머릿속에는 오늘 처음 만난 소년의 얼굴이 떠올랐다.

무가의 자손다운 어른스러운 모습에서 얼핏얼핏 보이는 아이다운 표정은 귀여웠지만 한편으로는 안쓰러웠다. 과자 장인이 되고 싶다는 마음이 설사 유치한 바람에서 나온 생각일지라도 스이노스케 나름대로 열심히 고민한 결과일 것이다. 어떻게 마무리를 지을지는 모르겠지만 적어도 그 마음만큼은 무시하고 싶지 않았다.

"나도 형이 무슨 생각을 하는지 정도는 벌써 짐작하고 있수."

곳카이가 불쑥 이야기를 바꾸었다.

"집안에 여자밖에 없잖수. 자기 편이 늘어날 것 같으니까 기분이 좋겠지. 자고로 남자는 아들이나 손주를 바라게 마련이라 여자들뿐이면 아무래도 아쉽겠지."

저도 모르게 동작을 딱 멈춘 오키미가 이내 쏘아붙였다.

"세상에! 작은할아버지는 어쩜 그런 한심한 말씀을! 대체 저랑 엄마의 어디가 마음에 안 드시는 거예요?"

"어허, 얘, 오키미. 나는 그런 소리 한마디도 안 했다."

밖은 숨이 턱턱 막힐 만큼 무더웠지만 그날 저녁 난보시야에서는 장마를 날려 버릴 것 같은 시끌벅적한 목소리가 쉴 새 없이 흘러 나오고 있었다.

"안녕하세요."

이튿날에도 스이노스케가 난보시야에 찾아왔는데, 시간이 너무 일러 지헤에는 깜짝 놀랐다.

"도련님, 아직 해도 뜨기 전인데요."

오에이가 그제야 옷을 갖춰 입었고 오키미는 안쪽 방에서 잠에 빠져 있었다.

"과자점은 아침 일찍부터 일한다고 어제 오키미 님한테 들었거든요. 하지만 스승님보다 늦으면 안 되겠지요. 내일은 더 빨리 오겠습니다."

"저보다 빨리 오셔도 집에는 못 들어오십니다. 게다가 스승님이란 말은 곤란합니다. 과자 장인한테 쓸 말이 아닙니다."

"그럼 뭐라고 부를까요?"

"지혜에라고 해도 됩니다."

"그건 결례 아닌가요. 여기서는 스승님을 뭐라고 부릅니까?"

"뭐…… 보통 주인장, 이라고 하지요."

"그럼 그렇게 부르겠습니다. 그리고 도련님이 아니라 그냥 이름으로 불러 주십시오. 존댓말도 필요 없습니다. 이곳에서는 사제지간이니까요."

그럴 수는 없다는 듯이 지혜에의 눈썹이 하릴없이 축 쳐졌다. 대화를 듣고 있던 오에이가 거들고 나섰다.

"스이노스케 님은 아직 시험을 치르는 중입니다. 과자 일에 재능이 있는지 없는지 알아보고 나서 제자가 돼도 되는 거니까요."

오에이 말에 조금 실망하면서도 스이노스케는 납득했다.

"그럼 주인장, 앞으로 잘 부탁드린다는 말씀을 다시 올립니다."

다다미에 마주 앉아 깍듯하게 고개를 숙였다. 소년의 머리 너머로 지혜에와 오에이는 쓴웃음을 나눴다.

스이노스케는 가게가 쉬는 날만 아니면 하루도 빠지지 않고 난보시야에 찾아왔다.

지혜에는 과자 작업장 구석에서 지켜보고 있으라고 일렀지만 스이노스케는 오에이나 오키미의 손에서 도구를 가로채다시피 해서 물을 긷고 청소도 하려고 했다. 사람들이 보면 큰일 난다고 가게 앞 청소만은 간신히 말렸다.

제자가 되고 싶다는 열망을 한껏 드러내는 소년의 모습에 지헤에도 처음에는 어리둥절할 뿐이었다. 어떻게 대해야 좋을지 몰라 스이노스케의 일거수일투족에 전전긍긍 흠칫거리기만 했다. 오에이와 오키미가 없었다면 도중에 두 손 들고 도망쳤을지도 모른다.

"이건요, 요렇게 돌리면, 봐요, 멋지게 비틀어지죠?"

오키미에게 신분 차이 따윈 하찮은 것인지 처음부터 스스럼없이 말을 건네며 근처 나가야에 사는 아이들을 대하듯이 했다.

한편 오에이는 평소에도 거친 말을 하지 않으므로 정중하게 대하고 있어도 평소 모습과 별반 달라 보이지 않았다.

"너무 세게 하지 말고 부드럽게 비틀면 예쁜 모양이 돼요……. 그렇죠, 오른손을 휙 틀어서."

"오, 아주 잘 나왔군. 도련님은 손재주가 좋네. 과자 장인감인지도 모르겠어요."

"정말입니까, 주인장!"

히네리모찌비틀린 모양의 떡과자를 들고 있던 스이노스케가 기쁜 얼굴로 지헤에를 올려다보았다.

지헤에도 딸과 손녀의 스스럼없는 태도에 물들어 어느새 소년을 편하게 대하고 있었다. 스이노스케가 난보시야에 있는 것이 당연하게 느껴졌고 오래전부터 함께한 듯한 착각이 들었다.

보름이 지나고 장마가 물러갈 즈음에는 지헤에의 말투나 태도에서 스스럼이 사라지고 그저 귀여운 손자처럼 대하게 되었다.

구석에서 얌전히 보고 있던 스이노스케에게, 해 볼래요? 하고 불쑥 권한 것도 그 탓이었다.

처음에는 참깨를 뿌리거나 팥을 고르는 것처럼 간단한 일을 시켰지만 스이노스케는 신중한데다 뭐든 빠르게 익혀서 어느새 경단을 빚거나 떡 모양을 다듬는 등 꽤 믿음직한 조수가 되었다.

어느 날 아침 지헤에는 상을 줄 생각으로 스이노스케에게 말했다.

"오에이가 재미있는 과자를 기억해 냈던데, 오늘은 그걸 만들어 보자."

"예. 어떤 과자인데요?"

"스이보스이노스케의 애칭랑 같은 이름이야."

"저하고요?"

스이노스케가 놀란 얼굴로 지헤에를 올려다보았다. 오에이가 후후 웃으며 대신 말해주었다.

"미도리緑 초록색라는 과자예요. 색깔이 하얀데 미도리라고 부르는 건 이상하지만."

색깔과 이름이 어울리지 않아 오에이도 얼른 떠올리지 못했다.

"가늘고 하얀 것이 가린토 같은 거다. 가린토는 아니?"

"알기는 하지만 먹어 본 적은 없어요."

오래전 중국이나 남만에서 전해진 것으로 알려졌는데, 에도에서 흔히 볼 수 있게 된 것은 10년쯤 전이었다. 모과를 가늘게 잘라 흑설탕으로 조린 과자라서 그런 이름이 붙었다.

미도리는 흑설탕 대신 백설탕으로 조린 과자로, 이름도 오오미도리, 지미도리 등 다양했다.

"내가 히젠 가라쓰에서 먹어 본 것은 와카미도리若緑였지."

"와카미도리……."

입안에서 그렇게 되뇌었지만 가린토 맛도 모르는 스이노스케는 어떤 과자인지 짐작하지 못하는 듯했다.

"직접 먹어 보는 게 이해가 빠를 것 같군. 제조법이 복잡하지도 않으니까 얼른 만들어 볼까" 하며 지헤에는 반죽에 쓰는 커다란 나무 주발을 바닥에 놓았다.

밀가루와 설탕을 물로 되게 반죽해서 한 치 정도 길이로 가늘게 잘라 솥에 볶은 뒤, 약불에 얹은 납작한 구리 냄비에 옮겨 바짝 달인 설탕을 여러 번 발라 옷을 입힌다.

"좋아, 이 정도면 됐겠다."

지헤에가 냄비에 있던 것을 주발로 옮겼다. 잠자코 지헤에의 작업을 지켜보던 스이노스케가 뜻밖이라는 듯이 큰 소리로 말했다.

"이게…… 와카미도리……?"

어린아이 손가락처럼 희고 가는 과자를 보며 스이노스케가 눈을 동그랗게 떴다.

식기를 기다렸다가 몇 개를 종이에 얹어 스이노스케에게 내밀었다. 팔 물건을 공짜로 먹는 것이 죄송하다며 처음엔 극구 사양했던 스이노스케도 지헤에가 빨리 맛을 익혀야 한다고 말하자 이제는 순순히 받아먹었다. 돌아갈 때는 누이동생 주라고 오에이가 종이에 싸 준 과자를 소중하게 품고 갔다. 스이노스케도 난보시야에 익숙해져서 하루하루 소년다운 표정이 살아났다.

스이노스케가 과자를 입안에 넣고 오독오독 소리를 내며 맛있게 먹었다.

"맛있어요……. 개운한 맛이라 얼마든지 먹을 수 있겠어요."

"그래, 맛있니?"

맛나게 오물거리는 얼굴을 보자 지헤에는 저도 모르게 미소 짓고 말았다.

"이건 나도 처음 보는 거네" 하며 오키미가 주발에서 하나 집어 먹었다가, "버릇없게!" 하고 오에이에게 핀잔을 들었다.

"와, 정말 먹기 좋은 과자네. 맛도 가린토보다 진하지 않고."

오키미는 역시 과자점에서 자란 사람답게 그럴듯한 평을 내놓았다.

"하지만 역시 이상하군요. 이렇게 하얀 것을 왜 미도리라고 부르는 거죠?"

스이노스케는 아무래도 납득이 가지 않는지 손가락으로 집은 과자를 찬찬히 살펴보았다.

"모양이 소나무의 초록빛, 그러니까 솔잎을 닮아서라는 것이 가장 흔한 설이지."

아하, 하고 그제야 납득이 간다는 듯 스이노스케가 고개를 끄덕였다.

"그렇다면 말차 가루를 넣어서 만들어야 더 솔잎답지 않나요?"

"그러게. 그렇게 하면 정말 소나무의 초록빛이 되겠네요."

오키미와 스이노스케가 오누이처럼 의견을 주고받았다.

"나쁘지 않구나. 이참에 한번 만들어 볼까?"

지헤에가 선뜻 응하자 그래요, 하고 오에이도 고개를 끄덕였다.

넷이서 과자를 만드는 것이 뜻밖에 행복한 한때여서 지헤에는 정작 중요한 것을 놓치고 있었다. 아니, 애써 외면하고 있었다.

"그냥 이대로…… 지낼 수도 없고."

커다란 과자쟁반을 들고 오키미를 따라가는 소년의 뒷모습을 바라보며 지헤에는 혼잣말을 했다.

"오래 기다리셨습니다. 오늘도 난보시야를 찾아 주셔서 감사합니다."

정오를 고하는 시종과 함께 개점 인사를 하는 오키미의 목소리가 가게 쪽에서 들려왔다.

지헤에는 작업장에서 주발이나 과자 틀을 정리하며 곁눈으로 작은 제자를 살펴보았다. 스이노스케는 꼭 짜낸 걸레로 바닥을 닦고 있었다.

"오늘의 과자는 무쓰 지방의 시오가마볶은 쌀가루에 백설탕과 약간의 소금을 곁들이고 물엿을 넣어 부드럽게 만든 뒤 틀에 넣어 굳힌 과자와 히젠 가라쓰 지방의 와카미도리입니다."

오키미의 인사말과 함께 쪽문 너머에서 활달한 목소리가 들려왔다. 점심 먹으러 서당에서 잠시 귀가한 나가야 아이들의 목소리였다. 그 소리에 등을 떠밀리듯 지헤에가 마침내 입을 열었다.

"스이보, 저어."

그렇게 말을 꺼내 놓고는 뒤를 잇지 못한다. 부르는 소리에 뒤를 돌아다본 스이노스케와 눈이 마주쳤다. 그러자 도저히 다음 말을 꺼낼 수 없었다. 지난 며칠간 늘 이런 식이어서, 오늘은 꼭, 하고 다짐하고도 번번이 포기하고 말았다.

스이노스케는 걸레질 하던 손을 멈추고 얌전히 주인장의 다음 말을 기다렸다. 말을 물릴 수도 없어서 지헤에는 마침내 그 질문을 쥐어짜냈다.

"스이보가 여기 다니는 걸 부모님은 뭐라고 하시지?"

스이노스케는 깜짝 놀란 듯 눈이 휘둥그레졌다.

"무가의 자손이 과자 장인이 되고 싶다는 것은 결코 칭찬받을 이야기가 아니야. 하물며 스이보는 집안을 물려받을 몸이잖아? 아버님이 허락하지 않으신 것 아닌가?"

스이노스케는 바닥으로 시선을 떨어뜨렸다. 역시, 하며 지헤에는 한숨을 지었다.

부모가 허락할 리가 없다. 가독을 물려줄 장남이라면 더욱 그렇다. 알면서도 보름이나 스이노스케에게 확인하지 않았다.

스이노스케는 눈 깜빡이는 시간마저 아끼려는 양 지헤에의 손을 응시했다. 그 손이 빚어내는 것들 하나하나가 놀랍고 기뻤다. 한편 소년의 무구한 광채는 늙은 지헤에에게는 눈이 부실 정도여서, 그저 그 웃는 얼굴을 최대한 오래 보고 싶다는 생각을 어느새 품게 되었다.

"무사는 무엇을 위해 있는 겁니까?"

스이노스케가 불쑥 고개를 들었다.

"전쟁 없는 요즘 세상에 무사에게는 어떤 역할이 있는 걸까요?"

"어떤 역할이라니…… 그거야……" 하고 말을 꺼내 놓고는 뒷말을 잇지 못했다.

당혹스러울 만큼 똑바로 날아오는 시선이 몸에 박히는 듯했다. 지헤에 가슴이 저리도록 욱신거렸다. 그럴 리가 없는데도 마치 소년이 지헤에의 출신을 알고서 그런 질문을 던지는 것 같은 묘한 착각에 사로잡혔다.

"무사 같은 거 돼 봐야 별 볼 일 없다고, 저는 생각합니다."

"과자 장인도 마찬가지일 텐데."

"그렇지 않습니다! 주인장의 과자에는 힘이 있습니다!"

깜짝 놀랄 만큼 커다란 목소리에 지헤에는 눈을 끔쩍거렸다.

"주인장의 과자는 한입만 먹어도 언짢은 일들이 다 잊히고 아주 행복한 기분이 됩니다. 무사의 칼 따위보다 훨씬 더 힘이 있습니다."

"그래 봐야 과자인걸. 그리 대단한 게 아니야."

웃음으로 얼버무리면서도 지혜에 가슴에는 불안이 남았다. 과자 장인을 칭찬하면서 무사를 깎아내렸다. 스이노스케가 품은 염증은 의외로 뿌리 깊은 것인지도 모른다. 더 타이를 말도 떠오르지 않아 지혜에는 평소처럼 소년의 누이동생에게 줄 과자를 쥐여 주고 돌려보냈다.

소동이 일어난 것은 그날 저녁이었다.

"난보시야 지혜에라는 자가 네놈이냐! 이따위 과자 부스러기로 아들을 홀리다니. 대체 무슨 꿍꿍이냐!"

사내가 종이 꾸러미를 땅바닥에 패대기치자 설탕 과자가 사방으로 흩어졌다. 오늘 낮 스이노스케에게 주었던 와카미도리였다.

"그러지 마세요, 아버지! 주인장은 아무 잘못도 없어요. 안 된다는 걸 제가 고집을 피워서 제자로 받아 달라고 부탁한 겁니다. 제발, 제발 그만……."

스이노스케가 남자 허리에 다급하게 매달렸다. 난보시야를 불쑥 나타난 사람은 스이노스케의 아버지였다.

가게 뒷정리를 마치고 닫아 둔 문을 누군가 난폭하게 두드렸다.

지혜에가 쪽문으로 나가보니 안색이 심상치 않은 무가 차림의 사내가 떡 버티고 서 있었다.

"아침 훈련을 한다고 거짓말을 하고 나가더니…… 지난 보름간 검술 도장은커녕 서당에도 가지 않았다고 하지 않느냐!"

지혜에는 흠칫 놀라 몸을 움츠렸다. 역시 스이노스케는 서당과 도장을 빼먹고 이곳에 다녔던 것이다. 짐작했으면서도 아무 말도 하지 않은 것은 명백히 자신의 잘못이었다.

딸과 아우의 근심은 당연한 것이었다. 스이노스케 모습에서 자신의 어린 시절을 보고, 손자나 후계자가 생긴 양 흐뭇한 꿈에 젖어 있었다. 조금만 생각해도 알 수 있는 현실을 애써 외면하려고 했다. 지혜에는 자신의 어리석음을 새삼 후회했다.

"죄송합니다, 주인장. 아버지께는 제가 말씀드릴 테니까……."

지혜에의 슬픈 표정을 오해했는지 스이노스케가 사과하고는 쪼그리고 앉아 사방에 흩어진 과자를 일일이 침착하게 주워 모았다.

"부끄러운 짓 그만둬!"

부친이 아들 목덜미를 붙잡아 벌떡 일으켜 세우고 뺨을 쳤다. 석양에 빨갛게 물든 땅바닥에 스이노스케가 나동그라졌다. 저도 모르게 부축하려는 지혜에를 밀어내며 그가 가운데 버티고 섰다.

"일어나라, 스이노스케. 돌아가자."

스이노스케는 대답 없이 천천히 일어섰다. 일격에 입안에 찢어졌는지 입가에 피가 배어 있었다. 입술을 꼭 깨물고 스이노스케가 부친을 노려보았다.

“안 갑니다. 저는 주인장 밑에서 과자를 배울 겁니다.”

“뭐라…… 또 그런 소리를…….”

“저는 과자 장인이 될 겁니다! 무사가 되지 않을 거예요!”

“너는 이나가와가의 장남이다! 내 뒤를 잇는 게 네 할 일이다!”

“아버지 같은 무사는 되고 싶지 않습니다.”

퍽! 하고 방금 전보다 더 커다란 소리가 스이노스케의 뺨에서 터졌다. 소년의 가벼운 몸이 허공에 던져진 고양이처럼 날아올랐다가 땅바닥에 내동댕이쳐졌다.

“스이보!”

지헤에가 놀라서 달려갔다. 머리를 세게 맞아 몽롱한 듯했다. 스이노스케는 희미하게 뜬 눈을 감더니 지헤에 품에서 축 늘어졌다. 지헤에는 참을 수 없는 걱정이 북받쳐 소년의 몸을 꼭 안았다.

“이제 그만하십시오. 제가…… 제가 잘못했습니다……. 부탁드리오니, 도련님을 때리지 말아 주십시오.”

“과자쟁이 주제에 쓸데없는 소리 하지 마라. 아들을 이리 내.”

“……저는, 안 돌아가요…….”

아직 머리가 어지러운 듯했지만 지헤에 품에서 스이노스케는 여전히 저항하려고 했다.

석양을 받은 부친의 얼굴이 더욱 빨갛게 물들었다. 그는 분노에 사로잡힌 표정으로 지헤에를 무섭게 노려보았다.

"내 아들을 용케 이렇게까지 꼬드겨 놓았구나. 당장 목을 베어도 분이 풀리지 않겠다."

그 눈은 이미 분노를 넘어 증오로 가득 차 있었다.

좁은 뒷골목이라고 해도 통행로이므로 가게 앞의 소동을 알아채고 사람들이 몰려들기 시작했다.

단골 과자점 주인이 재난에 말려든 것을 눈치챈 근처 주민들이 몰려들어 빨리 관인을 불러라, 소방대에도 시중의 소방대는 강한 결집력과 거친 기풍을 가진 조직으로 관리들도 함부로 대하지 못했다 대장을 데려오라, 하고 수군거렸다. 그중에 오키미 목소리도 섞여 있었다.

"어떡해, 엄마. 내가 달려가서 고로 할아버지를 불러올게요."

"침착해, 오키미. 지금 요쓰야로 달려가도 늦어."

소동이 더 커지기 전에 수습하지 않으면 부친이 무슨 짓을 저지를지 알 수 없었다. 하지만 이제 와서 지혜에가 뭐라고 설득한들 귀를 기울이지 않을 것이다. 아무 대책도 떠올리지 못한 채 그저 소년을 껴안은 손에 힘을 주었다. 그때 지혜에 앞에 구원의 손길이 내밀어졌다.

"난보시야 주인장 아닌가. 대체 무슨 일이지?"

인파를 헤치고 나선 젊은 무사가 말했다.

"가와지 님……."

히라도 번 마쓰라가의 가신 가와지 긴고였다.

가와지는 지혜에가 곤경에 처한 것을 즉시 눈치챈 듯했다. 그가 두 사람 사이에 끼어들었다.

"연유는 모르겠소만 상대는 노인과 어린아이 아닙니까."

"모르면 나서지 마시오! 이건 우리 집안의 위신이 걸린 일이오."

가와지는 동글동글한 볼을 긴장시키며 자기보다 키가 큰 상대방의 눈을 빤히 쳐다보았다.

"그럴 순 없습니다. 난보시야는 우리 번과 인연이 깊은 가게요. 어용 간판을 내려 주진 않았지만 가로님께서 총애하시는 가게란 말이오."

가로라는 말에 부친도 조금 위축되는 기미를 보였다. 가와지는 자신의 이름과 신분을 밝혔다.

"여기는 이목이 너무 많군요. 일단 안에 들어가 얘기합시다. 자리에 앉아 얘기를 나누다 보면 서로 오해도 풀리겠지요."

가와지의 중재로 그제야 부친의 서슬이 누었다.

지혜에는 안도의 한숨을 짓고 팔에서 힘을 풀었지만 소년의 표정을 보고 흠칫 놀랐다.

스이노스케는 눈을 크게 뜬 채 입을 완고하게 다물고 있었다.

"아버지가 뭐라고 하든 제 마음은 바뀌지 않습니다. 저는 여기서 과자 일을 배울 겁니다."

지나치다 싶을 만큼 완고한 모습에 가와지는 깊게 한숨지었다.

오에이와 오키미는 옆방으로 물러가고 큰방에 남자 넷이 무릎을 모으고 앉았지만 일 각이 지나도록 이야기는 풀릴 줄 몰랐다.

지헤에가 아들을 꼬드긴 것이 아니라 그저 응석을 받아 주었을 뿐이라는 것을 알자 뜻밖에도 부친은 자신의 성급한 행동을 사과하는 듯한 말을 내놓았다. 가와지가 중재한 덕분에 지헤에와 화해했지만 그다음부터는 뜻대로 되지 않았다.

스이노스케는 무슨 일이 있어도 과자 장인이 되겠다며 물러서지 않았다. 부친은 물론 지헤에와 가와지까지 설득에 나섰지만 스이노스케의 결심은 흔들리지 않았다.

제자리를 도는 대화에 세 어른의 얼굴에는 피로한 기색이 짙게 떠오르고 있었다.

마침내 부친이 작심한 듯 입을 열었다.

"아까 네가 가게 앞에서 큰 소리로 말했지. 나 같은 무사는 되고 싶지 않다고……. 그런 말까지 하며 버티는 것은 그것 때문이냐?"

스이노스케는 무릎으로 시선을 내린 채 입을 다물고 있었지만 양손에 쥔 하카마가 바짝 오그라들었다.

"내가 할아버지 같은 훌륭한 무사가 아니어서…… 학문도 모르고 어엿한 관직도 얻지 못해서 너희에게 과자 하나 사 주지 못했다. 네가 무사를 싫어하는 것은 그 때문이냐?"

남들 앞에서 자신의 수치를 드러내는 솔직함에 지헤에는 적잖이 놀랐다.

스이노스케의 부친 이나가와 사키주로는 선봉대 도신으로 일한다. 선봉대란 활부대와 철포대로 구성되며 전시에 선봉에 서서 싸우는 자들이다. 평시에는 에도 성 내 출입문을 지키며 도신은 그 선봉대의 말단에 해당한다.

사키주로의 조모를 비롯한 일가 다섯 식구를 부양하기에는 녹봉이 너무나 적은데다 생계를 보장해 줘야 하는 수하까지 있다. 설사 말단 관리라도 무가에는 수하 인원부터 복장에 이르기까지 세세한 규정이 있었다. 아무리 가난뱅이라도 체면을 차리려면 일정한 비용을 써야 했으므로 자연히 지출이 늘게 된다.

에도 막부가 들어선 지 250년이나 지났지만 그동안 녹봉은 전혀 오르지 않고 물가만 착실히 뛰었다. 하급 무사의 살림은 전에 없이 궁핍해졌다.

"할아버지가 일하실 때는 그나마 나았다. 넉넉하다고는 할 수 없어도 살림은 지금보다 훨씬 여유로웠지."

선봉대는 성격상 무술 훈련이 필요했고 이나가와 역시 검술에 뛰어났다. 그러나 스이노스케의 조부는 검술만이 아니라 학문에도 조예가 깊었고 유명한 서예가이기도 했다. 제자 중에는 많은 녹봉을 받는 무가나 부유한 상인도 있어서 서예로 벌어들이는 수입이 후치쌀기본급 외에 수당처럼 지급되는 쌀의 몇 배에 달했다.

공교롭게 사키주로는 부친의 교양을 손톱만큼도 물려받지 못하여, 선친이 타계한 뒤 이나가와가는 금세 곤경에 처했다. 자신의 모자란 기량 탓이라 여기며 부끄러움을 품고 있을 것이다. 부친은 목소리를 낮추었다.

“너도 그 시절을 기억하고 있을 테니까 예전 살림을 잊지 못하고 가난에 염증이 났겠지. 나도 같은 심정이긴 하지만…….”

“옛날을 잊지 못하는 건 아버지 아닌가요!”

낮은 소리로 불평처럼 중얼거리는 부친의 말을 스이노스케가 소리치며 잘랐다. 얼굴이 빨개지고 하카마를 꽉 움켜쥔 양손을 탁, 소리가 나게 다다미에 짚으며 아버지에게 몸을 틀었다.

“도신 자리도 가난한 살림도 저는 전혀 고역이 아닙니다. 가나에가 불쌍해 보인 적은 있지만 그래서 과자 장인이 되려는 것은 아닙니다.”

스이노스케는 누이 이름을 꺼내며 아버지를 계속 추궁했다.

“아버지가 매일 밤 하시는 똑같은 말씀을 더는 참을 수 없게 된 겁니다.”

평소 선봉대는 성문지기에 불과하여 동료들과 잡담을 나누는 것 말고는 달리 시간을 보낼 거리도 없는 지루한 자리였다. 부친은 술을 마시며 매일 밤 지치지도 않고 똑같은 말로 불평을 거듭했다.

“일은 따분하고 녹봉도 적다고 할아버지 시절과 비교하며 불평하시죠. 그게 너무 괴로워 견딜 수 없었습니다.”

“스이노스케…….”

“할아버지는 물론 훌륭한 분이었습니다. 그렇다고 그것 때문에 아버지를 무시하는 사람은 아무도 없습니다. 아버지만 매일 할아버지를 들먹이며……."

그때까지 참고 있던 눈물이 스이노스케의 눈에서 굴러 떨어졌다. 소년은 그것을 소매로 쓱 훔치고 계속 말했다.

"……저 역시 학문은 잘하지 못합니다. 이대로 어른이 되어 관직에 나가도 아버지처럼 매일 밤 똑같은 불평을 반복하며 평생을 보내야 하나 생각하니 무서워졌습니다."

잠시 침묵이 흐르다가 마침내 사키주로가 그러냐, 하고 중얼거렸다.

가게 앞에서 험악하게 소리를 지르던 고압적인 무사의 모습은 완전히 자취를 감추었다. 넋을 놓은 듯 멍한 표정을 짓고 있는 모습에 지헤에는 가슴이 저렸다.

훌륭한 아버지 슬하에서 자랐다는 것은 아들에게 결코 고마운 일만은 아니다. 사키주로는 세상을 떠나서도 여전히 눈앞을 가로막고 있는 아버지의 망령에 사로잡혀 있었을 것이다.

나는 그런 망집에 사로잡히지 않을 테야, 하고 안간힘으로 저항하는 스이노스케에게 지헤에가 물었다.

"과자 장인이 되고 싶다는 생각은 변함이 없습니까?"

"예."

"그렇다면 지쿠고 구루메로 가서 배우시겠습니까?"

네? 하고 놀라는 스이노스케의 몸이 떨렸다. 그때까지 전혀 동요하지 않던 굳은 표정에 비로소 불안이 스쳤다.

"구루메에는 제가 소싯적에 신세 졌던 과자점이 있습니다. 일꾼도 여럿이고 주인도 믿음직한 실력을 가지고 있습니다."

지혜에가 일하던 시절의 주인은 은퇴하여 대가 바뀌었지만, 지금도 편지를 주고받는 관계였다.

그곳에서 10년은 배우라고 지혜에는 진지한 표정으로 말했다.

"……지쿠고 구루메라는 곳은 어디쯤입니까?"

주뼛거리며 묻는 말에 가와지가 대답했다.

"에도에서 수백 리나 떨어진 바다 건너에 있다. 우리 번은 그 옆 히젠에 있는데, 빠른 파발이라도 편도에만 스무 날, 어린아이의 발이면 여러 달은 걸린다."

"그렇게 먼 곳에 왜…… 저는 여기서, 난보시야에서, 주인장에게 과자를 배우고 싶은 겁니다."

"이곳은 요쓰야에서 가깝지요. 집에 가고 싶으면 언제라도 갈 수 있다고, 그렇게 생각하시는 건가요?"

허를 찔린 듯 소년의 입이 맥없이 벌어졌다.

"그런 안이한 생각으로는 절대로 과자 장인이 될 수 없습니다."

과자점은 아침 일찍부터 움직인다. 동트기 전 정도가 아니라 아예 한밤중에 작업을 시작하는 가게도 적지 않다. 사환이라면 말할 것도 없이 누구보다 일찍 일어나 밑준비를 마쳐 놓아야 한다. 지혜에도 과자 작업장에 들어가기까지 3년이 걸렸고, 과자를 만지기까지는 다시 1년 이상 걸렸다. 정말이지 힘겹기 짝이 없는 날들이라, 당장 집으로 도망치자는 생각을 매일처럼 했다.

어떻게든 머물며 배울 수 있었던 것은 지헤에 역시 무사 신분을 버렸기 때문이었다. 내게는 이제 돌아갈 집 같은 건 없다고, 어린 나이에도 그것만은 명심하고 있었다.

지헤에는 과자 일을 배우던 시절을 과장하지 않고 담담하게 말했다.

"지쿠고에서든 에도에서든 수련이 힘들기는 마찬가지입니다. 그렇다면 차라리 바다를 건너 버리는 게 각오를 단단히 다지는 데 좋지요."

단단한 바위 같던 스이노스케의 결심이 대화 중간쯤부터 빠르게 깎이며 작아지는 것이 손에 잡힐 듯 느껴졌다.

"게다가 가문을 버리고 과자 장인이 되는 것이니 앞으로 아버지는 물론 어머니와 누이동생도 다시 만날 수 없다는 걸 각오해야 합니다."

"……어머니도 가나에도, 못 만나게 됩니까……."

방금 전의 기세는 깨끗이 잃어버리고 소년은 풀이 죽어 고개를 떨어뜨렸다.

잠시 사이를 두었다가 지헤에가 말투를 바꾸어 말했다.

"도련님은 실은 아버님을 깊이 좋아하시지요?"

스이노스케와 부친이 꼭 닮은 표정으로 동시에 고개를 들었다.

"많이 좋아하니까 답답해하는 아버지를 보기가 괴로웠겠지요. 그렇지 않은가요?"

얼른 대답하기가 어려웠는지 스이노스케는 곤혹스러운 듯 미간을 찡그렸다.

"스이노스케, 일단 집으로 돌아가지 않겠니. 해도 한참 전에 저물었다. 할머니도 네 어머니도 걱정이 많을 거다."

"아버지……."

망설인다기보다는 그토록 고집을 피운 뒤라 선뜻 물러서기가 어려웠을 것이다. 그 등을 밀어 주듯 지헤에가 화제를 바꾸었다.

"도련님, 오늘 만든 미도리에는 다른 유래가 있습니다. 솔잎의 초록이 아니라 '알맹이実 미'를 '껍데기로 감싼다縁どり 후치도리'는 데서 그런 이름이 생겼다고 하지요."

"알맹이를, 껍데기로 감싸다……."

설탕을 여러 번 끼얹어 옷을 입히는 데서 유래했다고도 한다.

"도련님도 지금 알맹이에 거죽을 입히는 시기라고 생각합니다. 글공부나 검술 훈련이 바로 그런 것이니 먼저 해야 할 수련을 착실히 마치십시오. 그래도 과자 장인이 되고 싶다면 제가 상의해 드리겠습니다. 하지만 그때까진 절대로 여기 오시면 안 됩니다."

지헤에는 난보시야의 주인으로서 그렇게 말했다. 스이노스케가 슬픈 얼굴로 그를 올려다보았다.

엄격한 표정이 무너지지 않도록 지헤에는 어금니를 꽉 물었다.

캄캄한 밤길을 부자가 나란히 걸어갔다.

그들을 배웅하고 나니 안도감보다 소중한 것을 상실한 듯한 슬픔이 가슴에 차올랐다. 저도 모르게 멍하니 서 있는데 오에이가 가와지 앞으로 걸어 나왔다.

“덕분에 무사히 끝났습니다. 정말 뭐라고 인사를 드려야 할지.”

지헤에도 딸을 따라 황급히 허리를 숙였다.

“그러고 보니 무슨 볼일이 있어서 오신 거 아니었나요?”

“아차, 아까의 소동으로 까맣게 잊고 있었군. 가로님이 또 카스도스…… 아니, 인로 카스테라를 부탁하셔서 왔네.”

이번에 마쓰라가의 식료품 조달 담당으로 임명되어 과자점 교섭도 맡게 되었다고 가와지가 덧붙였다.

“사실 한여름에 어울리는 과자라고는 말하기 힘들지만 가로님이 유별나게 좋아하시니” 하며 가와지가 쓴웃음을 흘렸다.

그는 한여름에 어울리는 담백한 과자도 몇 가지 만들어 함께 납품해 달라고 부탁했다.

그렇다면 당장 품목을 정하는 것이 좋겠다고 오에이가 제안했다.

“바로 상을 차릴 테니 저녁 드시고 가셔요.”

“아니, 공무로 온 몸이니 그런 폐를 끼칠 수는…….”

가와지가 정중하게 거절하려고 하자 오키미가 끼어들었다.

"꼭 함께 드셨으면 좋겠어요. 할아버지가 손자를 원하시는 걸 보니, 이 손녀로는 성에 차지 않는 것 같거든요."

"어허, 오키미. 내가 언제……."

"그렇게 섭섭한 표정을 하고 있잖아요. 스이보가 없어서 슬프다고 큼지막하게 써 있네요."

이거야 원, 하며 지헤에는 길게 쳐진 귓불 뒤를 박박 긁었다. 눈치를 챈 가와지가 알겠다는 듯이 고개를 끄덕였다.

"그 사내아이한테는 미치지 못하겠지만 과자 이야기라면 나도 할 수 있을 것 같군."

오키미는 가와지의 등을 밀다시피 하며 방으로 안내했다.

"정말 그러네. 이렇게 낙담한 얼굴이라니, 형님이 그렇게 손자를 원했는지는 몰랐수."

사흘 뒤 곳카이가 난보시야에 얼굴을 비쳤다.

자기 입으로 출입을 막았지만 막상 스이노스케가 보이지 않자 당연히 있어야 할 뭔가를 잃어버린 것 같아 지헤에는 영 기운이 나지 않았다. 보다 못한 오키미가 어떻게든 기운을 내게 해 달라고 곳카이를 찾아가 부탁했다고 한다.

"그렇지 않아. 오에이와 오키미가 있는데 뭐가 부족해서."

"또 마음에도 없는 말을. 아직까지 이런 걸 만들고 있으니 오키미가 걱정하는 것도 무리가 아니지. 이게 미도리라는 과자겠지?"

곳카이는 말차 빛깔의 과자를 입안에 던져 넣고 오독오독 소리 내어 씹어 먹었다.

오키미와 스이노스케의 의견을 받아들여 겉에 뿌리는 설탕에 말차를 섞었고 이름도 마쓰노미도리로 정했다.

지헤에는 그릇으로 시선을 떨어뜨려 여름에 어울리는 빛깔의 과자를 살펴보았다.

“부친이 지켜보고 있어서 그런 설교 같은 말을 하고 말았지만, 내겐 스이보에게 훈계할 자격 따윈 없어. 나부터가 무가를 버리고 과자 장인이 되고 말았으니까.”

“이런. 그 말을 하고선 속을 끓이고 있었수?”

곳카이가 어이없어했지만 지헤에는 소년의 무구한 소망을 어른의 논리로 짓밟은 것 같아서 마음이 영 개운하지 못했다.

“그게 옳은 말이었을까 하는 생각이 자꾸 드는군.”

“몇 번이나 말했지만, 그 아이는 가문을 상속할 장남이지? 차남과 삼남인 우리하고는 다르지. 무가를 상속하는 것 말고 무슨 길이 있겠수.”

형제가 자란 오카모토가 역시 장남이 물려받았다.

과자 장인이 되게 해 달라고 지헤에가 아버지에게 간청한 것은 스이노스케와 마찬가지로 열 살 때였다. 과자점에서 말단 점원으로 일을 배울 때는 몹시 힘들었지만 지금은 그날 만들 과자를 아침에 기분 내키는 대로 결정할 만큼 편하게 지내고 있다.

"이봐, 고로. 대체 얼마나 많은 무사들이 스이보의 부친처럼 가난과 실의에 시달리고 있을까."

"그건 과자점 주인이 안쓰러워해 봐야 소용없는 일이우."

더위라도 먹은 것처럼 풀이 죽은 얼굴을 바라보며 곳카이가 딱하다는 표정을 지었다.

지혜에는 그릇으로 손을 뻗어 솔잎 빛깔의 과자를 하나 집어서 입안에 넣었다.

—무사는 무엇을 위해 있는 겁니까?

과자를 오독오독 씹고 있자 스이노스케가 했던 말이 떠올랐다.

"말차를 조금 많이 넣은 것 같네" 하며 지혜에가 낮을 찡그렸다.

떫은 맛이 강한 설탕옷이 혀 위에서 씁쓰레하게 녹았다.

南 星 屋

세 번째 과자

이가모찌

"예전에는 달맞이 때면 토란이었는데."

하얀 경단을 동글게 빚으며 지헤에가 오키미에게 말했다.

평소 다양한 지방의 과자를 만들어 파는 난보시야도 명절이나 세시歲時 행사 때는 그날에 맞는 과자를 내놓는다. 팔월 보름날, 일가족 세 사람은 동트기 전부터 경단을 빚느라 경황이 없었다.

"롯폰기에 이모아라이자카 언덕이 있잖니. 거기선 여전히 팔월 보름이 다가오면 큰 시장이 서고 토란을 팔기 시작한단다."

"그 토란 대신 경단을 먹게 된 거죠."

"음, 그래. 덴포 시절1831~1845년이니까, 그래, 한 십오 년쯤 전부터 그렇게 된 것 같구나."

"어머, 그럼 달맞이 때 경단을 제물로 바치게 된 것도 그리 오래된 얘기가 아니네요. 그보다는 훨씬 오래전부터일 거라고 생각했는데" 하고 오키미가 깜짝 놀라며 말했다.

난보시야에서 달맞이 경단을 만든 것도 확실히 그즈음부터였다고 지혜에는 속으로 헤아려 보았다. 하지만 이런 쪽이라면 훨씬 해박한 사람이 있다.

"얘, 오에이. 처음 달맞이 경단을 만들어 판 것이 언제였지?"

딸에게 물었지만 대답이 없다. 양손을 빙글빙글 돌리며 경단을 빚고 있는데, 초점 없는 시선은 더 먼 곳으로 향하고 있었다.

오키미도 곁의 엄마를 쳐다보고 냉큼 큰 소리로 말했다.

"아유, 엄마! 꼬치경단이라도 만드세요? 그렇게 작게 빚으면 쟁반이 헐렁해 보이잖아요."

달맞이 경단은 꼭 어린애 주먹만 하므로 일반적인 경단보다 몇 배는 크게 빚어야 한다.

그것을 12개, 윤년이면 13개를 쟁반에 담아 제물로 공양하는 것이 관습이었다.

오에이 앞에는 꼬치에 꿰면 딱 좋을 만한 작은 경단이 여러 개 늘어서 있었다. 오키미의 핀잔에 그제야 정신을 차렸는지,

"어? 어머, 어떡하나…… 죄송해요, 지금 다시 만들게요."

"괜찮다, 오에이. 이리 줘. 찌는 것부터 다시 하는 게 좋겠다."

죄송해요, 하고 오에이가 어깨를 떨어뜨렸다. 지혜에는 흐음,

하며 딸의 얼굴을 바라보고 노파심에 한 가지를 더 물어보았다.

“오에이, 가게 밖에 붙여 두라고 했던 종이는 어떻게 됐니?”

“어머, 깜빡했네요! 어쩌나, 당장 써서 붙여 둘게요.”

“그래. 나가는 김에 가게 앞 청소도 일찌감치 마쳐 두려무나.”

평소에는 정오에 가게 문을 열지만 올해는 달맞이 경단을 예약한 손님이 유난히 많아서 일 각 늦게 열기로 했다. 어제 가게 뒷정리를 마쳤을 때 그 사실을 종이에 써서 밖에 붙여 두라고 오에이에게 부탁했던 것이다.

“예, 죄송해요. 그럼 여긴 부탁드릴게요.”

오에이는 미안해하는 얼굴로 고개를 숙이고 작업장을 나갔다. 그 뒷모습을 바라보며 지헤에는 다시 한 번 흐으음, 하는 소리를 흘렸다.

요즘 딸 오에이의 모습이 심상치 않다.

지헤에가 그걸 알아챈 것은 이삼일 전이었다. 매사 신중하고 빈틈없는 데다 착오나 실수가 드문 사람. 평소 오에이는 그런 사람이었다. 그런데 최근 며칠 사이에 유난히 실수가 잦았다. 아까처럼 넋을 놓고 있거나 왠지 안절부절못하기도 하는데, 어느 모습이나 오에이답지 않았다.

무슨 일이 있냐고 딱 한 번 물어봤지만 오에이는 얼버무릴 뿐이었다.

아마 아버지에게는 말하고 싶지 않은 일이겠지. 부녀 사이에는 서로를 들여다볼 수 없게 하는 높은 담이 있어 함부로 개입할 수 있는 관계가 아니다. 이럴 때 아내가 살아 있었으면, 하고 지헤에는 내심 한숨을 지었다.

본래 오에이는 여간해선 속내를 드러내지 않고 불만이나 불평을 흘리는 일도 없다. 고민이나 괴로움은 전부 혼자 속으로 삭이는 구석이 있다. 아마도 그건 나고 자란 환경 탓일 터다.

지헤에는 떠돌이 장인으로 아내와 오에이를 데리고 온갖 지역을 돌아다니며 살았다. 거처가 수시로 바뀌었기 때문에 늘 친숙하지 못한 사람들에 둘러싸여 자랐다. 일가족이 단란하게 지낼 수 있는 여행중에는 마음이 편했지만 어느 과자점에 고용되어 반년이고 일 년이고 머무는 동안에는 편하게 지낼 수 없었다.

과자점 근처에 단칸방이라도 빌릴 수 있으면 좋지만, 가게 주인의 형편에 따라서는 세 식구가 가게에서 지내는 경우도 있었다. 그러면 주인 일가는 물론이고 고참 점원들 눈치도 봐야 했다. 지헤에나 아내는 주변 사람과 부딪히는 일이 없도록 늘 신경 썼으니 자연히 저자세를 취하며 매사 무난하게 넘기는 습관이 들었다.

그런 부모를 보고 자란 오에이 역시 같은 처세를 몸에 익혔다.

남을 부드럽게 대하고 늘 삼가는 태도를 보이며 일에서는 실수가 없도록 신경을 썼다.

신세 지는 처지라 편하게 놀고 있을 수도 없었다. 세 식구가 더

부살이할 때는 아내도 식모로 일하고 오에이도 엄마를 도와 물 긷기부터 청소까지 아이에게는 힘겨운 일도 불평 없이 해냈다.

오키미를 보고 있으면 문득 오에이가 가여워지곤 했다. 오키미는 남들 눈치보는 일 없이 할 말은 다 하고 감정도 솔직하게 드러낸다. 제멋대로 구는 구석도 있지만, 밝은 웃음소리는 누구에게나 기분 좋게 들린다.

오에이는 늘 미소를 짓고 있지만 소리 내어 웃는 일은 좀처럼 없다. 부모의 사정으로 딸에게 무리와 인내를 강요한 것일까, 하고 종종 깊이 자책할 때가 있다.

그런 오에이가 이토록 두드러지게 동요하는 모습을 보이니 역시 예사로운 일은 아닐 터다. 지헤에의 기억으로는 이런 일은 딱 한 번밖에 없었다.

남편 슈조에게 여자가 생겼다는 걸 알았을 때다.

"얘, 오키미……."

"저, 할아버지."

공교롭게도, 아니 오히려 다행스럽게도 두 사람이 동시에 입을 열었다.

오키미가 웃었고 지헤에도 입가에 미소를 지었다.

"왜요, 할아버지?"

"아니…… 별 얘기 아니다. 네 얘기부터 들어 보자."

"저도 별 얘기는 아니에요. 다만 이렇게 경단을 빚고 있으면요,

늘 생각나는 게 있어요. 어릴 때 엄마한테 들은 건데요."

손을 쉬지 않고 하얗고 매끈한 구슬을 빚으며 오키미는 그립다는 듯이 이야기를 시작했다.

"경단을 마루마루동글동글라고 부른다던데, 맞아요, 할아버지?"

"특히 규슈 과자점에서 흔히 쓰는 말이지. 마루마루라는 말은 교토의 뇨보코토바거든."

뇨보코토바란 궁녀가 사용하던 독특한 은어로, 보타모찌찹쌀과 멥쌀을 쪄서 밥알 형태가 거반 남아 있을 정도로 대충 짓이겨 경단을 빚고 겉에 팥소를 두른 떡를 야와야와매우 부드러운 것을 표현한 의태어, 소면은 조로조로부드럽고 긴 것이 힘없이 끌려가는 모습을 표현한 의태어라고 부르는 등 겹말이 많았다. 달달하고 온화한 표현이 아마도 화과자와 잘 어울렸을 것이다. 경단을 마루마루, 쑥떡을 쑥 쓰미쓰미나물 따위를 '똑똑' 뜯는 모습을 표현한 의태어라고 부르는 것은 화과자 서적에서도 흔히 볼 수 있다.

"제가 꼭 열 살 때였는데요, 엄마를 도와 경단을 빚고 있었어요."

이렇게 커다란 달맞이 경단이 아니라 아이 손으로도 쉽게 빚을 수 있는 평범한 경단이었다. 그때 오에이는 마루마루라는 별명을 딸에게 가르쳐 주며 말했다.

'오키미, 너도 이 경단처럼 마음이 동글동글한 아이가 되려무나.'

그 말은 엄마의 부드러운 목소리와 미소와 어우러져 뜻밖에 오키미의 가슴 깊숙이 들어왔다.

"오에이답구나."

지혜에는 한가롭게 대답했지만 오키미가 뜻밖의 말을 했다.

"하지만 할아버지, 그건 엄마가 아빠와 헤어지고 얼마 안 되었을 때였어요. 그래서 더 마음에 남은 거예요."

어? 지혜에는 저도 모르게 경단을 감싼 양손을 뚝 멈췄다.

결국 슈조는 처자식을 버리고 여자와 떠났고 부부는 이혼했다. 오에이는 오키미를 데리고 아버지 곁으로 돌아와 이 집에서 함께 살기로 했는데, 그로부터 얼마 지나지 않았을 때였다는 것이다.

"저는 아빠가 한심하기도 하고 밉기도 해서 내내 투덜거리고 있었어요. 왜냐하면 엄마가 아무 말도 하지 않고 있었거든요."

음, 음, 하며 지혜에는 저도 모르게 고개를 끄덕였다. 말없이 견디는 엄마를 대신해 마음껏 화내고 원망을 늘어놓는 것이 딸의 마음을 드러내는 최선의 방법이었을 것이다.

하지만 오에이는 그런 딸을 부드럽게 타일렀다.

'오키미, 그렇게 성을 내며 빚으면 마루마루가 아니라 이가모찌'이가'란 가시 돋친 껍데기를 뜻한다가 되고 말겠다.'

그리고 잔잔하게 웃으며 아까 이야기를 들려주었다고 한다. 이가모찌란 팥소를 넣은 경단 위에 색을 낸 찹쌀을 붙인 과자로, 찹쌀 알갱이들을 가시 총총한 밤송이에 빗대어 그런 이름이 붙었다.

"그런 일을 겪은 직후인데도 빙글빙글 웃다니, 엄마는 대단하구나, 나도 저렇게 경단처럼 동글동글하고 새하얀 마음으로 살고 싶다는 생각을 했어요."

"그래? 그런 일이 있었구나……."

마침 그 시절의 오에이를 떠올리던 참이었다. 연민인지 겸연쩍음인지 모를 감정에 사로잡혔다.

"그런데 할아버지가 하시려던 얘기는요?"

응, 하고 말끝을 흐렸다가 이삼일 전부터 마음에 걸렸던 것을 손녀에게 털어놓았다. 이런 일이라면 역시 오키미와 상의하는 것이 현명하겠지. 심상치 않은 엄마의 모습을 오키미가 놓쳤을 리 없다. 그런데 돌아온 대답이 뜻밖이었다.

"어머, 이제야 알아채셨어요?"

"……이제야라니, 무슨 말이야?"

"이삼일이 아니라 벌써 이럭저럭 닷새쯤 되는걸요. 늘 평온하던 엄마가 묘하게 안절부절못하잖아요? 그래서 금방 알았죠."

눈치에 관해서는 여자를 당할 수 없다. 아직 어린애나 다름없는 오키미보다 자신이 더 둔했단 말인가, 하고 지헤에는 쓴웃음을 흘렸다.

"그럼 그렇다고 귀띔이라도 해 주지 그랬니."

"할아버지가 알면 마음고생하실 것 같아서."

"마음고생이라니, 뭣 때문에?"

"딸의 남자 이야기는 부모에게 무엇보다 울화통이 터지는 얘기 아닌가요?"

"남자라고!"

너무 놀란 나머지 엉거주춤 일어서는 바람에 손에 있던 경단이 바닥으로 굴러 떨어졌다.

"하지만 너희 엄마는 이미 서른이 넘었잖아."

"어머, 연애와 나이는 무관하다고 우에시게 할아버지도 말씀하시잖아요."

"그야 그 노인네는 선천적으로 여자를 밝히는 사람이니까."

지헤에는 미간에 주름을 잔뜩 모으며 끄응, 하고 신음을 흘렸다. 정원사로 일하다 은퇴한 우에시게는 지헤에의 좋은 바둑 친구이지만 소싯적엔 화려한 여성 편력으로 이름을 날렸다.

"……그래, 상대는 누구지?"

"제 짐작으로는요, 우선은 등롱 장인 하치지로 씨예요."

가까운 고지마치 7초메에 사는 등롱 장인 얼굴을 떠올리니 그만 불평이 튀어나왔다.

"그자는 오에이보다 한 열 살은 어릴 텐데. 게다가 오키미, 우선은이라니, 그건 또 무슨 뜻이냐."

"저랑 오이마가 추측한 거예요."

오이마는 오키미와 제일 친한 친구로 근처 주머니 가게의 딸이다. 나이는 오키미보다 한 살 많지만 꽃밭을 살랑살랑 날아다니는 나비처럼 행동거지가 경박한 구석이 있다. 오이마 이름이 나오자 그때까지 액면 그대로 받아들이고 있던 손녀의 이야기에 조금 의심이 들었다.

"나카겐의 젊은 도목수도 수상해요. 외모나 대범한 기질은 이 근방에서 알아주잖아요."

후우, 하고 저도 모르게 한숨이 새어 나왔다. 나카겐은 고지마치에서도 손꼽히는 커다란 목수 일가이며, 젊은 도목수라지만 마흔 살에 가깝다. 나이는 오에이와 어울리지만 가장 중요한 요건이 맞지 않는다.

"그 젊은 도목수는 부인도 있고 자식이 셋이나 있잖아."

"가망 없는 사랑이니까 고민하고 있는 건지도 모르죠."

오키미는 작업장의 그을린 천장을 멍하니 올려다보았고, 지헤에는 갑자기 몸에서 맥이 풀렸다.

바람피운 제 아비를 누구보다 엄격하게 비난하던 아이가 어찌 그런 망상을 품을 수 있을까, 하며 어린 아가씨의 심정은 이해하기 어려운 것이라고 새삼 느꼈다.

"오이마는요, 고켄나가야의 덴페이 씨가 아닐까 하던데, 그럴 리는 없어요. 왜냐면 그 사람은 미장이거든요."

부친 슈조는 미장일을 했다. 미장이라면 에도에 헤아릴 수 없이 많은데도 오키미는 미장이만은 여전히 끔찍이 싫어했다.

"요컨대, 뭐냐……. 엄마에게 확인해 보지도 않았고 상대가 누구인지도 모르지만, 연애로 고민하고 있는 것 같다는 거냐?"

"네, 맞아요."

오키미는 만면에 웃음을 지으며 고개를 끄덕였고 지혜에는 별안간 피로를 느꼈다.

연애는 오키미와 친구가 품은 망상인지 모르지만, 오에이 모습이 심상치 않은 것은 사실이었다. 오키미도 친구의 채근을 받고 엄마에게 몇 번인가 넌지시 물어보았다는데, 그때마다 얼버무리더라고 하며 입을 삐쭉거렸다.

"집주인 아주머니한테라도 부탁해 보면 어떨까."

"그래도 결과는 마찬가지일 거예요. 엄마는 늘 당신 일은 혼자 처리하니까."

그건 그렇지, 하며 지혜에도 고개를 끄덕이는 수밖에 없었다.

그 상태로 사흘이 지나고 닷새가 지나자 오에이의 차분하지 못한 모습도 어느새 자취를 감추었지만, 가만히 관찰해 보니 여전히 종종 상념에 빠진 모습을 보였다. 지혜에는 엉겨 붙은 채 떨어질 줄 모르는 실보무라지를 붙이고 있는 듯한 기분으로 하루하루를 보냈다.

팔월도 닷새밖에 안 남은 어느 날 저녁, 사건이 터졌다.

"아버지, 내일 가게 문을 닫으면 잠깐 나갔다 와도 될까요?"

그날 저녁밥을 먹을 때 오에이가 그렇게 말했다.

"오케이를 만나러 나이토신주쿠에 다녀올까 해서요."

오에이는 나이토신주쿠에 사는 어릴 적 친구 이름을 댔다.

"알아서 하려무나. 그런데 너무 갑작스럽구나."

"너무 오랫동안 소식이 없었다는 생각이 들어서요. 외출하기에도 딱 좋은 철이고요."

지혜에로서는 반대할 까닭이 없었다.

오에이가 아버지에게 차를 타 주고 하코젠식기를 담고 개인 밥상으로도 사용하는 나무 상자 3개를 쌓아 들고 부엌으로 물러가자 오키미가 할아버지에게 얼굴을 바짝 들이댔다.

"할아버지, 혹시…… 몰래 만나러 가는 거 아닐까요?"

막 입에 머금은 차가 목에 멜 뻔했다. 다행히 지헤에는 뜨거운 걸 싫어해서 오에이는 늘 차를 미지근하게 타 주었다. 가까스로 꿀꺽 넘기고 괘씸한 말을 다 하네, 하며 낯을 찡그렸다.

"오늘 오이마네 집에서 아주머니한테 들었어요. 어제저녁 1초메 신발 가게에서 엄마를 봤대요. 근데 엄마가요 글쎄, 그 가게에서 남성용 조리를 고르고 있더라는 거예요."

"정말이냐?"

"엄마가 떠난 뒤 아주머니가 가게 점원에게 확인했다고 하니까 틀림없어요."

오이마 모친도 할 일이 없나보군, 하고 한심해하면서도 역시 흘려들을 수는 없었다.

"게다가요, 어제는 또 한 가지 이상한 일이 있었어요."

과자가 전부 팔리고 손님들도 다 돌아가자 오에이는 볼일이 있다면서 급하게 외출하여 반 각 정도 돌아오지 않았다는 것이다.

"무슨 일인지도 말하지 않고 가게 뒷정리를 마치기도 전에 나가다니, 엄마한테는 도저히 있을 수 없는 일이잖아요. 틀림없이 그 남자랑 내일 약속을 정하러 나갔던 걸 거예요."

연애니 밀회니 해도 어린 아가씨다운 엉뚱한 망상이라고 내버려 두었지만 남자 신발을 샀다고 한다면 생각을 바꾸지 않을 수 없었다. 흐음, 하고 지헤에는 팔짱을 꼈다.

"그래서요 할아버지. 내일 제가 엄마 뒤를 밟아 보려고요."

열여섯 살 아가씨에게 그런 밀정 같은 짓을 하게 할 수는 없다는 생각에 지헤에는 즉각 말렸지만 오키미는 들으려 하지 않았다.

"내일은 오이마에게 부탁해서 같이 가 달라고 할래요. 괜찮겠죠, 네?"

엄마 걱정보다는 젊은 아가씨의 놀이 같은 거겠지. 지헤에는 말려도 소용없겠다 체념하고, 알아서 해라, 하고 말했다.

"아버지, 또 뭐 할 일은 없나요?"

됐다, 하고 지헤에는 딸에게 짤막하게 대답했다.

"그럼 저는 슬슬 준비하고 나가 볼게요."

"그래, 다녀와라."

평소보다 안색도 한결 좋고 어딘지 생기가 느껴지는 것은 기분

탓일까. 이리저리 생각해 본들 소용없는 일이다. 지헤에는 어허, 하며 제풀에 한숨을 지었다.

"할아버지, 어떡하죠? 오이마가 오늘 무용 연습이 있다고 같이 가지 못하겠대요."

어머니 모습이 방에서 사라지자 오키미가 툇마루에 있던 할아버지에게 상체를 쓱 기울였다.

"그래서 혼자 가야겠어요. 너무 신경 쓰여서 안 되겠어요."

이야기가 이야기인 만큼 오키미는 달리 부탁할 사람도 찾지 못하고 혼자서라도 가겠다고 고집했다.

"같이 다닐 사람이 있으면 몰라도 어떻게 너 혼자 보내겠냐."

"그럼 할아버지가 같이 가 주실래요?"

"그건 곤란해. 이 나이가 돼서 딸내미 뒤를 밟는 짓은 못 하지."

"그럼 어떡하죠? 이대로 내버려 두었다가 혹시 남자랑 도망치거나 칼부림 같은 심각한 일이라도 벌어진다면."

"어허, 아무리 그래도 그런 일이 있겠냐."

"할아버지, 제발요. 부탁해요."

오키미가 끈질기게 매달렸지만 지헤에는 손녀를 애써 말렸다. 툇마루 앞 좁은 마당 한쪽에 사람 그림자가 나타났기 때문이다.

"아…… 가와지 님."

지헤에가 얼른 몸을 조아렸고 오키미도 당황해 고개를 숙였다.

"집안까지 멋대로 들어와서 미안하네. 현관에서 불러도 대답이 없는데 안에서 목소리는 들려서."

난처한 일을 놓고 갑론을박을 하다 보니 어느새 목소리가 커졌던 것 같다. 지혜에는 가와지에게 사과하며 오늘이 스무닷새라는 것을 그제야 떠올렸다.

히라도 번 마쓰라가의 에도 가로는 아무래도 난보시야가 과자가 무척 마음에 든 모양이다. 인로 카스테라에 그치지 않고 다른 과자들도 맛보고 싶다며 매달 한 번씩 가와지를 통해 주문한다.

매월 25일이 주문일이며, 이렇게 가게 문을 닫을 즈음 가와지가 찾아온다. 오에이의 연애 이야기 탓에 까맣게 잊고 있던 지혜에는 저도 모르게 목덜미를 쓸었다.

평소라면 오에이가 기억하고 있었을 것이다. 오늘 외출한다는 건 오에이도 잊고 있었다는 것이다. 이 역시 딸답지 않았다.

"얼른 차를 내올 테니 어서 들어오세요."

귀한 손님을 통용문으로 들어오게 할 수는 없다는 생각에 지혜에가 현관으로 돌아서 들어오라고 권했다.

"아니, 여기도 괜찮네. 바람도 기분 좋게 불고."

가와지는 선선하게 말하고 신발도 벗지 않고 그냥 툇마루에 걸터앉았다.

"음, 그래서 미행할지 말지를 놓고 고민하고 있었단 말인가."

두 사람의 말소리가 토막토막 들렸던 모양이다. 무슨 일 있나?

하고 가와지가 물었지만 지혜에는 어디까지나 집안 사정이므로 말할 생각이 전혀 없었다. 하지만 오키미가 냉큼 털어놓았다.

“가와지 님, 저희 엄마가 어떤 남자와 빼도 박도 못할 사이가 되었다면 보통 심각한 일이 아니라고 생각하지 않으세요?”

“그야 오키미는 당연히 어머니가 걱정되겠지.”

가와지는 흥미로운 듯 작은 눈을 깜빡거리면서도 오키미 말에 맞장구치며 진지한 표정으로 고개를 끄덕였다.

무서움을 모르는 기질을 타고난 데다 매일 잡다한 손님을 상대하다 보니 오키미는 누구 앞에서도 주눅 드는 일이 없었다. 신분이나 나이에 구애받지 않는 구석이 있어 무사인 가와지에게도 마치 나이 차이가 많이 나는 오라버니를 대하듯 조잘조잘 뭐든지 말했다. 거리낌 없는 태도 때문에 지혜에나 오에이에게 꾸중 듣는 일도 적지 않았지만, 정작 가와지는 전혀 개의치 않아 보였다.

무사라면 대개 위엄을 차리게 마련이다. 웃는 얼굴은 아예 보여주지 않는 자들도 많지만, 가와지는 젊기 때문인지 둥근 얼굴에 어울리는 온화한 웃음을 짓는 데 스스럼이 없었다.

지혜에가 가와지를 처음 만난 것은 마치부교쇼 조사실이었다. 부교쇼 관리들과 상관들이 늘어선 자리인 만큼 아무리 가와지라고 해도 딱딱한 얼굴로 공손하게 서 있기는 했지만, 죄인으로 지목된 지혜에를 대할 때도 위압적인 태도는 보이지 않았다. 지혜에의 혐의가 풀리고 자신이 식료품 조달 담당으로 난보시야에 출입하게 되자 가와지는 싹싹한 성품을 보여 주었다.

그런 모습을 믿고 응석을 부리는지 오키미가 놀랄 만큼 엉뚱한 부탁을 꺼냈다.

"아, 그렇지. 차라리 가와지 님께 동행을 부탁드리면 어때요?"

침착한 지헤에조차 움찔 놀라, 어찌 그런 괘씸한 말을, 하고 생각하여 이내 얼굴이 파래졌다.

"무가 분께서 어찌 그런 일을 하시겠냐. 체통이 있지. 게다가 공무로 바쁘신 분께 그런 어처구니없는……."

"공무라면 걱정할 거 없네. 여기에 주문을 전하는 게 오늘의 마지막 일이었으니까. 괜찮다면 같이 가 볼까?"

"정말요? 고맙습니다!"

와, 하고 오키미가 환호했지만 지헤에는 저도 모르게 엉거주춤 일어섰다.

"아뇨, 가와지 님께 부탁드리느니 차라리 제가…… 그렇게 켕기는 일을 무가 분께 맡길 수는 없지요."

"누구보다 조심할 게 많은 것이 무가이긴 하지만, 주인장."

갑자기 허를 찔린 듯 저도 모르게 몸이 굳었다. 자신의 비밀이 폭로되기라도 할 것 같은 착각에 사로잡혔다. 비밀은 사람을 위축시킨다. 범상한 말에도 공격당한 거북처럼 목과 발을 오므리고 등껍질 밑으로 숨고 만다. 어느새 그런 버릇이 생겼다.

그러나 가와지에게 딴 뜻은 없을 것이다. 밝은 말투로 계속 말했다.

“망을 보는 것도 아니고 밀정 일을 하는 아니고 그냥 파란 하늘이 좋아 산책하는 것뿐이네. 그렇게 생각하면 되겠지. 다만 행선지를 우리가 정하지 않고 상대방에게 맡기는 것뿐이지.”

가와지의 작은 눈이 장난기로 반짝거리고 있었다.

“아뇨, 하지만…….”

역시 그것만은 부탁드릴 수 없다고 계속 거절하려고 하는 지혜에에게 가와지가 말했다.

“실은 나도 긴히 부탁할 일이 있는데.”

“……예, 무엇인지요?”

“주인장이 과자 만드는 과정을 좀 보여 줄 수 있겠나?”

이야기가 갑자기 바뀌자 지혜에는 어리둥절했다.

“제가 과자 만드는 걸 보고 싶다고요?”

“괜찮다면 부탁하고 싶네. 가게의 비전을 빼돌리거나 하는 일은 절대로 없네. 나는 다만 밀가루나 설탕에서 과자가 만들어져 나오는 과정을 보고 싶을 뿐이네.”

“저희에게는 문외불출의 비전 같은 것은 있지도 않습니다” 하고 지혜에는 미소를 지었다. “애초에 저희 과자는 전부 남들을 흉내 낸 것에 불과하니까요.”

“그럼…….”

“오전에 오시면 언제든 보여드리지요.”

"그래? 정말 고맙네!"

지혜에가 조금 놀랐을 정도로 가와지는 요란하다 싶을 만큼 기뻐했다.

"에도 번저와 거래하는 과자점 두세 군데에 타진해 보았지만 어디나 작업장에 외부 사람을 들이는 걸 꺼려하더군. 거의 체념하고 있던 터라 더욱 고마우이."

"가와지 님은 왜 그렇게 과자 만드는 걸 보고 싶으세요?"

어릴 적부터 과자 만드는 것을 보고 자란 오키미는 가와지의 관심에 의아해하며 물었다.

계기는 역시 번국에서 관여했던『백과내도』편찬이었다.

"나는 본래 먹는 걸 좋아해. 무사는 먹는 거에 연연하는 게 아니라고 부모에게 핀잔도 많이 들었지."

글재주와 더불어 그런 성향도『백과내도』편찬에 참여한 이유라고 했다. 가와지는 요리사나 과자 장인에게 이야기를 듣고 조리하는 자리에 입회하여 초고를 작성하는 사람 가운데 하나였다.

"다만 솔직히 말해서 과자는 그리 좋아서 먹은 건 아니었어. 그런데 곁에서 지켜보니 이게 참으로 깊이가 있더군."

이곳 에도에는 번국에서는 볼 수 없는 진기한 과자가 얼마든지 있었다. 단것을 밝히는 가로 때문에 과자를 조달하게 되면서 흥미가 더욱 깊어졌다고 한다.

"뜻하지 않게 과자와 오랫동안 인연을 맺어 왔지만, 알면 알수록 재미있단 말이지."

"하나도 어려울 게 없는 부탁이니, 언제든 오십시오."

비번 날 오겠네, 하고 가와지가 반갑게 대답했다.

"그럼 이야기는 다 정해졌네요."

심판이 판정을 내리듯이 오키미가 짝, 하고 손뼉을 한 번 쳤다.

"할아버지 일을 구경하시는 대가로 저와 동행해 주시는 걸로."

"어허, 오키미. 대가라니, 내가 그렇게 타산적으로……."

당황해서 손녀를 말렸지만 가와지는 너그럽게 웃었다.

"아니, 나도 그편이 더 마음이 편하네. 그 부탁, 기꺼이 받아들이지."

이렇게까지 나오니 지헤에도, 아, 예, 하고 맥없이 승낙하는 수밖에 없었다.

다음 달에 납품할 과자의 품목과 수량을 구체적으로 상의하고 있는데 마침내 외출 준비를 마친 오에이가 본채에서 나왔다.

"어머, 가와지 님 아니세요" 하고 그제야 오늘이 스무닷새라는 것을 떠올린 듯했다. 갑자기 안절부절못하기 시작했다.

"죄송해요, 지금 차를 새로 내올게요."

"아, 아니네, 주문 얘기도 거의 다 끝났으니 오늘은 이만 물러가도록 하지."

차를 내오려는 오에이를 말리며 가와지가 일어섰다.

한편 오키미는 엄마의 옷차림을 뜯어보며 불만스레 입을 삐쭉

댔지만 지금은 불평할 틈이 없는 듯했다.

"저도 오이마네 다녀올게요. 무용 연습을 마치고 돌아와 있을지도 몰라요."

두 사람이 급하게 나가자 오에이는 잠시 얼떨떨한 얼굴로 있다가,

"너도 슬슬 나가는 게 어떠냐."

하고 지혜에가 일러 주자, 그럼, 하고 자리에서 일어섰다.

오에이는 원래 차분한 옷차림을 선호하긴 하지만 밀회라면 조금 더 신경을 써도 좋았을 것을, 하는 생각이 손녀 얼굴에 쓰여 있었다. 그래도 짙은 파란색 바탕에 잔가지무늬가 그려진 면 히토에안감 없이 옷감 한 겹으로 지은 여름용 겉옷으로, 기모노 중에 가장 크다가 딸에게 무척 잘 어울려 지혜에에게는 마냥 눈부시게 비쳤다. 밀회하러 나가는 거라는 오키미의 추측도 오해만은 아닌지도 모른다는 생각이 문득 머리를 스쳤다.

모두 나가자 집안이 쥐 죽은 듯 조용해졌다. 좁은 마당 너머로 보이는 하늘에는 구름이 한가로이 둥실 떠 있고 잔잔한 바람이 기분 좋게 살갗에 닿았다.

지혜에는 끄응, 하고 기지개를 켜고 옆으로 누워 팔베개를 했다. 혼자 노닥거리는 것은 좀처럼 없는 일이다. 귀중한 한때일 테지만 오늘은 아무래도 기분이 다르다. 딸과 손녀, 그리고 가와지 얼굴이 떠다니는 구름처럼 머릿속에 띄엄띄엄 떠올라서 아무래도

차분해지질 않았다.

연신 뒤척이다가 끝내 낮잠을 포기하고 말았다.

"하는 수 없지. 우에시게랑 바둑이나 한판 두고 올까."

소리 내어 중얼거리고는, 끙, 하고 일어섰다.

바둑 친구의 집에 찾아가 보았으나 은퇴한 정원사는 공교롭게도 외출하고 없었다.

그대로 집으로 돌아와 과자를 조형하는 나무틀의 흠집을 하나하나 살펴보기도 했으나 그래도 시간이 더디 흘렀다. 종국에는 서랍에서 과자첩을 꺼내 팔랑팔랑 넘기며 건성으로 들여다보았다.

"그래, 다음엔 이걸 만들어 볼까."

눈길을 멈춘 곳은 오키미가 요전에 말했던 이가모찌였다.

지혜에가 히로시마에서 본 것은 둥근 경단 위에 노란 쌀가루가 밤송이처럼 듬뿍 얹혀서 이가모찌라는 이름이 생겼다고 들었다. 그러나 야마가타에서는 모양도 비슷하고 이름도 같지만 그 유래는 밤송이가 아니라 벼꽃이라고 했다. 경단 위에 노란 쌀알을 두세 알 올려 벼꽃을 표현한다.

그밖에도 이가모찌는 각지에서 볼 수 있었다. 납작한 경단으로 만들어 이가만주라고 불리기도 하고, 장식하는 쌀의 색깔도 노랑뿐만 아니라 빨강이나 초록 등 다양했다.

"역시 에도 사람에게는 밤이라고 해야 더 가을답게 보일지도 모르지.”

과자를 궁리하다 보니 그때까지 마음에 두었던 근심도 어느새 사라졌다. 해는 어느새 완전히 서쪽으로 기울었고, 현관이 열리는 소리를 듣고서야 지헤에는 상념에서 헤어났다.

“오키미, 왜 그러냐.”

맞으러 나온 지헤에가 깜짝 놀라 입을 멍하니 벌렸다. 얼마나 울었는지 오키미의 눈과 코가 빨개져 있었다. 그 뒤에 가와지가 낭패한 얼굴로 서 있었다.

“얘, 오키미. 무슨 일이냐.”

지헤에가 묻자 오키미가 고개를 숙인 채 입술을 희미하게 움직였다.

“엄마가……, ……를, 만나서…….”

“오에이가, 누굴 만났다고?”

보고 싶지 않은 현실을 밀어내려는 듯 오키미가 눈을 꽉 감으며 얼굴이 잔뜩 일그러뜨렸다.

“아빠요! 엄마가 우리 몰래 아빠를 만나고 있었단 말예요!”

“뭐라고…….”

그 말밖에 하지 못한 채 봉당에 서 있는 오키미를 멀거니 내려다보았다.

오키미의 두 눈에서 커다란 눈물방울이 주르륵 굴러 떨어졌다.

“난 도저히 용서 못 해요. 그런 사람, 아빠도 아녜요.”

"오키미……."

"난 절대 용서하지 않아요. 그 사람도, 그 사람과 몰래 만나는 엄마도!"

아무리 악을 쓰며 토해 내도 분노와 슬픔은 부풀어 오르는지 오키미는 눈물을 흘리며 지헤에 옆을 지나 안쪽으로 들어가 버렸다.

"지금까지 사찰 경내에서 한참을 울었고…… 진정되는 걸 보고 데리고 돌아온 건데……."

가와지는 걱정스러운 듯이 오키미가 사라진 쪽과 지헤에 얼굴을 번갈아 보았다.

"공연히 폐만 끼쳤습니다. 안에 들어가 잠시 쉬시지요."

아주 긴 한숨을 짓고 나서 지헤에는 가와지에게 권했다.

오에이는 나이토신주쿠의 어릴 적 친구를 만나러 간다고 나섰다.

나이토신주쿠는 고지마치에서 요쓰야 성문을 지나 길을 따라 서쪽으로 곧장 가면 된다. 오에이가 그 방향대로 걸어가는 것을 보고 정말로 친구네 집으로 가려나 보다 하고 오키미와 가와지가 생각한 순간, 오에이가 길을 왼쪽으로 꺾어 남쪽으로 향했다.

"오에이 님은 센다가야초에 있는 어느 나가야로 들어갔네."

"그럼, 그곳에 오에이의 전남편이……."

가와이가 고개를 끄떡했다.

"그쪽은 처음 갔는데, 농지가 많고 아주 외진 곳이었네."

오에이도 초행길인지 우물가에 있던 갓난아이를 업은 여인에게 길을 묻고 나서 나가야의 구석진 곳으로 들어갔다. 오에이가 사라진 뒤 오키미가 오에이에 관해 묻자 여인은 냉큼 대답했다.

"아, 방금 그 아주머니는 미장이 슈조 씨를 찾아온 거예요."

무가 사람인 가와지가 곁에 있어선지 여인이 공손하게 대답했지만, 그 말을 들은 오키미의 얼굴은 물에 담가 색을 뺀 종이처럼 순식간에 하얘졌다.

"오키미는 즉시 미장이 집으로 뛰어갔네."

말릴 새도 없었다고 가와지는 가만히 한숨지었다.

장지문을 활짝 열어 놓은 것이 아마도 오에이는 슈조 집에서 청소라도 시작할 생각인 듯했다. 헐레벌떡 뛰어온 모습으로 불쑥 나타난 딸을 멍하니 쳐다보았다.

오키미는 엄마는 아랑곳없이 그 뒤에 있던 아빠에게 덤벼들었다. 외간 여자에 미쳐서 처자식을 버린 몹쓸 자라고 매섭게 몰아세웠다.

아빠 슈조는 한마디 변명도 없이 나가야 안쪽에서 고개를 푹 숙인 채 등을 구부리고 있었다고 한다. 오에이도 두 사람 사이에서 쩔쩔매는 수밖에 없었지만, 오키미가,

'아빠라고 부르기도 싫어. 그 얼굴 다시는 보고 싶지 않아. 어디 가서 객사라도 해 버려!'

하고 외치는 순간 오키미 볼에서 요란한 소리가 울렸다.

"뺨을 맞은 오키미보다 때린 오에이 님이 더 소스라치게 놀란 얼굴을 하더군."

가와지는 그때 상황을 그렇게 전했다.

"……오키미가 그토록 부친을 증오하고 있었나?"

오에이로서는 전남편에게 쏟아지는 가혹한 말들이 뺨을 맞은 오키미만큼이나 아팠을 것이다. 저도 모르게 손이 나간 오에이의 심정을 지헤에는 알 것 같았다.

그러나 오키미로서는 자기가 고통받아야 할 까닭이 전혀 없었다. 잘못한 것은 전부 아빠이고, 딸의 눈을 속여 가며 그런 남자를 몰래 만나고 있는 어머니도 똑같이 죄를 지은 것이었다.

오키미가 슈조의 나가야를 뛰쳐나가자 가와지는 서둘러 뒤를 쫓아 금세 오키미를 따라잡았다.

'난 잘못한 거 없어요. 잘못한 건 아빠랑 엄마예요.'

그렇게 되뇌며 엉엉 소리 내어 우는 오키미를 달래고 달랬지만, 센다가야초 근처 사찰에 도착할 때까지 오키미는 눈물을 그치지 않았다.

"간신히 울음을 그치기에 집으로 데려왔네."

"느닷없이 폐를 끼쳐서 면목이 없습니다."

"아니…… 가벼운 마음으로 중뿔나게 따라나선 내가 잘못이지. 역시 주인장 말대로 오키미가 미행하게 놔두는 게 아니었네."

미안하다는 듯이 가와지가 고개를 떨어뜨렸다.

"저도 오에이 전남편이 에도로 돌아왔다는 걸 몰랐던 터라…… 이렇게 된 이상 어차피 조만간 말씽을 피할 수는 없었습니다. 결코 가와지 님 탓이 아닙니다."

지헤에는 가와지에게 차를 다시 타 주고 6년 반 전 상황을 간단히 들려주었다.

슈조와 오에이, 그리고 당시 열 살이던 오키미는 이곳 고지마치에서도 요쓰야 성문에 가까운 10초메의 나가야에 살았다. 슈조는 솜씨 좋은 미장이여서 벌이도 괜찮았고, 아버지의 과자점을 돕고 싶다는 오에이의 바람에도 싫은 내색 없이 난보시야에 다니게 해 주었다. 겉으로 드러난 화목한 모습 밑에서 풍파가 일기 시작했다는 것을 지헤에는 내내 알지 못했다.

마치 요즘의 오에이처럼 태도가 심상치 않다고 알아챘을 때는 이미 사태는 돌이킬 수 없는 상태였다.

하루는 오에이가 짐을 꾸려서 슈조의 집을 나와 버렸다. 물론 딸 오키미도 함께 데리고 나왔는데, 지헤에가 까닭을 묻자 입이 무거운 딸보다 오키미가 먼저 소리쳤다.

'아빠한테 외간 여자가 생겼대요. 그래서 저랑 엄마는 여기 할아버지네 집에서 같이 살기로 한 거예요.'

아닌 밤에 홍두깨처럼 오에이에게 정말로 이혼할 생각이라는 말을 들은 지헤에는 소스라치게 놀랐다. 슈조가 사귀는 여자는 찻집에서 일하는 젊은 여자라는데, 가벼운 마음으로 사귀다가 반년 사이에 빼도 박도 못할 사이가 되었다고 했다.

그것도 세 식구가 살던 나가야 집주인에게 나중에 귀띔을 받아 알게 되었다.

그런 말썽이 생기면 반드시 집주인이 개입하게 마련이다. 그러나 집주인조차 슈조에게 사태의 전말을 들은 것은 오에이가 집을 나가고 난 뒤였다.

'하긴 오에이 씨가 어디 얼굴에 티를 내는 사람이어야 말이지. 나도 끝내 눈치채지 못했소……. 슈조 씨가 바람피우는 걸 보다 못해 나에게 일러 준 이가 나가야에 사는 아주머니인데, 그 아주머니도 오에이 씨가 인사도 없이 사라졌다고 몹시 놀랐었소.'

나에게 한 마디 상의라도 했으면 좋았을 텐데— 집주인의 떨떠름한 얼굴에는 오에이에 대한 섭섭함도 엿보였다.

'얌전해 보여도 의외로 기질이 강한 부인인지도 모르겠네요.'

아내와 딸이 갑자기 집을 나가 버리자 슈조도 그 집에 살기 힘들었을 것이다. 지헤에가 찾아갔을 때 슈조도 이미 그곳을 떠나 요쓰야 시오초에 있는 여자의 집에 기어들어가 살고 있었다.

지헤에는 시오초에 있는 여자의 집을 찾아가 슈조와 이야기하고 나름대로 쓸 수 있는 방법은 다 써 보았지만 슈조가 끝내 처자식에게 돌아오지 않아 부부의 인연도 그것으로 끊어졌다.

반년인지 일 년인지가 지났을 무렵, 슈조와 여자는 시오초의 나가야에서 자취를 감추었다. 예전 집주인이 찾아와 그 이야기를 전해 주었지만 오에이는 전혀 동요하지 않고 대신 오키미가 아빠에게 실컷 악담을 퍼부었다.

"남편과 완전히 인연이 끊긴 것이 6년 전 봄이었습니다. 그 뒤로 오키미는 미장이라는 소리만 들어도 진저리 칠 정도로…… 내내 아빠를 용서하지 못하고 지냈던 겁니다."

"오늘 일로 저간의 사정은 대강 알게 되었네만."

지헤에의 이야기가 끝나자 가와지는 둥근 얼굴을 끄떡거렸다.

반 각이 지나도록 오키미는 방 안에 틀어박혀 있었고 오에이도 돌아오지 않았다.

"뜻하지 않게 집안의 허물을 드러내고 말았으니 참으로 면목이 없습니다."

"뭘, 어느 집안에나 많건 적건 말썽거리는 있게 마련이지. 실은 상번저의 나가야에서도 요전에 비슷한 일이 있었네."

"그렇습니까."

"번국에 처자식을 둔 직위가 높으신 번사셨네. 번국에 알려질까 우려해 일찌감치 여자와 관계를 끊으려고 했는데, 상대 여자가 번사를 찾아와서 보통 난리가 아니었네."

우스갯소리처럼 그런 이야기를 들려준 것은 너무 신경 쓸 것 없다고 위로하려는 가와지의 깊은 배려였다. 따뜻한 배려를 느끼고 지혜에도 조금은 마음이 가벼워졌다.

지혜에가 다시 한 번 정중하게 인사했고 가와지는 마침내 난보시야를 떠났다.

오에이가 돌아온 것은 반 각 뒤 마침내 해가 떨어질 때였다.

"아버지한테는 말씀드릴 생각이었는데…… 먼저 그이의 이야기를 듣고 나서 말씀드리려고 했다가…… 결국 이런 사달이 나고 말았네요. 죄송합니다."

지혜에 앞에 무릎을 꿇은 오에이는 먼저 그렇게 말하고 고개를 숙였다.

"뭐, 지난 일인데 어쩌겠냐. 일단 처음부터 이야기해 보렴."

오에이는 고개를 끄덕이고, "아마 그게 이번 달 초열흘이었을 거예요" 하고 저간의 사정을 말하기 시작했다. "모여든 손님들 너머로 그이가 있더군요."

슈조가 있던 곳은 가게에서 조금 떨어진 막다른 골목으로, 난보시야가 잘 보이는 자리였다. 삿갓을 써서 오에이도 처음에는 알아보지 못했지만, 자꾸 시선이 느껴져서 문득 그쪽을 보았을 때 눈길이 마주쳤다고 한다.

"하지만 그이가 바로 도망쳐서…… 오키미도 있고 손님도 모여 있어서 쫓아갈 수도 없었어요. 다만 그 뒤로 내내 마음에 걸려서……."

"네가 요즘 붕 떠 있던 것도 그 탓이냐?"

"죄송해요…… 아무래도 마음에 걸려서……. 그래서 두 번째 찾아왔을 때는 망설이지 않고 편지를 건넸습니다."

"편지라고?"

오에이가 조용히 고개를 끄떡했다.

슈조는 반드시 다시 찾아올 것이다. 오에이는 그렇게 믿고 짧은 편지를 품에 넣어 두었다. 그리고 예상대로 그저께 슈조가 같은 자리에 나타났다. 오에이는 과자를 사러 온 근처 아이에게 부탁해 딸의 눈을 피해 편지를 전했다.

편지에는 가게 문을 닫으면 바로 갈 테니 근처에 있는 히라카와 텐진 신사에서 기다리고 있으라고 적었다. 오에이가 가게 뒷정리를 마치기도 전에 부리나케 나가더라고 오키미가 말한 것이 바로 그날이었다.

"지금까지 간사이, 오와리, 나고야를 전전하다가 에도에 돌아온 것은 지난달 말인데, 5년 만이라고 감개무량하게 말하더군요."

"그 여자는 어쩌고? 같이 왔다고 하더냐?"

"……에도를 떠날 때는 같이 움직였다고 하는데, 간사이에 도착한 직후에 헤어졌대요."

여자 이야기는 그것이 전부였다고 한다. 그러냐, 하고 지헤에는 한숨을 지었다.

"그이가 나고야에서 일하다 다쳤대요. 어깨가 아파서 지금은 미장일도 쉬고 있고…… 일을 못 하게 되자 고향 생각이 났겠죠."

가진 돈은 에도로 돌아오는 여비로 다 쓰고 지금은 예전에 같이 일하던 동료들에게 돈을 빌려 그럭저럭 끼니를 잇고 있다고 한다.

"돈이 없다는 소리를 하더냐?" 지헤에는 수염이 성기게 자란 턱을 긁으며 물었다.

"아녜요, 아버지. 그이는 결코 돈을 얻으러 온 건 아녜요."

아버지의 의심을 씻어 내려는 듯 오에이가 당황하며 소리쳤다. 오에이가 가진 돈을 건네주려고 하자 슈조는 단호하게 거절했다고 한다. 하지만 너무나 초라해진 전남편의 모습에 오에이는 못 본 척할 수 없었다.

예전에도 오에이는 남편을 세심하게 챙겨 주었다. 슈조는 실력에 자부심이 있는 직인이었고, 유달리 조리를 신경 썼다.

"조리 끈이 딱 맞질 않으면 기운도 나질 않아, 하며 예전에는 매일 직접 끈을 갈아 끼웠는데…… 끈은커녕 겉에 보풀이 인 납작해진 조리를 신고 있는 모습이 너무 가슴 아파서……."

오에이는 자기를 버린 사내를 애써 감싸려 했다. 이야기의 내용보다 그런 딸의 모습이 더 가슴에 와닿았다.

오에이는 전남편에게 미련이 있는 것이다.

그걸 깨달은 지헤에가 한 가지만 물었다.

"그 사람과 화해할 생각이냐?"

미간에 희미한 주름을 모으며, "아뇨" 하고 오에이가 작은 소리로 대답했다. 말을 잇지 않는 것은 망설이고 있다는 증거일 터다.

"난 상관하지 않으마."

"아버지……."

딸과 손녀에게 상처를 준 슈조에게 응어리가 없다고는 할 수 없다. 그러나 어릴 때부터 제 고집을 내세우거나 뭘 조른 적이 없는 딸이었다. 그런 오에이가 원한다면 그렇게 해 주고 싶었다.

"아무리 아비라도 너희 부부 일에 이래라저래라 할 수 없는 거다. 이건 너와 그 사람이 결정할 일이다. 오키미를 설득하는 게 힘들겠지만, 그 아이도 필시 이해할 날이 올 거다."

예, 하고 대답하면서도 오에이 얼굴에는 망설임이 짙게 배어나오고 있었다.

둘이 알아서 결정하라고 지헤에는 말했지만 오에이에게도 역시 쉬운 일이 아니었다.

무엇보다 어려운 것은 역시 딸 오키미였다. 이튿날부터 오키미는 엄마와 말 한마디 나누지 않았다. 가게 일은 전보다 더 착실하게 해내고 있지만 어머니 쪽은 아예 쳐다보려고도 하지 않으니 오에이도 말 붙일 엄두도 내지 못했다. 잘 때도 엄마와 한 방을 쓰지 않고 이불을 안고 지헤에 방으로 와서 자리를 폈다.

"경야經夜라도 이 집보다 조용하진 않겠다."

저도 모르게 불평을 흘릴 만큼 지헤에도 어지간히 신경이 소모되었다.

그런 날이 나흘이나 이어져 팔월도 끝이 났다.

"어떠냐, 알알이 아주 튼실하지?"

9월 초하루, 감자나 말린 감 등을 난보시야에 납품하는 청과물상이 큰 소쿠리에 햇밤을 가득 담아 왔다. 크기도 크고 진갈색 껍질의 광택도 과연 흠잡을 데가 없었다. 맏물이라 값은 다소 비싸지만 청과물상이 조금 깎아 줘서 지혜에는 소쿠리째 사기로 했다.

"내일은 밤이 들어가는 과자만 만들까. 밤만주, 밤양갱…… 이건 좀 진부하군."

안쪽 방 서랍에서 궤를 끄집어내어 뚜껑을 여니 제일 위에 과자첩이 펼쳐진 채 들어 있었다. 요전에 가와지와 오키미가 돌아왔을 때 살펴보던 과자첩을 그대로 궤에 넣어 두었던 것이 생각났다. 펼쳐진 쪽에는 이가모찌 그림이 있었다.

"그래, 경단이 있었지……. 이것도 나쁘지 않아."

과자첩을 읽으며 혼잣말을 했다.

"역시 나는 과자로밖에 말하지 못하는 모양이군."

지혜에는 밤과자를 두 종 만들기로 마음먹었다.

"두 가지 다 경단으로 해도 괜찮겠어요, 아버지?"

지혜에에게 품목을 전해 듣자 오에이는 먼저 그렇게 물었다.

"응, 오늘은 두 종 모두 밤을 쓰는 경단으로 하자. 경단이라면 역시 개수가 많아야지. 두 사람 모두 마음 단단히 먹고 바쁘게 빚어야겠다."

웬일로 기운찬 목소리로 말하는 지헤에에게, 예, 하고 오에이가 웃는 낯으로 대답했지만, 오키미의 목소리는 뚱했다.

"알았어요."

지헤에는 손녀 말투에 아랑곳없이 커다란 나무 주발에 쌀가루를 담았다. 미지근한 물로 반죽한 것을 오에이와 오키미에게 넘겼다. 두 사람은 손에 쌀가루를 묻히고 잽싸게 빚기 시작했다.

경단은 네 개씩 꼬치에 꿰고 위에 밤소를 얹는다.

다시 한 번 똑같은 경단 반죽을 만들고, 이번에는 속에 팥소를 넣었다.

"밤을 속에 넣는 게 아니군요. 어디에 쓰는 거죠?" 하고 오에이가 물었다.

"응, 이가모찌를 만들까 해서."

"……이가모찌, 를요?"

오에이 얼굴이 왠지 한순간 흐려졌다. 어? 하고 생각하면서도 지헤에는 내처 말했다.

"쌀가루 대신 밤을 사용하는 거다. 썩 운치 있다고 할 수는 없지만 밤 열매로 밤송이를 표현하는 것도 때로는 나쁘지 않겠지."

삶은 밤을 고운 체로 내리고 설탕을 섞어 약불에서 조린다. 순서는 밤소와 같지만, 물을 조금 적게 넣어 찐 감자처럼 푸슬푸슬하게 만든다. 이것을 경단 위쪽 절반에 빈틈없이 발라 이가모찌로 만들 생각이었다.

“경단은 동글동글하게 만들어라. 이름부터가 마루마루니까.”

딸과 손녀에게 그렇게 일렀다.

남편과 헤어져 제일 힘들 때도 오에이는 평온한 모습을 유지했다. 그런 엄마처럼 되고 싶다고, 자기도 둥글둥글한 마음을 갖고 싶다고 오키미는 말했다. 그걸 기억하길 바라며 지혜에도 소를 넣은 경단을 빚었다.

할아버지가 무엇을 바라는지 오키미도 눈치챈 듯 손을 뚝 멈췄다.

“경단처럼 마음도 둥글게. 그게 요령이란다.”

“하지만 이가모찌니까 까칠까칠해도 괜찮지 않나요?”

완전히 옹고집이 되어 버렸는지 오키미는 쌀쌀맞게 대꾸하고는 다시 경단을 데굴데굴 굴리며 빚기 시작했다.

“그러고 보니 그런 얘기를 한 적이 있었구나……. 이가모찌보다는 마루마루처럼 마음을 둥글게라고…….”

오에이는 전에 딸에게 했던 말을 떠올린 듯했다. 몹시 괴로운 표정으로 미안한 듯이 고개를 숙였다.

다시 침묵이 이어지고, 경단이 세 개쯤 목에 걸린 듯한 몹시 답답한 공기는 가시지 않았다.

역시 오키미의 응어리는 쉽게 풀릴 것 같지 않았다. 조금 더 시간을 두고 매듭을 풀 기회를 기다리는 수밖에 없겠구나, 하고 지헤에는 내심 한숨을 지었다. 그런데 그날 오후, 계기가 찾아왔다.

난보시야에 곳카이가 찾아온 것이다.

"그자가 돌아왔다고!"

뚱한 표정으로 오키미가 전말을 고하자 아니나 다를까 요쓰야 쇼텐지의 주지 스님은 승려답지 않은 모습으로 이내 흥분하기 시작했다.

"집이 어딘데, 오키미? 내가 당장 가서 두어 대 패 줄 테니까."

"명색이 스님이란 사람이 험악한 소리 좀 하지 마라. 이건 오에이와 슈조 이야기야. 우리가 나설 자리가 아니라고."

지헤에가 부드럽게 타일렀지만 동생의 타고난 성마른 기질 앞에서는 부처님의 가르침도 역부족인 듯했다. 우락부락한 얼굴을 새빨갛게 붉히며 곳카이가 점점 격분했다.

"형은 분하지도 않수! 오에이와 오키미를 헌신짝처럼 버린 놈이오!"

"그야 나도 불만은 있지. 하지만 고로, 슈조가 돌아왔다는 말을 들었을 때 나는 솔직히 안심했다."

"뭐요?" 믿기지 않는다는 시선으로 형을 쏘아보았다.

"그건 왜죠, 할아버지?" 오키미도 따지듯 물었다.

괴로운 듯 고개를 푹 숙인 딸을 바라보며 지헤에는 조용히 말했다.

"얘, 오키미. 네가 시집가면 엄마는 혼자 남겠지?"

"예?" 하고 오키미는 놀란 듯 눈을 동그랗게 떴다.

"……저는, 엄마를 혼자 남겨 두는 짓은 절대로……."

"네가 아무리 그렇게 생각해도 어차피 결혼은 혼자 하는 게 아니다. 장모까지 모셔 줄 사내가 어디 있겠냐."

"그럼…… 그럼 저는, 평생 시집 같은 거 안 가요!"

"엄마가 그 말을 기뻐할 것 같으냐? 자식에게 짐이 되는 걸 뻔히 알면서 퍽도 편하게 살겠다. 네 엄마가 그렇게 생각하겠니?"

딸에게 짐이 되느니 차라리 혼자 에도를 떠나는 편이 낫다. 오에이는 그렇게 생각할 사람이다. 오키미도 그것은 잘 알고 있을 것이다. 입을 꾹 다문 채 아무 말도 하지 않았다.

"나도 이제 살날이 얼마 남지 않았다. 고로도 마찬가지고."

"난 백 살까지 살 거유."

곳카이가 냉큼 끼어들었지만, "사람 수명은 아무도 모른다" 하고 지헤에는 헛헛하게 웃었다.

"만일 형님과 나에게 무슨 일이 생기더라도 오에이와 오키미가 어렵지 않게 살아갈 만한 재산은 남겨 줄 생각이우."

"재산만 얘기하는 게 아니야. 설사 돈에 쪼들리지 않아도 여자 혼자 살아가는 건 아무래도 힘들다. 지금까지 내내 아버지랑 딸과 같이 지냈으니 더욱 그렇겠지."

믿음직한 오에이라지만 혼자 살아 본 적은 없다. 앞으로 나이가 들수록 마음이 통하는 동반자가 더욱 필요할 것이다.

"그렇다면 뭣하러 그런 박정한 놈을 다시 불러들이나. 오에이의 배필이라면 얼마든지 더 좋은 사내를 찾아 줄 수 있을 텐데."

"하지만, 아무리 네가 그렇게 말해도 오에이 마음이……."

"아니, 나는 그자만은 받아들일 수 없수."

곳카이가 고집스레 말했다. 동생은 오에이와 오키미를 드러내 놓고 아꼈다. 슈조에 대한 원망이 깊다기보단 조카 모녀를 상처 입힌 자를 가까이 오게 놔두고 싶지 않은 것이다.

"형님은 어떻게 그런 자에게 고개를 숙이러 갔단 말이우."

"고로……."

"오에이와 오키미 곁으로 돌아와 달라고 일삼아 부탁하러 갔던 거 아니우. 그런데 그놈은 들은 척도 하지 않았겠지. 처자식 보러 온 적도 한 번도 없었으니까! 그런 자를 어떻게 용서하란……."

"아녜요!"

그렇게 소리친 것은 오에이였다. 한 번도 큰 소릴 내며 남의 말에 반박한 적이 없었던 오에이가 양손을 다다미에 짚고 간절한 표정으로 삼촌을 올려다보았다.

"아닙니다, 삼촌. 그이는…… 그이는 우리 곁으로 돌아오고 싶어 했어요."

"뭐라고……."

"그런데, 그걸 거부한 것은…… 저였어요."

"무슨 소리냐, 오에이."

곳카이가 도토리 같은 동그란 눈으로 쳐다보자 오에이는 삼촌에게서 시선을 거두고 고개를 숙였다.

"……그이는, 가게에 와 주었어요. 아버지가 찾아가 고개를 숙이자 퍼뜩 정신이 들었다고…… 역시 저와 오키미 곁에서 살고 싶다고, 그렇게 말했어요."

"정말이냐, 오에이?"

지헤에가 묻자 오에이는 다다미로 시선을 떨어뜨린 채 고개를 주억거렸다.

"그런데 저는, 용서하지 않았어요……. 세상에 흔한 것이 바람피우는 남편이라는 걸 머리로는 알았지만, 아무래도 마음이 뒤틀려서, 그이를 용서할 수 없었어요!"

평소 음전한 딸의 내면에 이렇게 격한 감정이 흐르고 있었나, 하며 지헤에는 새삼 정신이 번쩍 드는 심정이었다.

오에이는 문득 숙부 앞에 있는 접시로 눈길을 주었다. 거기에는 오늘 만든 밤소 경단과 이가모찌가 놓여 있었다.

"오키미에게는 마루마루 같은 둥근 마음으로 살라고 그럴듯하게 훈계하지만 정작 제 마음은 이가모찌처럼 까칠까칠한 껍데기를 쓰고 있었던 거예요."

오에이는 밤이 붙어 있는 이가모찌를 슬픈 시선으로 바라보았다. 오에이의 눈에는 그것이 마치 사람들 앞에서 감추어 온 자신의 본성처럼 비치는지도 몰랐다.

"저는 늘 그이 한 사람을 악인으로 만들고 세상에 존재하지 않는 사람처럼 치부했어요……. 지난 6년 동안 그걸 얼마나 후회하며 살았는지."

"엄마……."

지금까지 절대로 약한 소리를 하지 않던 엄마였다. 그런 엄마가 무너지는 모습은 오키미에게 무엇보다 뼈아프고 차마 볼 수 없는 광경일 것이다. 오키미는 그때까지 고집한 신경질적인 태도를 깨끗이 잊은 것처럼 엄마 어깨에 가만히 손을 얹었다.

"미안해, 오키미. 누구보다 너한테 미안한 짓을……."

"이제 됐어. 애초에 잘못은 아빠가 했잖아."

하지만 오에이는 그런 딸의 손을 잡고 힘을 주었다.

"그렇게 말하면 안 돼…… 그럼 안 돼, 오키미. 그때 내가 그이를 용서했으면, 세 식구가 다시 모여 살았으면 네가 이렇게 아빠를 원망하지는 않았을 텐데."

"엄마……."

"부모를 미워하는 것보다 괴로운 일도 없는데, 너에게 못할 짓을 하고 말았다. 미안하다…… 미안해, 오키미……."

오에이가 딸의 어깨에 얼굴을 기댔다.

"그러니까 이제는 제발 그 사람을…… 네 아빠를, 더 이상 미워하지 말아 줘."

지금까지 애오라지 부친을 미워했다. 갑자기 미워할 대상을 잃어버리자 오키미는 어찌해야 할지 혼란스러운 듯했다. 도움을 청하듯 당혹스러운 표정으로 오에이의 어깨 너머로 할아버지를 바라봤다.

그러나 지헤에는 아무 말도 해 줄 수 없었다. 이 나이가 되도록 알지 못했던 낯선 딸의 얼굴에 오키미 이상으로 당황하고 있었다.

오에이도 내보이려 하지 않았고 지헤에도 보려고 하지 않았다.

부녀가 서로 피해 온 것은 한 여자로서의 오에이였다.

탁자 위의 과자 접시를 바라보며 지헤에는 슬프게 중얼거렸다.

"내가, 잘못했어."

한숨 같은 목소리는 동생에게만 들린 듯했다. 짙은 눈썹 아래 커다란 눈동자가 책망하듯이 그에게 향했다.

"형이 뭘 잘못했다는 거유."

"경단의 가시야."

곳카이는 의아해하는 표정으로 한쪽 눈썹만 치켜들었다.

지헤에는 오키미가 들려준 이야길 곳카이에게 짧게 설명했다.

"둥글고 하얀 경단처럼 둥글둥글한 마음으로 살았으면 좋겠다고, 그렇게 바란 것은 아마 나였을 거다. 그래서 오에이가 가시를 드러내지 못하고 오랫동안 마음고생해 온 거야."

타인의 마음에 민감한 딸이었다. 오에이는 자기를 억누르고 아버지가 바라는 이상적인 딸을 연기해 왔고, 지헤에가 보기에 딸은 실제로 그렇게 살아왔다. 그래서 오에이는 자신의 가시를 밖이 아니라 안에 품는 수밖에 없었다. 그 가시는 자신만을 찔렀고 오에이는 홀로 고통받아 온 것이다.

"이 나이가 되도록 딸에 대해 아무것도 몰랐던 거야."

지헤에가 메마른 어깨를 떨어뜨리자 곳카이가 무거운 목소리로 말했다.

"어쩌겠수. 자고로 아버지와 딸은 그런 사이로 정해져 있는걸."

동생의 거창한 표현이 묘하게 우스웠다.

"잘된 일 아니우, 형? 오에이도 오키미도 가시를 절반은 토해 낼 수 있었잖수. 남은 일은 앞으로 시간을 두고 천천히 벗겨 내는 것뿐이우."

보슈, 하고 말하는 양 곳카이가 딸과 손녀를 턱짓으로 가리켰다. 오에이는 여전히 딸 어깨에 얼굴을 기대고 있고 오키미도 여전히 흔들리는 눈동자로 엄마를 바라봤다.

그러나 오키미의 팔은 어느새 엄마를 안고 가만히 등을 쓸어 주고 있었다.

"분명히 말해 두지만 난 절대로 그자를 인정하지 않아."

곳카이가 접시 위의 이가모찌를 집어 들어 입안에 던져 넣었다.

"이건 형이 만든 과자치고는 그저 그러네. 밤 가루가 입안에 들러붙어서 매끄럽게 삼키기가 힘들어."

"그래? 그럼 처음부터 다시 만들어야겠군."

지혜에가 빙긋이 웃자 웃음의 숨은 뜻을 알아차렸는지 곳카이가 못마땅한 얼굴로 식은 차를 단숨에 마셔 버렸다.

南 星 屋

네 번째 과자

오오우즈라 모찌

가지를 장하게 뻗은 소나무들 사이에서 유난히 높다란 모밀잣밤나무가 담장 위로 비죽 튀어나와 있다.

우듬지를 쳐다보며 지헤에가 저도 모르게 눈웃음을 지었다.

오카모토가 저택은 혼고에 있다. 지헤에는 열 살 때까지 이 저택에서 컸다. 어린 시절의 기억이 곳곳에 얽혀 있는데, 특히 모밀잣밤나무에는 그리운 추억이 있다.

그로부터 어언 50년 넘게 흘렀단 말인가—.

지난 세월이 터무니없이 길다는 사실에 기가 찼지만, 저택을 배경으로 한 오래된 그림이 종종 머릿속에 떠오르곤 했다. 그때마다 먼지를 털고 해진 곳을 기운 탓인지 그 그림은 조금도 바래거나 닳지도 않고 선명한 색조를 유지했다.

모밀잣밤나무 우듬지를 그 그림과 겹쳐 보며 가만히 추억에 잠겨 있는데,

"이런 데서 뭐 하고 계세요, 숙부."

남자치고는 새된 목소리가 날아와 옛 생각이 뚝 끊기고 말았다.

"좀처럼 오시지 않으셔서 하인을 시켜 마중을 보냈더니, 저택 밖에 우두커니 계시다고 해서 모시러 나왔습니다."

오종종하고 평범한 이목구비는 어린 시절 그대로였다. 삼십대 중반이 넘도록 관록이 통 붙지 않아 나이보다 한참 어려 보였다.

오카모토가의 당주 요시에였다.

큰형 오키타카의 아들이니 지헤에에게는 조카가 된다.

혼고는 고시마치에서 그리 멀지 않다. 지헤에는 과자점을 차린 뒤로는 우란분재와 설, 그리고 경조사에는 오카모토가에 얼굴을 비췄다.

그러나 4년 전 큰형이 죽고 조카가 당주가 되고 나서는 본가 방문이 여러모로 불편해졌다. 조닌 신분이 된 숙부를 얕잡아보고 함부로 대했다면 차라리 그러려니 했겠지만 조카의 태도는 오히려 그 반대였다.

"자, 자, 숙부, 다들 이제나저제나 하며 기다리고 있습니다. 숙부가 오시지 않으면 할아버지 제사를 시작할 수 없으니까요."

"기다리다니…… 저를 말입니까?"

당황하는 바람에 그만 조닌 말투가 튀어나왔다. 본가에서만큼은 지헤에도 말투에 신경을 썼다. 당황하면서도 조심스레 조카에게 말했다.

"23주기라고 하지만 저 같은 것이 제사에 참석하는 건 분수에 맞지 않는 일이지요. 늘 그랬던 것처럼 불단에 공양만 드리고 바로 떠날 생각입니다만."

"천만에요, 무슨 말씀을. 절에서 열리는 제사 법회에 시간을 맞출 수 없다고 하셔서 최소한 본가에서 열리는 제사 모임에는 참석해 주셨으면 했는걸요……. 가끔은 오카모토가와 교류하는 것도 나쁠 건 없지 않습니까."

"아뇨, 하지만……."

지헤에는 곤혹스러운 얼굴로 목덜미를 쓸었다. 계속 사양했지만 조카도 여간 끈질긴 게 아니었다.

"숙부를 위해 술이며 음식에도 신경을 더 썼습니다. 다들 벌써부터 큰방에 모여 있는데, 숙부가 오실 때까지 기다려야 한다며 젓가락도 들지 않고 기다리고 있습니다."

친척이라고 하지만 평소 왕래도 전혀 없는 사이다. 게다가 일개 과자점 주인 지헤에를 그렇게까지 떠받들 까닭이 없다. 겉치레일 거라고 생각하지만 거절하기도 곤란해서 지헤에는 마지못해 조카를 따라 문턱을 넘었다.

오카모토가는 지헤에의 부친이 에도 성 니시노마루에도 성 내의 여러 권역 중 쇼군 후계자와 그 식솔이 거처하는 성 경비를 맡을 때부터 이 저택에서만 살아왔다. 당주의 직무에 따라 배령저택막부가 무사에게 빌려준 토지에 지은 저택. 막부가 언제든 회수할 수 있었다이 교체되는 사례가 많지만, 부친이나 형이나 지극히 성실하게 일했고 가록에 걸맞은 직무를 충실하게 해냈다. 3대에 이르도록 같은 집에 살고 있는 것이 그 증거라고 지헤에는 오히려 좋게 생각했다.

큰 욕심 내지 않고 쓸데없이 적을 만들지 않고 맡은 바 직무를 성실하게 해내며 인생을 무난하게 보내는 것.

다른 인생을 택하긴 했지만 돌아보니 자신도 부친이나 형과 같은 삶을 바랐었다. 이 나이가 되니 그런 생각이 절실해질 때가 종종 있다. 앞서 걷는 조카도 그렇게 생각하길 바라지만, 조카의 생각은 조금 다른 듯했다.

현관을 지나 긴 복도를 걷는 동안에도 요시에는 숙부를 깍듯이 배려하는 몸짓을 끊임없이 보여 주었다. 낯간지러운 정도를 넘어 거북하기까지 했다. 조카가 어느 방 앞에 이르러 장지문을 여는 순간 지헤에는 그 자리에 딱 멈춰 섰다.

남쪽을 향한 거실은 맹장지문을 떼어 내어 공간을 넓혀 놓았다. 양쪽으로는 서른 명은 될 법한 친척들이 소반을 앞에 두고 단정한 무가 차림으로 나란히 앉아 모두 이쪽을 쳐다보고 있었다. 마치 자신이 기름을 내려고 천에 싸 둔 두꺼비라도 된 것 같았고, 실제로 그런 장면이 머리를 스쳤다.

"자, 다들 많이 기다렸네. 기다리던 분이 도착하셨으니 이제 시작해 봅시다. 자, 자, 숙부, 어서 이리 앉으세요."

요시에는 작은 체구나마 가슴을 한껏 펴고 당주다운 의젓한 말투로 빈자리를 가리키며 권했다. 자리를 확인한 지혜에는 머리가 어찔했다.

최고 상석으로 치는 자리 두 개가 나란히 비어 있었다. 하나는 당연히 당주 요시에를 위한 자리일 테고, 다른 하나는 지혜에를 위한 것이었다.

"아뇨, 그러니까…… 저는, 이런 자리에 앉을 처지가……."

횡설수설하며 간절히 사양했지만 조카는 지혜에의 곤혹스러움에 아랑곳없이 만면에 웃음을 지었다.

"무슨 말씀을요. 원래 저보다 상석에 앉으셔야 마땅한 분인걸요."

조카의 그 한마디에 다시 온몸에서 땀이 솟았다. 그것은 명백히 지혜에의 핏줄을 암시하는 말이었다. 지혜에의 친부가 누구인지는 아우를 제외하면 역대 당주인 부친과 형과 조카만 아는 사실이고, 조카도 어디에도 발설하지 말도록 입단속을 받았을 터다.

실제로 좌중은 조닌 차림의 노인이 대체 어떤 인물이기에 당주가 저런 말을 하나 하고 의아해하는 눈초리였다. 한 벌밖에 없는 나들이옷인 몬쓰키 차바오리가문의 문양이 그려진 기장이 짧은 하오리도 무가 저택 안에서는 아무래도 궁색하게 비칠 거라고 생각하며 지혜에는 수척한 등을 더욱 작게 웅크렸다.

지금까지 지혜에는 친척들 앞에 나서는 것을 극구 피했다. 그래서 대개 낯선 얼굴이었지만, 연로한 사람 중에는 더러 눈에 익은 이도 있었다. 그들도 지혜에가 전전대의 차남이라는 사실은 알고 있겠지만, 그래도 당주의 깍듯한 태도는 도가 지나쳐 보일 터였다. 좌중은 모두 입을 멍하니 벌리고 끌려오다시피 상석에 앉는 지혜에를 바라보고 있었다.

지혜에는 찌르는 듯 날카로운 시선 하나를 느꼈다.

가장 말석에 앉은 그는 조닌 차림이지만 고급스러운 몬쓰키에 하카마정장 하의로, 주름 잡힌 바지의 일종를 입었다. 엿보듯 치켜뜬 눈초리로 지혜에를 쳐다보던 그 오십대 남자가 정중하게 고개를 숙이자 지혜에도 황망히 고개를 숙여서 응했다.

조카는 두 사람이 인사를 주고받은 것을 알아채지 못한 듯, 지혜에를 옆에 앉히고 만족스럽게 웃으며 말했다.

"편히 앉아서 드세요, 숙부. 오늘은 할아버지 얘기 좀 실컷 들려주십시오."

이런 자리에 어찌 편히 앉아 있을 수 있을까.

마침내 요시에의 선창으로 부친의 23주기 제사 모임이 시작되었지만 지혜에는 자리가 너무 거북하여 엉덩이가 다다미에서 한 치쯤 떠 있는 기분이었다.

고개 들기도 부담스러워 소반에 차려진 깔끔한 음식만 바라보며 조카가 따라 주는 술을 홀짝거리고 있었다.

"원래는 절에서 열리는 법요에 곳카이 숙부를 꼭 모시고 싶었습니다만."

부친과 형처럼 조카도 술은 그다지 센 편이 아닌 듯했다. 겨우 한두 잔 비웠는데 벌써 눈 주위가 빨개졌지만, 그럴수록 혀는 매끄럽게 돌아가는 듯했다.

"전에 한번 뵈었지만 역시 요쓰야 쇼텐지의 주지 스님쯤 되니 격이 다르더군요. 입고 계신 가사를 보니 햇빛 아래서 보면 눈이 멀겠다 싶을 만큼 눈부시게 화려했습니다. 그런 고승께서 독경해 주시면 오카모토가로서도 면목이 크게 설 텐데, 모시지 못해서 정말 아쉽습니다."

쇼군가하고도 관계가 깊은 대형 사찰의 주지쯤 되면 공적인 자리에 나설 때는 지위에 걸맞는 복장을 갖춰야 한다. 그러나 지헤에가 여전히 고로라는 아명으로 부르는 주지는 실은 그런 격식을 몹시 싫어했다.

'요즘 그런 요란한 옷은 떠돌이 예인들도 안 입수.'

못마땅해하는 곳카이의 얼굴을 떠올리며 지헤에는 입술로만 가만히 웃었다.

"역시 고로는 오늘 참석하지 않았군요?"

"공교롭게도 피치 못할 사정이 있다고 하셔서…… 절에서 열리는 법요에서는 꼭 독경해 주셨으면 했는데 말입니다."

조카는 미련이 남는지 아랫입술을 삐죽 내밀었지만 아우에게도 나름의 이유가 있었다.

제사 법요는 오늘 아침에 오카모토가의 위패를 모신 우에노의 사찰에서 열렸고, 곳카이는 조카의 초대를 마다하며 지헤에에게 불만을 토로했었다.

“내가 참석한다고 하면 맞이하는 절에서 고생해. 아무리 육친의 법요라 해도 그쪽 스님들 고생시키는 게 나로서도 민망하기 짝이 없는 일이우. 아버님과 형님은 그런 사정을 헤아리고 나를 부르는 걸 삼가셨는데…… 그 조카란 놈은 통 배려를 모른다니까.”

아무리 육친의 제사라지만 곳카이가 이동하면 가마를 부르고 시중드는 승려가 따라붙는 요란한 행차가 되고 만다. 우에노의 사찰 역시 곳카이를 맞을 준비를 하느라 경황이 없게 된다. 피차 번잡해지는 것이 싫어서 곳카이는 주지 스님이 되고 나서는 본가의 불전에 공양하는 것으로 그쳤다.

동생의 심정은 지헤에도 이해할 수 있었다. 본가에서 차지하는 위치는 동생과 비교할 수 없지만 지헤에도 비슷한 심정을 갖고 있었다. 아무리 친척이라도 스스로 가문을 떠난 자가 뻔뻔하게 계속 드나드는 것은 곤란하다고 스스로 경계하며 되도록 눈에 띄지 않게 교류를 이어 왔다.

아우가 불평한 대로 고인인 된 부친이나 형과는 달리 조카 요시에는 사려가 부족한 면이 있다.

요시에는 결코 능력이 모자란 편도 아니고 타고난 자질도 오카모토가의 역대 당주들 못지않다. 그러나 요시에는 전대의 삶을 그다지 좋게 생각하지 않았고 자신의 그릇을 부끄러워했다.

제 그릇을 부끄러워하니 살아가는 모습이 하늘과 땅만큼이나 차이가 난다.

지혜에의 뿌리나 곳카이의 지위에 연연하는 것도 그 반증이었다.

“따님과 손녀는 안녕하시지요?”

“아…… 예, 덕분에.”

불쑥 딸과 손녀를 거론하자 지혜에는 긴장했다. 오키미는 물론이고 오에이도 본가에 데려온 적이 없다. 본가가 지금보다 지위가 낮고 가난했다면 손녀를 안고 부담 없이 찾아올 수 있었을지 모르지만, 오카모토가는 나름대로 격이 있는 집안이었다. 딸이나 손녀가 이런 가문의 일원이라고 착각하게 해서는 안 된다는 생각에 더욱 멀리했다.

그러나 딸은 사치와는 거리가 먼 사람이고 손녀도 답답한 무가 생활 따위는 요만큼도 바라지 않는 것처럼 보였다. 기우였나 하며 내심 쓴웃음을 짓는데,

“다음에 오실 때는 꼭 데려오세요. 친척인데 너무 서먹서먹하지 않나 하고 마음에 걸렸습니다.”

요시에의 말에 지혜에의 속에서 걱정이 고개를 쳐들었다.

"아마 손녀가 슬슬 혼인할 나이가 아닌가요?"

왜 자꾸 오키미를 거론하는지 의아해하며 지헤에는, 예, 하고 대답했다.

"여기서 신부수업을 시키는 건 어떻습니까? 혼담이 오더라도 더 나은 혼담이 오지 않겠습니까."

무가에 들어가 신부수업을 하는 것은 상인 집안의 관습이고 흔한 일이었지만, 어지간한 집안의 딸한테나 해당하는 이야기였다. 허름한 나가야에 세 들어 사는 자기하고는 인연이 먼 이야기라고 지헤에는 정중히 사양했지만 요시에는 뜻밖에 집요하게 권했다.

"이참에 저희가 신랑감을 물색해 보는 것도……."

"당치도 않습니다!"

뜻밖의 이야기에 지헤에가 황망히 말허리를 잘랐다.

"손녀 아이는 뼛속까지 조닌의 딸인데 어찌 무가의 안주인 노릇을 하겠습니까."

"무가가 싫다면 부유한 조닌은 어떻습니까? 요즘은 웬만한 무가보다 부유한 조닌이 훨씬 위세가 좋지 않습니까. 후다사시고위 무사가 봉록으로 받는 쌀을 대신 받아, 그 쌀을 담보로 무가에 고리대를 놓는 자. 개중에는 어지간한 다이묘보다 경제력이 좋은 자도 있었다나 도매상집 아들이라면 제가 얼마든지 주선……."

"아뇨, 그 일만은 제발 모른 척해 주십시오. 그게…… 이미 본인이 마음에 둔 사내가 있는 것 같고……."

아무리 사양해도 통하지 않자 궁여지책으로 엉뚱한 거짓말을 하고 말았다.

"호오, 상대는 어떤 사람입니까?"

"……저도 아직 자세히는……. 딸이, 그러니까 손녀의 어미가 그렇게 말하더군요."

"어떤 남자인지 확인하기 전에는 방심할 수 없겠군요, 숙부. 뒷골목 쪽방에 사는 빈털터리 사내한테 걸리면 평생 고생길이 훤할 텐데……."

내가 바로 그런 놈인걸, 하는 자조가 고개를 들었지만 반론할 기력도 없었다.

다행히 마침 그때 누군가 요시에에게 술을 따라 주겠다고 다가온 덕분에 대화가 끊겼다. 친족과 담소하는 조카를 곁눈으로 보며 지헤에는 내심 혀를 내두르며 숨을 돌렸다.

오키미의 미래를 아무리 상상해도 나가야나 작은 가게의 안주인 모습밖에 떠오르지 않았다. 보기엔 그래도 당차고 야무진 아이니까 필시 남편을 꽉 쥐고 사는 무서운 아낙이 될 테지.

머리에 떠올린 손녀의 미래상에 후후, 하고 혼자 웃음을 흘릴 때였다.

"잠깐 실례해도 되겠습니까."

완전히 방심하고 있다가 허를 찔린 탓에 지헤에는 펄쩍 뛰어오를 듯이 놀랐다.

"아…… 고지야 씨."

같은 고지마치에서 과자점을 하는 고지야 다메에몬이었다.

"적조했습니다, 난보시야 씨. 한동네 사는 동업자인데 좀처럼 뵙질 못했군요."

한동네라고 해도 고지마치는 한조 성문에서부터 요쓰야 성문을 너머까지 13정1정은 약 110m이나 길게 이어져 있다. 지헤에의 난보시야는 그 중간쯤인 6초메의 뒷골목에 있고, 고지야는 한조 성문 바로 앞에 자리한 커다란 과자점이니 제법 거리가 있었다.

말하자면 고지마치의 금싸라기 땅이라 불리는 자리인데, 가게 내력도 외관에 손색이 없을 만큼 훌륭했다. 고지야의 선조는 미카와에도 막부를 연 도쿠가와 이에야스의 고향 출신인데, 신군神君 이에야스 공과 함께 에도로 이주한 조닌 중에 고지야 2대조가 있었다고 전해질 만큼 유서 깊은 가문이며, 현 당주는 9대이다.

"그러고 보니 고지야 씨는 오카모토가와 인연이 오래 됐지요."

지헤에가 다메에몬에게 말했다.

"예, 전전대 당주님께서 조부님을 각별히 챙겨 주셨습니다."

"할아버님이라면 기억이 생생합니다. 마음이 따뜻한 분이라 집에 오실 때면 늘 맛난 과자꾸러미를 들고 오셨지요. 고지야 씨가 오신다고 하면 저와 동생은 설레며 기다리곤 했습니다."

지헤에는 어릴 적 추억에 저도 모르게 얼굴이 환해졌다.

고지야 다메에몬은 지헤에보다 열 살쯤 아래다. 다메에몬의 조부는 23년 전에 타계한 지헤에의 부친 구니에와 가깝게 지내다가 지헤에가 일곱 살 때 세상을 떠났다.

고지야의 주인이 바뀌자 오카모토가에 출입하는 일이 부쩍 줄어들었다. 구니에가 다메에몬의 부친과는 마음이 맞지 않았던 건지도 모른다. 집을 떠나 과자 장인이 되기로 결심한 지헤에를 거두어 줄 가게를 물색할 때도 고지야는 거론조차 되지 않았다.

지헤에가 수련했던 우에노 야마시타의 과자점은 오카모토가의 위패를 모신 사찰과 거래하던 인연으로 지헤에를 거두어 주었다.

나중에 알았지만 다메에몬의 부친인 8대는 이재理財에 밝은 사람이었다. 백중절이나 연말이 되면 오카모토가에 인사하는 일을 거르지 않았지만, 고지야는 5백 석 하타모토보다 재산이 많은 단골무가를 얼마든지 가지고 있었다. 그쪽에 출입하느라 바빠서 오카모토가하고는 자연스레 멀어졌을 것이다. 그래서 지헤에는 다메에몬이 이번 제사에 참석하리라고는 생각지 못했다.

"친척인 난보시야를 제쳐 두고 제가 나선 것이 중뿔난 짓인 줄은 알지만 오늘 모임에는 저희 과자를 납품했습니다."

"어차피 저희 가게에서는 제사 과자를 다 감당하지도 못하는걸요" 하고 지헤에가 붙임성 있게 답했다. "고지야 주인께서 지금도 오카모토가와 인연을 이어나가고 있다니 정말 기쁩니다. 오늘 과자는 역시 요리미다키인가요?"

요리미다키는 고지야가 간판 상품으로 내세우는 과자이다.

비틀린 모양의 쌀떡을 요리미라고 하는데, 아스카-나라 시대에 전해진 중국 과자가 뿌리라고 한다. 요리미는 흰색이지만 요리미다키는 쑥을 넣은 초록색 떡을 함께 사용한다. 흰색과 초록색을 함께 써서 보기에도 시원하고 고급스러운 과자이다.

그러나 다메에몬은 자랑스러워하기는커녕 지긋지긋하다는 듯이 내뱉었다.

"도통 발전이 없는 과자라서 부끄러울 따름입니다."

"천만에요. 요리미다키는 어느 과자에 견주어도 빠지지 않는 훌륭한 과자 아닙니까."

"그래 봐야 아둔한 장인이 겨우 하나 배워서 줄창 만들어 온 과자일 뿐이지요."

결코 겸손이 아니라는 것은 그의 말투와 표정이 말해 주었다.

길쭉한 얼굴에 밋밋한 이목구비가 어딘지 헐거워 보이는 인상이지만 눈동자만은 잠자리 눈처럼 잽싸게 움직였다. 그 눈동자가 아래로 데구르르 구르나 싶더니 탐색하는 양 치켜뜬 시선이 되었다. 이 사내의 버릇인데, 비굴한 속을 빤히 드러내는 것 같아서 그다지 보기 좋은 모습은 아니었다.

"난보시야처럼 쉴 새 없이 새로운 과자를 내놓는 가게에는 도저히 당해 낼 수가 없지요."

"아뇨, 저희 과자는 고작 막과자나 겨우 면한 물건이라서……."

"천만에요, 그렇게 반짝 장사를 한다는 것이 난보시야의 힘을 보여 주는 무엇보다 확실한 증거죠."

점심에 가게 문을 열고 일 각 만에 후딱 팔아 치우는 난보시야의 모습이 못내 고까울 것이다. 말끝마다 잔뜩 비아냥거리는 투가 묻어난다.

"우리도 그렇게 하고 싶지만…… 간판이 간판인지라 남의 과자를 따라하는 일은 도저히 못 하거든요."

안 그래도 좌불안석인데 이제는 바늘방석이 되고 말았다. 따끔따끔한 가시를 느끼며 지헤에는 그저 당황할 뿐이었다.

지헤에의 과자는 젊은 시절 여러 지방을 떠돌아다니며 배운 것들이다. 스스로도 밝혀 왔으므로 남의 과자를 흉내 낸다는 말을 들어도 대꾸할 말은 없었다.

난보시야는 과자점 조합에도 가입하지 않은 작은 가게이다. 가족 말고는 따로 점원도 없어서 판매량도 뻔하고, 꼬마라도 쉽게 살 수 있도록 가격을 낮춘 탓에 이익도 그리 많지 않다.

고지야 같은 큰 가게하고는 애초에 격이 다르다. 눈엣가시는커녕 상대조차 안 되는 가게라고 지헤에는 생각해 왔다.

난보시야는 영업을 시작한 지 올해로 22년이며, 고지야도 다메에몬이 당주가 된 지 벌써 15년이다. 그동안 특별한 갈등 없이 서로 선을 긋고 장사해 왔다. 고지야의 주된 손님은 오동나무 상자에 포장된 고급 과자를 선물용으로 구입하는 지체 높은 무가나 부유한 조닌이었고, 이에 반해 난보시야의 단골은 신분과 무관하게 십중팔구 가난한 사람들이었다.

가게 규모나 고객층 등 모든 면에서 경쟁자라고 하기에는 격차가 너무 심하다. 그래도 다메에몬 눈에는 거슬리는 듯했다.

불만을 살 만한 무슨 계기라도 있었던 것일까?

아무리 머리를 쥐어짜도 그럴 만한 일은 떠오르지 않았다.

고지야는 고지마치와 요쓰야 지역의 과자점 중에서 대대로 우두머리 같은 위치에 있었다. 그 주인의 눈 밖에 나면 장사하기가 힘들어진다.

지헤에가 적당한 대답을 떠올리지 못하고 우물거리고 있자 옆에 있던 조카가 두 사람 쪽으로 몸을 돌리고 앉았다. 그에게 술을 따라 주러 왔던 친척은 어느새 다른 자리로 옮긴 듯했다.

"아, 그러고 보니 숙부와 고지야 씨는 한동네에서 장사를 하시지요. 두 분 모두 과자점을 하시니 할 이야기가 많으시겠네요."

아무것도 모르는 조카가 자못 경박하게 활짝 웃었다.

"아버지 시절에는 다른 과자점과 거래했다고 하는데, 솔직히 우리 집안과 거래하기에는 너무 격이 떨어지는 가게라서 말이죠."

무가에서는 오늘 같은 경조사뿐만 아니라 어디를 방문할 때면 결례를 면하려고 가벼운 선물로 과자를 구입하는 일이 흔하다. 선물 역시 상점의 격이 무엇보다 중요하므로, 자기가 당주가 되고 나서는 고지야와 거래하게 되었다고 조카는 밝혔다.

“고지야 과자라면 어디 내놔도 부끄럽지 않거든요. 역시 거래를 하자면 그런 가게랑 해야죠.”

체면과 외양에 연연하는 조카의 모습을 목도하니 기분이 썩 좋지 않았다. 지헤이가 희미하게 드러내는 당혹스러운 표정을 요시에는 전혀 다른 의미로 받아들인 듯했다.

“물론 숙부 가게처럼 규모는 작아도 훌륭한 가게도 있지만요.”

번지수를 잘못 짚은 아부에 쓴웃음을 짓는 수밖에 없었다. 그 칭송에 화답하듯 다메에몬이 말했다.

“지당하신 말씀입니다. 저희 가게는 난보시야의 장사 수완에 도저히 당해 낼 수가 없지요. 모쪼록 저희 가게 사람들도 난보시야를 보고 배웠으면 좋겠다고 말씀드린 참입니다.”

장인이 제일 자랑하고 싶은 것은 당연히 실력이다. 꼭 집어서 장사 수완이 좋다고 칭찬해도 하등 기쁘지 않았다. 다메에몬은 그걸 뻔히 알면서도 그렇게 말하는 것이다. 그러나 요시에는 맥락을 잘못 짚고 숙부에게 아부할 기회를 발견했다는 듯 반색했다.

“아무렴. 숙부님은 허다한 일가친척 중에서도 특출난 분이시지. 역시 핏줄이 핏줄이니까.”

“핏줄……입니까?”

다메에몬이 곱씹듯이 말하자 지헤에는 간이 오그라드는 기분이었다. 탐색하듯 치켜뜬 눈초리가 그를 빤히 쳐다보고 있었다. 지헤에는 어떻게든 화제를 바꾸려고 얼른 설명을 보탰다.

"오카모토가에서 태어났다고 하지만 지금은 작은 과자점 주인에 불과합니다. 게다가 가문을 떠난 지 오십 년이나 지났으니 더 말할 것도 없지요. 이젠 핏줄도 무엇도 아닙니다."

요시에도 그제야 자신의 실언을 알아차린 듯했다.

"오카모토가를 떠난 지 벌써 오십년이시니…… 조닌 생활에 완전히 익숙해지실 만도 하지요."

당황해서 지헤에 이야기에 장단을 맞추었다.

의심이 깃든 다메에몬의 눈초리는 지헤에 옆얼굴에 들러붙은 채 한동안 떨어질 줄 몰랐다.

"이곳은 변한 게 없구나."

뒤뜰을 걸으며 지헤에는 안도의 한숨을 지었다.

고지야가 제자리로 돌아간 뒤에도 조카의 지나친 우대는 수그러들 줄 몰라서 지헤에를 몹시 피곤하게 만들었다. 측간에 간다는 핑계로 빠져나와 마루 앞에 있던 나막신을 신고 뜰로 내려섰다.

손님이 모여 있는 큰방 남쪽에는 정성스레 꾸민 커다란 정원이 펼쳐져 있었다. 지헤에는 그곳에서 저택 서쪽으로 걸었다. 대문이나 현관은 새로 보수한 부분도 있지만 창고와 헛간이 늘어선 뒤꼍은 옛날과 다르지 않았다. 지헤에는 익숙한 걸음으로 본채 서쪽으로 뻗은 길고 좁은 뒤뜰을 지났다. 뒤뜰 막다른 곳에는 추억이 깃든 커다란 모밀잣밤나무가 의젓하게 서 있었다.

줄기 중간부터는 가지가 사방으로 마구 뻗은 것도, 잎이 무성하게 자란 것도 어린 시절과 다르지 않았다.

"저렇게 높은 곳엘 용케 올라갔었구나."

지혜에 뇌리에 떠오른 것은 우듬지 가까운 곳에 올라 아래를 내려다보는 동생의 모습이었다.

"어디 내가 내려가나 봐! 아버지께서 포기하실 때까지 여기서 절대로 내려가지 않을 거야!"

고로가 무성한 이파리 사이로 얼굴을 내밀어 아래쪽에다 대고 외쳤다.

모밀잣밤나무 밑동에서는 어머니와 하녀가 애타는 얼굴로 우듬지 쪽을 올려다보고 있었다.

"고로, 그런 분별없는 소릴 하면 못써."

"도련님, 위험해요. 제발 내려오세요."

일단 뱉고 나면 물리지 않는 것이 고로의 성격이었다. 두 여인이 아무리 달래도 고로는 들은 척도 하지 않았다.

"역시 곤스케에게 사다리를 놓고 올라가 억지로라도 끌어내리게 하는 것이…… 고헤이지, 가서 곤스케를 불러와라."

지혜에의 아명은 고헤이지였다. 그를 돌아보는 어머니에게 고헤이지는 고개를 가로저었다.

"저 높이라면 저희 사다리로는 닿지도 않아요. 게다가 억지로 끌어내리려다가 고로가 저항이라도 하면 그땐 정말 위험해요."

"큰일이네……. 안 그래도 아버지께서 불같이 화가 나셨다는데……."

어머니의 곤혹스러운 눈빛이 모밀잣밤나무 나뭇가지와 고헤이지 사이를 오락가락했다.

동작이 굼뜬 고헤이지와 달리 고로는 어릴 때부터 뜀박질도 잘하고 나무도 잘 탔다. 고로가 올라간 모밀잣밤나무는 유난히 키가 커서 제일 낮은 나뭇가지도 보통 사다리로는 닿지 않았다.

"안 내려오겠다면 그냥 놔둬라."

"아버지……."

소동을 듣고 나왔는지 아버지가 어느새 뒤에 서 있었다. 평소에도 과묵한 사람이시만 입술이 일그러지도록 입을 꾹 다물어 더 무서워 보였다. 차남이나 아내에게는 눈길도 주지 않은 채 모밀잣밤나무로 다가서더니 위쪽을 향해 소리쳤다.

"잘 들어라, 고로. 그 위에서 차분하게 머리를 식히며 생각해 봐라. 그쪽 저택에 사죄하러 갈 마음이 생기기 전에는 내려올 생각도 하지 말고."

"그런 놈한테 사죄하고 싶은 마음은 털끝만치도 없어요!"

동생 목소리가 나무 위에서 내려왔다.

"그럼 평생 내려오지 말든지!"

그 말을 내뱉듯이 던지고 아버지는 몸을 휙 돌렸다. 돌아가는 길에 어머니에게 힐끗 시선을 던졌다. 시선의 의미를 알아챈 어머니가 고개를 끄덕이고 고헤이지의 어깨에 손을 얹었다.

"아버지가 지금 사죄하러 가실 거다. 나도 외출 준비를 도와드려야 하고……. 한동안은 고로에게 신경 쓰지 말라고 하신다."

아버지 시선의 뜻을 작은 소리로 설명했다.

"맏이도 이제 돌아올 때가 다 됐으니까, 고헤이지, 그때까지 시즈와 함께 고로를 지켜보고 있으렴."

아홉 살 터울인 맏형은 벌써 관직을 얻어 에도 성을 출입하고 있었다. 고헤이지는 예, 하고 나직이 대답하고 멀어지는 부모님 뒷모습을 바라봤다.

한 살 터울인 동생은 이때 겨우 일곱 살이었지만 이미 감당키 힘든 악동으로 소문나 있었다. 평소에도 부모의 골칫거리였지만 그날도 같은 서당에 다니는 아이를 때려서 다치게 하고 말았다.

고로보다 세 살이나 많은 상대 아이는 후신부교에도 성 안팎의 돌담, 해자 등의 건설과 수리를 담당하는 관직로 일하는, 봉록이 2천 석이나 되는 고위 하타모토의 적자였다. 소식을 전해들은 어머니 등은 졸도할 것처럼 놀랐다. 상대방도 평소 악동이었다면 그러려니 하겠는데, 어릴 적부터 수재로 소문난 데다 누구나 칭찬하는 예절 바른 아이였다.

고로가 드잡이하다 넘어뜨리는 바람에 다리를 조금 삐었을 뿐 대단한 부상은 아니었지만, 함께 있던 아이들 말로는 아무 잘못도 없는 상대에게 고로가 대뜸 덤벼들었다고 하니 아버지도 골머리를 썩이지 않을 수 없었다.

일단 정중하게 사죄해야겠다며 아버지는 즉시 상대방 저택으로 가려고 했지만 정작 고로가 도무지 말을 듣지 않았다. 사죄할 이유가 없다고 버티는데, 아버지가 호통을 치고 어머니가 간절하게 설득해도 고집스레 고개만 가로저을 뿐이었다.

짜증 한 번 내지 않던 아버지가 마침내 손찌검까지 했지만, 고로는 뺨을 맞고도 눈물 한 방울 흘리지 않았다. 그러더니 하고 많은 곳을 놔두고 하필 높다란 모밀잣밤나무로 올라가 아버지에게 끝까지 저항하는 자세를 취했다. 혀를 내두르게 할 만한 옹고집이었지만, 고헤이지는 내심 동생의 불굴의 자세에 감탄하며 은근히 존경심마저 품었다.

"도련님, 이제 배고프시죠? 시즈가 뭐든 만들어 드릴게요."

하녀 시즈가 어떻게든 마음을 누그러뜨리려고 상냥하게 말을 걸었다.

"필요 없어. 이삼일 굶는다고 죽지 않아."

당당한 목소리가 돌아왔지만, 저녁밥이 반 각만 늦어도 난리를 피울 만큼 먹성이 좋은 아이였다. 고헤이지는 저도 모르게 풋, 하고 웃음을 터뜨렸다.

"변소에 가고 싶어지면 어쩔래? 나무 위에 변소가 있는 것도 아닌데."

"새나 짐승은 나무 위에서 볼일 보잖아. 나도 그러면 되지. 지금

해 볼 테니까 시즈는 거기서 비켜."

설마 했는데 진짜 나무 위에서 김이 오르는 액체가 쏟아져 내렸다. 꺄악, 하며 시즈가 비명을 지르며 나무 곁에서 펄쩍 뛰어 물러섰다. 막무가내인 행동에 고헤이지도 질릴 수밖에 없었다.

고로가 올라가 있는 모밀잣밤나무는 높은 담 위로 껑충하게 우듬지를 내밀고 있어서 주위에서도 잘 보였다. 근방엔 무가 저택만 모여 있어 사람들이 몰려들진 않았지만, 멀리서 구경하고 있을 게 뻔했다. 호기심 많은 조닌들이 모여 사는 곳이라면 금세 구경꾼이 모여들었을지 모른다.

"어떡하죠? 고로 도련님은 한번 뿔이 나면 도무지 말을 듣지 않으시는데."

속수무책이 된 시즈가 울상을 지으며 쪼그리고 앉아 버렸다.

"날이 어두워져도 안 내려오시면…… 까무룩 졸다 떨어질지도 모릅니다."

하녀의 불안도 당연한 것이어서 고헤이지도 슬슬 걱정이 되기 시작했다. 고로의 기분을 누그러뜨릴 방법은 없을까 하고 심각하게 머리를 쥐어짜 보았다.

그때 상황에 전혀 어울리지 않는 태평스러운 목소리가 정원 밖에서 들려왔다.

"어허, 고로 도련님이 또 나무 타기를 하시네요. 오늘은 엄청 높은 데까지 올라가셨네요. 거기라면 진짜 경치가 볼만하겠는걸요."

목소리의 주인은 하인 곤스케였다. 시즈가 냉큼 쏘아붙였다.

"무슨 한가한 소리세요! 고로 도련님이 큰일 났단 말이에요, 곤스케 님."

곤스케는 이제 마흔이 다 되었지만, 자기 나이의 절반밖에 안 된 처자에게 핀잔을 듣고도 멍한 얼굴을 하고 있었다.

곤스케는 정수리 언저리에 커다란 흉터가 있었다. 젊었을 때 다쳤다고 하는데, 그 탓에 두뇌 회전이 다소 굼뜬 구석이 있다. 그러나 착하고 부지런한 남자여서 허드렛일을 하는 데는 아무 지장이 없었다. 게다가 손재주가 좋아 대나무나 짚풀로 장난감도 만들어 주는, 고헤이지와 고로에게는 귀한 놀이 동무 같은 하인이었다.

"아, 그래, 곤스케. 오오우즈라모찌大鶉餅를 만들어 줘!"

고헤이지는 고로가 제일 좋아하는 음식을 떠올리고는 곤스케에게 부탁했다.

"만들어 드리는 건 좋은데…… 지금부터 시작하자면 한밤이나 돼야 완성될 텐데요."

"나도 도울게. 둘이서 만들면 조금 빠르지 않을까?"

"도련님과 부엌에 들어가면 또 하녀들한테 혼날 텐데요."

상황이 급한데다 고로에게 줄 거라고 하면 하녀들도 뭐라고 하지 못할 거라고 곤스케를 열심히 설득했다.

"부탁해, 곤스케. 고로를 저기 놔둘 수는 없어. 나무에서 내려오고 싶어지도록 엄청 커다란 오오우즈라모찌를 만들면 좋겠어."

"그렇다면 고로 도련님의 큼지막한 눈알이 튀어나올 만큼 엄청 커다란 오오우즈라모찌여야 하겠네요."

곤스케가 뻐드렁니를 드러내며 기분 좋게 웃었다.

고로가 제일 좋아하는 것은 오오우즈라모찌라는 과자였다.

곤스케는 오카모토가의 봉토였던 어느 마을에서 농민의 아들로 태어났다.

소싯적에 밭일이 싫어 고향을 떠나 여러 일을 전전했다고 한다. 어디에도 정착하지 못하고 떠돌다가 머리를 다친 것을 계기로 고향으로 돌아갔다는데, 과자 만드는 기술은 아무래도 그 시절에 배운 듯했다.

곤스케에게 물어도 어디서 배웠는지 대답하지 못했다. 간단한 떡이나 만주뿐이었지만, 타고난 손재주 덕분인지 서툰 과자점보다 맛이 좋았다.

오카모토가의 어린 형제도 곤스케가 만드는 과자를 몹시 좋아했고, 특히 고로는 오오우즈라모찌라면 사족을 못 썼다.

속에 팥소를 넣은 찹쌀떡을 예전에는 우즈라모찌메추리떡라고 했다. 이른바 다이후쿠모찌한국에 흔히 모찌로 알려진 찹쌀떡의 전신인 셈인데, 다이후쿠모찌보다 훨씬 크고 메추리처럼 통통하게 생겼다. 그래서 오오우즈라모찌라고 했고, 하나만 먹어도 배가 부르다고 해서 하라부토모찌라고도 했다.

먹성 좋은 동생을 위해 곤스케는 통통하게 살찐 오오우즈라모찌를 만들어 주었다. 고로는 오오우즈라라는 말만 들어도 침을 흘릴 정도였다.

"고헤이지 도련님, 여기 들어오시면 안 된다고 그렇게 말씀드렸지 않습니까."

곤스케가 걱정한 대로 부엌에 들어서기 무섭게 나이 든 하녀가 나무라고 나섰다. 고헤이지가 사태의 전말을 들려주고 곤스케를 도와 과자를 만들 거라고 하자 하녀의 눈이 더욱 휘둥그레졌다.

"그건 안 됩니다. 오카모토가의 도련님께서 과자를 만들다니요……. 지금까지는 옆에서 구경만 하셨으니 모른 척했지만 직접 만드는 건 당연히 안 됩니다. 주인 나리나 마님께서 저희를 호통치실 겁니다."

부엌에서 몰아내려고 하는 하녀에게 고헤이지가 지지 않고 항변했다.

"서두르지 않으면 고로가 나무에서 떨어진다니까. 목뼈라도 부러지면 호통 정도로 끝날 것 같아?"

살짝 겁까지 주며 끈질기게 하녀를 설득했다. 고헤이지의 끈기에 마침내 고지식한 하녀도 두 손을 들었다.

"그렇다면 하는 수 없네요. 딱 오늘 하루만입니다."

고로를 위해서라는 말이 거짓은 아니었지만 고헤이지는 내심 뛸 듯이 기뻤다.

동생과 달리 고헤이지는 자기가 먹는 것보다 곤스케가 과자를 만드는 모습에 훨씬 흥미가 갔다. 예전에도 곤스케가 과자를 만든다고 하면 하녀의 잔소리를 무릅쓰고 옆에 붙어 과자가 완성되는 과정을 물릴 줄도 모르고 구경했다. 사실 과자 장인이 된 데는 곤스케의 영향도 컸다.

"자, 곤스케. 시작하자."

고헤이지는 신이 나서 곤스케가 창고에서 가져온 포대 자루로 달려들었다. 하나에는 팥이, 또 하나에는 맷돌로 간 적미赤米 가루가 들어 있었다.

"먼저 팥소를 만들어야지요."

곤스케는 촌스럽게 말하고 솥에 팥을 쏟아 넣고 물을 바특이 부어서 화덕에 올렸다.

"콩은 하룻밤 담가야 하지만, 팥은 껍질이 단단해서 물을 많이 머금질 않거든요." 곤스케가 설명하며 바로 불을 지폈다.

곤스케가 팥을 삶는 동안 고헤이지는 부엌 마룻방에 나무 주발을 놓고 붉은 쌀가루를 수북이 부었다. 그리고 화덕 앞에 있는 곤스케에게 물이 담긴 국자를 들고 물었다.

"내가 쌀가루를 반죽해도 될까?"

곤스케는 잠깐 생각하는 눈치더니 말없이 고개를 주억거렸다.

주발 앞에 두 무릎을 모으고 앉자 저도 모르게 볼에 미소가 피어났다. 국자를 주발 위에서 기울였다. 조심한다고 했지만 어느 곁에 물을 와락 쏟고 말았다. 붉은 쌀가루가 날아오르고 쌀가루 더미 한가운데 물웅덩이가 생겼다. 주발을 멍하니 내려다보며 긴장하고 있는데 등 뒤에서 태평한 목소리가 들렸다.

“왜 반죽을 안 하세요, 도련님.”

“물을, 너무 많이 넣은 것 같은데…….”

“글쎄요…… 반죽해 보기 전에는 알 수 없지요. 물이 많으면 쌀가루를 더 넣으면 되고요.”

그렇구나, 하고 주발 속에 작은 두 손을 찔러 넣었다. 평소 곤스케는 어렵지 않게 반죽하는 것처럼 보였지만, 막상 해 보니 뜻밖에 어려웠다. 물을 한꺼번에 많이 넣은 탓인지 쌀가루는 좀처럼 물과 섞이지 않았고, 섞인다 싶으면 밀가루 풀을 섞은 점토처럼 손에 찐득찐득 들러붙어서 반죽 모양이 나오질 않았다.

그래도 쌀가루와 열심히 씨름하다 보니 그럭저럭 모양이 잡혀 갔다. 자기보다 세 배는 오래 반죽을 붙잡고 있어도 곤스케는 한마디도 참견하지 않았다. 고헤이지가 조심스레 내민 주발을 들여다보고도 가타부타 말하지 않고 고개만 주억거릴 뿐이었지만, 고헤이지는 그것이 그렇게 기쁠 수 없었다.

반죽을 나무 찜통에 넣고 찐 뒤 솥으로 옮겨 약불로 이겼다.

“조금 단단하게, 떡메로 친 떡쌀 정도로 이기는 게 좋습니다요.”

하녀가 위험하다고 말렸지만 고헤이지는 화덕 앞에 나무통을 놓고 그 위에 올라서서 솥 안을 휘저었다. 나무 주걱을 세 바퀴 돌렸을 때부터 땀이 솟아나고, 마칠 즈음에는 온몸의 물기가 말라버려 건어물이라도 된 기분이었지만, 지금까지 느낀 적 없는 깊은 만족을 느꼈다.

완성된 반죽을 식히고 곤스케가 만든 팥소를 넣을 즈음에는 해가 완전히 저물어 있었다.

조금 전 하녀가 저녁밥이 준비되었다고 일렀지만 고헤이지는 식사도 마다하고 과자 만들기에 몰두했다.

"아무리 그래도 도련님, 이건 너무 크네요."

동생을 위해 특별히 크게 만든 오오우즈라모찌를 풍로 위에 죽 늘어놓았다. 구운 자국이 생기며 고소한 냄새가 피어오르자 고헤이지의 배가 꾸르륵 꾸르륵 요동쳤다.

"맛을 보실래요? 도련님도 배고프시잖아요?"

"지금은 됐어. 고로랑 같이 먹을 거야."

"같이 드시려고 해도…… 얌전히 내려와 주실까요?"

"안 내려오면 내가 올라가면 되지. 그러고 보니 곤스케, 아까 생각난 건데, 고로는 어쩌면……."

나무통에 올라서서 솥 안을 저으며 혹시, 하는 생각이 스쳤었다. 곤스케의 귀에 생각했던 것을 소곤거렸다.

"그래서 곤스케한테 부탁할 게 또 하나 있다는 거야."

고헤이지의 말에 곤스케는 눈을 끔쩍거렸다.

"어? 큰형……. 시즈는 어디 갔어요?"

곤스케가 고헤이지의 부탁대로 준비를 하는 동안 고헤이지는 먼저 뒤뜰로 달려가 상황을 살폈다. 하녀의 모습은 안 보이고 그 대신 나무에서 조금 떨어진 창고 옆에 큰형 모습이 보였다.

"너무 지친 것 같아서 잠시 쉬라고 보냈다."

"아버지 어머니는요?"

"아까 집으로 들어가셨다. 그쪽 저택에 찾아가 사죄하는 일도 무사히 끝나서 일단 별일은 없을 것 같다."

아버지 구니에는 에도 성 니시노마루의 오난도야쿠—쉽게 말해서 세자를 시중드는 일을 했는데, 혼마루로 거처를 옮긴 현 쇼군도 세자 시절에는 구니에의 시중을 받았다. 아무리 가문의 격이 낮아도 쇼군 측근에 있는 사람이라 함부로 할 수 없었고, 게다가 루스이야쿠쇼군이 에도 성을 떠나 있을 때 제반 실무를 담당하는 직책으로 하타모토 중에서도 고위급이었다가 중재해 준 덕분에 그럭저럭 무탈하게 끝날 수 있었다고 한다.

큰형 오키타카는 부친을 빼닮은 얼굴로 말을 이었다.

"다만 아버지가 여전히 몹시 화가 나셔서, 그런 못된 놈은 하룻밤이든 이틀 밤이든 그냥 내버려 두라고 하신다."

큰형은 가만히 쓴웃음을 지었다.

아버지의 엄명으로 뒤뜰 출입을 금지당한 어머니가 대신 큰형을 보냈다고 한다.

사정을 파악한 고헤이지는 곤스케에게 귀띔했던 제 생각을 형에게도 밝혔다.

“그래……. 그게 통할지도 모르지.”

“그러니까 내가 가서…….”

고헤이지가 속삭이자 형은 걱정스러운 듯 미간을 찡그렸다.

“하지만 그렇게 되면 네가 난처해지지 않겠니?”

“난 원래 나무 타기 같은 걸 못 하니까 누가 뭐라고 해도 아무렇지도 않아요.”

“네가 그렇다면야.”

아직 달이 나오지 않아 주위는 컴컴했다. 그래도 큰형이 희미하게 미소를 짓는 것처럼 보였다.

“그럼 고헤이지, 앞으로 반 각만 기다려 봐.”

큰형이 꾀 하나를 냈고 고헤이지가 고개를 끄덕였다. 오키타카는 혼자 모밀잣밤나무 밑동으로 다가섰다.

“고로, 나는 내일 출근해야 하니까 이제 자러 가야겠다. 너도 일단 내려오는 게 어떠냐. 나무 위에서는 잠자기도 힘들잖니.”

평소라면 이불 속에 들어갈 시간이다. 고로가 나무 위에서 졸기 시작했는지도 모를 일이다. 잠깐 사이를 두었다가 조금 졸린 듯한 목소리가 들렸다.

“괜찮아요. 나는 여기서도 잘 수 있어요.”

"잠드는 순간 가지에서 떨어질 텐데."

"허리띠로 몸을 묶어 놓았으니까 괜찮아요."

놀랍게도 고로는 시고키오비폭이 36cm인 일반적인 옷감을 가공하지 않고 적당히 끊어서 쓰는 허리띠로 제 허리와 나무 줄기를 묶어둔 듯했다. 오키타카는 재미있는지 낮은 소리로 웃고 검은 덩어리로밖에 보이지 않는 나무 위를 다시 올려다보았다.

"그래? 그럼 나는 간다. 잘 자라, 고로."

"……잘 자요, 형."

외톨이가 되는 것이 사실은 두렵기만 할 것이다. 마지막 한마디는 오기를 잃고 풀이 죽은 목소리였다.

"그럼 고헤이지, 뒤를 부탁한다."

고로에게는 그렇게 말했지만 사실 큰형은 잠자리에 들 생각이 없었다. 하지만 고로에게 들리도록 발소리를 유난히 크게 내며 뒤뜰에서 물러났다.

고헤이지는 형이 있던 창고 옆에 쪼그리고 앉아 두 무릎을 안았다. 사실은 나무 밑으로 가서 동생에게 말을 건네고 싶었다. 그러나 큰형이 "잘 들어, 최소한 반 각은 기다려야 해" 하고 지시를 내렸다. 손에 닿는 잡초를 소리 안 나게 조심스레 잡아 뜯으며 시간이 가기만을 기다렸다.

반 각이 되려면 아직 멀었겠지만 4반 각은 지나지 않았을까. 동녘 하늘에 달이 떠올랐다. 덩치를 키운 달이 구름 한 점 없는 하늘에 둥실 떠 있었다.

멍하니 올려다보던 고헤이지 귀에 작은 소리가 들렸다. 철을 잊은 벌레 소리인가 싶었지만 흑, 흑, 하는 소리는 점차 커졌다. 나무 위에서 고로가 울고 있었다.

억센 기질만큼은 어른 뺨치는 동생이었다. 우는 얼굴일랑 상상할 수도 없었다. 고로가 소심하게 울고 있다는 것을 알자 안쓰러워 가만있을 수가 없었다. 구르듯이 뛰어나가 나무 밑으로 갔다.

"고로, 고로, 걱정할 거 없어. 내가 여기 있어."

위를 향해 말을 건네자 흑흑거리던 울음소리가 뚝 그쳤다.

"형, 이야?"

몹시 갈라진 목소리가 들려 고헤이지는 안도의 한숨을 지었다. 큰형이 말한 반 각을 채우지 못했지만 고로의 오기를 벗겨 내기에는 충분한 시간이 지났다.

고헤이지는 대기시켜 둔 곤스케에게 얼른 달려갔다.

"고로, 늦게 올라와서 미안해."

고헤이지가 웃는 얼굴로 올려다보자 무성한 나뭇잎 사이로 비껴드는 달빛 속에서 동생 얼굴이 확 일그러졌다. 고헤이지가 걸터앉은 가지보다 한 단 높은 옆 나뭇가지에 고로는 줄기를 껴안은 자세로 앉아 있었다.

"혀엉……."

눈물을 뚝뚝 흘렸다. 동생 머리를 쓰다듬어 주고 싶었지만 손이 닿지 않았다. 별 생각 없이 아래를 내려다본 순간 나뭇가지에 얹은 궁둥이에서 머리끝까지 부르르 몸서리가 치달았다. 용케 이렇게 높은 데까지 올라왔구나, 하는 생각에 새삼 식은땀을 흘렸다.

사다리만으로는 도저히 고로가 올라탄 가지에 닿지 않았다. 곤스케가 고헤이지를 목말을 태운 채 사다리를 올라가서야 제일 낮은 나뭇가지에 겨우 손이 닿았다. 그 뒤로 어느 나뭇가지를 어떻게 잡고 올라갔는지는 도무지 기억나지 않았다.

"형, 형, 이쪽이야."

위에서 들리는 동생 목소리에만 의지하며 고헤이지는 위만 바라보고 올라갔다.

자기가 있는 높이를 머릿속에서 지우려고 고헤이지는 유난히 큰 목소리를 냈다.

"선물 가져왔어. 배 많이 고프지."

허리에 둘러맨 보자기를 풀었다. 떡을 집어들고 보니 여전히 따뜻했다. 곤스케가 풍로에 다시 구웠기 때문이다. 자, 하고 내밀었지만 어둠 탓에 적갈색 떡은 보이지 않을 것이다. 뭔데, 하고 묻는 모습으로 고로가 시선을 모았다.

"네가 좋아하는 오오우즈라모찌다. 아주 크게 만들어 왔어."

와아, 하고 환성을 지르더니 받아들기 무섭게 덥석 깨물었다.

"맛있다!" 하고 외치고는 정신없이 우적우적 씹어 먹었다.

"그렇게 급하게 먹다가 목멘다."

말하기가 무섭게 목이 멘 고로가 작은 주먹으로 제 가슴을 탁탁 두드리기 시작했다. 보자기에 함께 싸 온 대나무 물통을 건네자 꿀꺽꿀꺽 목을 울리며 급하게 마시고는 후우, 하고 숨을 내쉰다.

"이렇게 맛난 오오우즈라모찌는 처음이야."

"그래? 맛있어?" 하고 고헤이지가 빙글빙글 웃었다. "실은 이 오오우즈라모찌는 나랑 곤스케가 같이 만든 거야."

"어? 형이?" 하고 고로는 동그란 눈을 더 크게 떴다.

"형이 만든 오오우즈라모찌라서 이렇게 맛있었구나."

입가에 팥소를 묻힌 채 정말 기쁜 듯이 웃었다.

"맞아, 형은 커서 과자점을 하면 되겠어."

특대 오오우즈라모찌를 해치우고 손가락까지 꼼꼼하게 핥고 나서 고로는 짝, 하고 손뼉을 쳤다.

"내가 과자점을?"

"그래, 형이라면 틀림없이 곤스케보다 맛난 과자를 만들 거야."

무가에서 태어나 과자점 주인이 된다. 여덟 살 고헤이지도 그것이 말도 안 되는 생각이라는 것을 알았다. 하지만 행복에 겨운 동생 얼굴을 바라보고 있자니 그것도 나쁘지 않겠다는 생각이 들었다.

고헤이지의 장래에 과자 장인이라는 길이 희미하게 떠오르기 시작한 것은, 돌이켜보면 바로 이때였다.

"하지만 어떻게 하면 과자 장인이 될 수 있을까……. 곤스케의 도움 갖고는 부족할 테고……."

이리저리 궁리하다가 생각 없이 옆으로 고개를 돌렸다가 소스라치게 놀랐다. 가지를 껴안은 고로의 머리가 끄떡끄떡 흔들리고 있었다.

"야, 고로. 잠들면 큰일 나!"

배가 가득 차자 갑자기 수마가 몰려온 듯했다. 하카마 밖으로 드러난 동생의 정강이를 급하게 때렸다.

"아…… 형…… 너무 졸려, 졸려……."

힘겹게 눈꺼풀을 쳐들었지만 당장이라도 잠으로 끌려들어갈 것 같았다. 잠이 확 달아날 만한 이야기가 없을까. 열심히 궁리하던 고헤이지가 아, 하고 좋은 생각을 떠올렸다.

"고로, 너 왜 후신부교 나리의 아들을 다치게 한 거냐?"

고헤이지의 의도가 적중했는지 끄떡끄떡 졸던 고로가 눈을 번쩍 떴다.

"물론 네가 툭하면 주먹질을 하긴 하지만 이유도 없이 힘없는 사람을 때리진 않잖아. 혹시 무슨 해코지라도 당한 거냐?"

"……해코지 당한 건 내가 아냐. 같은 서당에 다니는 세이짱이……."

세이타로는 고로와 친하게 지내는 서당 친구다. 고헤이지와 고로는 다섯 살이 됐을 때 차례로 같은 서당에 들어갔는데, 고로는 행실이 너무 거칠어 서당을 여러 번이나 옮겨야 했다. 지금 다니는 서당은 우수한 문하생이 많고 훈장도 엄격하기로 소문난 곳이었다. 후신부교 아들과 세이타로는 모두 공부를 잘했지만 고로보다 두 살 많은 세이타로는 훈장에게 '십 년에 한 명 나올까 말까 하는 수재'라는 칭찬을 듣고 있다고 했다.

"그놈은 세이짱을 신분도 낮은 고케닌 집안 주제에 시건방지게 군다고 눈엣가시처럼 여겼어. 놈은 어른 앞에서는 예의바르게 굴고 뒤에서는 약한 아이를 괴롭혔어."

울분에 겨워 씩씩대는 동생의 모습을 보고 고헤이지는 상황을 이해했다.

"오늘도 서당에서 돌아오는 길에 놈이 세이짱과 일부러 부딪쳐서 귀한 소독한문을 토씨나 훈을 넣지 않고 그대로 읽는 것 교본을 냇물에 떨어뜨렸어."

세이타로네는 살림이 궁핍해서 책을 다시 살 여유가 없었다. 풀이 죽어 어깨가 축 늘어진 친구 모습에 고로는 그만 분을 참지 못해 앞뒤 생각하지 않고 후신부교 아들에게 주먹을 휘둘렀다. 고로는 상대보다 세 살이나 어렸지만 완력이 유난히 좋았다. 여리게 생긴 상대는 맥없이 자빠졌고 발을 삐었다는 것이다.

"하지만 고로, 너와 세이짱은 왜 그 아이가 잘못했다고 고하지 않았지?"

"세이짱 아버지는 후신부교 밑에서 일하는 도신이야. 사실대로 말하면 세이짱 아버지를 쫓아내겠다고 겁을 줘서…….”

아하, 하고 고헤이지도 납득했다. 후신부교는 세이타로 아버지의 상관이다. 그럴 마음만 먹으면 얼마든지 자를 수 있다. 그러나 이유가 어떻든 사람을 다치게 한 것은 잘못이다. 어른들은 아마 그 점만 강조하고 나서겠지만,

“고로, 나는 네가 한 행동을 자랑스럽게 생각해.”

고헤이지는 동생에게 그렇게 말해 주지 않을 수 없었다.

“정말이지 너는 마치 오오우즈라모찌 같구나.”

“내가, 오오우즈라모찌 같다고?”

“너는 하라부토모찌처럼 배포가 크잖아. 어른이 되면 틀림없이 나 같은 것보다 훌륭한 사람이 될 거야.”

고헤이지는 진심으로 그렇게 생각했고, 그 예언은 멋지게 적중했다.

“어? 형…… 저기 봐, 불빛이 보여.”

고로가 가리키는 아래쪽을 보니 뒤뜰이 조금 수런거리고 있었다. 등롱 여러 개가 마침내 모밀잣밤나무 밑동으로 모여들고 여러 명의 그림자가 나무를 에워싸는 것 같았다.

“고헤이지, 거기 있니?”

제일 먼저 어머니 목소리가 들렸다. 고헤이지는 냉큼 대답했다.

“예, 어머니. 저 여기 있어요.”

“세상에, 너까지 왜 그런 곳에…….”

어머니가 기함하고 옆에는 이쪽을 올려다보는 아버지 모습이 작게 보였다.

“고헤이지, 당장 내려와라.”

“아버지, 고로랑 함께가 아니면 안 내려갈래요.”

“알았다. 그쪽에 사죄하는 일은 무사히 마쳤으니 고로랑 같이 내려와라.”

너무 흔쾌한 반응에 나무 위 두 사람이 저도 모르게 얼굴을 마주보았다.

아버지가 깨끗하게 용서해 준 데는 이유가 있었다.

대문 반대편 뒤뜰에 있던 두 사람은 알 수 없었지만 아까 고헤이지가 큰형과 이야기하고 있을 때 저택에 찾아온 사람이 있었다. 세이타로와 그 아버지였다. 사건의 전말을 자세히 들은 아버지도 고로가 난폭하게 행동한 이유를 이해한 듯했다.

손님이 돌아가자 적당한 때를 엿보고 있던 큰형이 고헤이지도 나무에 올라가 있다고 부모에게 고했다.

“고헤이지, 고로. 아버지가 용서하셨으니 얼른 내려오렴.”

어머니의 근심 어린 목소리가 들리고, 걱정 어린 얼굴을 한 하녀도 보였다. 됐다, 하고 고헤이지는 마음을 단단히 먹고 아래쪽을 향해 짐짓 한심한 목소리로 외쳤다.

“그런데 어머니, 저 고헤이지는 못 내려가겠어요! 어찌어찌 올라오기는 했는데, 아래를 내려다보기만 해도 다리가 딱 굳어 버려요. 고로는 몰라도 저는 도저히 내려갈 수 없어요."

"세상에, 이게 무슨 일이니."

"오르기보다 내려오기가 더 어렵습니다."

다시 기함하는 어머니에게 큰형이 설명했다.

"하는 수 없지. 누가 옆 마을 소방대 대장에게 달려가 긴 사다리 좀 빌려 와라."

"아버지, 사다리만이 아니라 소방대원까지 부탁하는 게……."

아버지와 큰형이 상의하는 목소리가 들리고, 나무 밑동 쪽이 다시 어수선해졌다.

"형…… 있잖아……."

어둠 속에서 고로의 주눅 든 목소리가 들렸다.

"정말, 미안해……."

고로가 사과하는 말은 한 번도 들어 본 적이 없었다. 고헤이지의 따뜻한 애정이 고로에게 온전히 전해졌으리라. 그러나 고헤이지는 짐짓 모르는 척 말했다.

"사과할 거 없어. 네 덕분에 이렇게 좋은 걸 볼 수 있었잖아."

"좋은 거?"

봐, 하고 고헤이지가 고로의 뒤쪽을 가리켰다.

잠든 듯 조용한 거리가 펼쳐져 있었다. 새까만 마을 정경 위로 기와지붕마다 반사된 달빛이 근사하게 반짝였다. 근방은 무가 저택뿐이지만 멀리에 유곽이 있는지 붉은 꽃처럼 화려한 색채가 밝게 빛나고 있었다.

이 풍경 속에 사람들의 일상이 깃들어 있고 지금은 건강한 숨소리를 내며 잠들어 있다.

“에도 시중은 아름답구나. 안 그래, 고로?”

잠시 뜸을 두었다가 몹시 얌전한 목소리가, 응, 하고 대답했다.

“한바탕 소동이 벌어지고 말았지만…… 그 경치만은 뜻밖의 횡재였지.”

모밀잣밤나무를 올려다보며 지혜에는 후후, 하고 소리 죽여 웃었다.

“추억에 잠겨 웃는 건 늙었다는 증거라던데.”

불쑥 뒤쪽에서 귀에 익은 목소리가 들렸다. 놀라서 돌아보니 동생이 차분한 먹빛으로 염색한 승려복 차림으로 서 있었다.

“뭐야, 고로, 와 있던 거냐?”

“아버지 불전에 경이나 하나 읊어 드릴까 해서. 요시에는 금란가사를 입고 오지 않았다고 실망했지만.”

그렇게 말하며 씩 웃었다.

조카가 바라는 대로는 하지 않겠다고 애초부터 작정하고 왔을 것이다. 몇 살이 돼도 심술은 여전하다며 지혜에는 또 웃었다.

“그러고 보니 나도 아직 이걸 불전에 공양하지 못했군.”

“오, 나도 하나 먹어 봅시다.”

내용물을 확인한 곳카이가 눈을 반짝였다. 품에서 꺼낸 것은 아버지 역시 좋아하던 오오우즈라모찌였다.

"뒷간 간다고 나간 형이 돌아오지 않는다고 허둥지둥 찾고 있더군……. 핏줄 찾고 옷차림 따지는 것이 호랑이 위세 빌리려는 여우나 다를 게 없더이다. 저래서는 뱃속에 헛바람만 가득 불어넣는 꼴이니 언젠가는 푹 꺼져 버리고 말 거요."

지혜에가 조카에게 품은 불안을 곳카이가 스님답게 설교하는 말투로 짚어 냈다.

"그자보다는 오히려 고지야 주인이 더……."

"고지야라면 여기 고지마치에 있는 과자점 말이우? 그러고 보니 아까 방 안에서 본 것 같은데…… 그자가 왜?"

"아니, 내 생각이 지나친 거겠지."

지혜에는 자신의 염려를 지우며 평소의 미소를 짓고 다시 우듬지 쪽으로 눈길을 들었다.

"우리는 이렇게 주름살이 자글자글해졌는데 모밀잣밤나무는 변함이 없군."

"형은 하는 말마다 노인네답구랴." 그렇게 불평하더니, "하지만 이 나무라면 나도 추억이 많지" 하고 곳카이는 평소와 달리 진지한 얼굴이 되었다.

50년 넘는 세월을 건너 형제가 말없이 같은 추억을 새긴다. 그러나 가슴속에 그린 그림의 색채는 서로 조금 다른 듯했다. 이윽고 곳카이가 입을 열었다.

"그때 형은 알고 있었겠지. 내가 나무에서 내려갈 수 없게 되었다는 걸."

화가 치밀어 우듬지를 향해 마구 올라가 버린 탓에 고로는 평소보다 훨씬 높은 데까지 오르고 말았다. 고헤이지는 동생이 실은 내려오지 못하는 게 아닐까 짐작했던 것이다.

"형은 무사의 아들이 절대로 뱉어서는 안 되는 겁먹은 소릴 나 대신 해 준 거지."

"느낀 그대로 말했던 거야. 소방대에 의지하는 것 말고는 정말로 내려갈 방법이 없었으니까."

지헤에는 느긋하게 대답했지만 곳카이는 매우 진지한 표정이었다.

"하지만 그 은혜는 가슴에 깊이 새겼수. 언젠가 형이 어려울 때 반드시 갚겠다고 속으로 맹세했고…… 2년 뒤에야 갚을 수 있었수."

"2년, 이라면……."

아, 하고 지헤에는 알아챘다.

"혹시, 고로…… 내가 과자 장인이 되게 해 달라고 아버지에게 부탁할 때 말이냐?"

곳카이는 아무 말이 없었지만 어색해하는 옆모습이 모든 것을 말해 주었다.

"그랬군. 그래서 제 앞날도 돌보지 않고 아버지 앞에 나란히 고개를 숙여 주었나."

고로는 그 뒤에도 비슷한 소동을 자주 일으켰고, 결국 절에 맡기자는 이야기가 나왔다. 고로는 물론 완강히 거부했지만, 형의 소원을 들어주면 자기도 절에 들어가겠다고 하며 지혜에 소망에 힘을 실어 주었다.

"그런 시시한 은혜 때문에 제 인생을 바꿔 버리다니…… 바보 같구나, 고로는."

"흥, 형이 말한 대로 이렇게 큰 메추리大鶉 오오우즈라는 큰 메추리라는 뜻로 출세했잖수. 끝이 좋으면 다 좋은 거지."

"세상에 메추리처럼 뚱뚱한 배를 자랑하는 놈이 있다니."

지혜에는 킁 하고 콧물을 훌쩍였다.

다섯 번째 과자

우메가에

살짝 갈색이 비치는 투명한 덩어리가 지헤에 손 위에서 점차 하얘져 간다.

"'흰색을 뽑는다', 저희는 그렇게 말하지요."

엿을 뽑아 늘리는 순간을 정확히 포착하는 것이 아루헤이토 만들기의 핵심이라고 지헤에는 설명했다.

작업을 방해하지 않으려는 배려인지 젊은 무사가 조금 떨어진 자리에서 지헤에의 손말을 관찰하고 있었다. 히라도 번의 식재 담당 가와지 긴고였다.

"아루헤이토는 만들기 어려운 과자라고 들었네. 흰색을 뽑는 데는 까다로운 기술이 필요한가, 주인장?"

무사의 말투였지만 진지하게 묻는 표정은 스승의 기술을 알아내려는 제자 같았다. 지혜에는 저도 모르게 입가가 풀어졌다.

주인장이 과자 만드는 과정을 견학할 수는 없을까—.

가와지가 그렇게 부탁한 것은 팔월 보름이 지났을 때니까 벌써 반년쯤 되었을까. 그는 비번일 때 난보시야에 찾아와 지혜에가 일하는 모습을 물릴 줄도 모르고 지켜봤다.

"글쎄요, 엿을 늘리자면 힘이 필요하지만 요령만 몸에 익으면 별 게 없습니다. 엿의 비위를 맞추는 게 조금 어려울지도 모르겠네요."

"엿의 비위라면, 그건 어떻게 맞추나?"

가와지의 고지식한 질문이 재미있는지 옆에서 오키미가 끼어들었다.

"그야 물론 명절마다 선물 꾸러미를 들고 가서 인사드려야죠."

"아서, 오키미."

어머니 오에이가 째려봐도 오키미는 새침한 얼굴이었다. 가와지는 동그란 얼굴에 박힌 작은 눈을 깜빡거리며 진지한 표정을 허물지 않은 채 물었다.

"선물이라면 뭐가 좋을까. 역시 이 가게의 과자가 좋을까."

"우리처럼 훅 불면 날아가 버릴 쪼그만 가게의 과자는 안 돼요. 떡하니 어용 간판을 내건 커다란 가게의 카스테라나 곤페이토한국에 별사탕으로 알려진 설탕 과자가 좋겠죠."

"아루헤이토의 비위를 곤페이토로 맞춘다? 참으로 달콤한 얘기로군."

지혜에가 저도 모르게 낯을 찡그리자 오키미가 풋, 하고 웃음을 터뜨렸고, 덩달아 가와지와 오에이까지 웃기 시작했다.

얼음설탕사탕수수, 사탕무 등에 있는 이당류의 일종인 수크로스. 부서진 얼음조각처럼 생겨서 이렇게 부른다 한 되에 물 두 되를 불에 얹어 녹이고 비단보로 걸러서 다시 달인다. 적당히 달여지면 얕은 구리 냄비에 옮기고 찬물로 식힌다.

지혜에가 말한 엿의 비위를 맞춘다는 것은 구리 냄비로 옮기는 적절한 때를 판단하는 것을 말한다. 숟가락으로 떠서 찬물로 식혀 얇게 늘렸을 때 엿 줄기가 낭창낭창 구부러지는 정도가 딱 좋다고 하는데, 날씨에 따라 달라지는 온도와 습도를 고려하여 그때를 정확히 판단해야 한다.

흰색을 뽑는 것은 그다음 일이다. 구리 냄비 안쪽과 손에는 엿이 들러붙지 않도록 호두기름을 발라 두며, 엿이 적당히 식으면 길게 늘이는 작업을 거듭한다. 투명한 엿이 공기를 머금으면 막 내린 눈처럼 하얗게 변하므로 흰색을 뽑는다고 표현하는 것이다.

웃음이 잦아들자 지혜에는 계속 설명하며 엿 덩어리를 늘이는 작업을 시작했다. 가와지가 아이처럼 얼른 상체를 기울이고 들여다보았다.

"그런데 이번에는 엿이 빨개졌군. 분명 똑같은 엿이었는데."

"늘이기 전에 당홍연지빛 물감을 넣었거든요."

"그거 하나로 홍백으로 나뉘다니…… 참으로 신기하군."

굵은 막대 모양의 하얀 엿을 줄기로 삼고 둘레에 붉은 엿으로 만든 가는 막대 세 가닥을 붙였다. 이것을 몇 배로 늘인 뒤 한입 크기로 토막 냈다. 잘라 낸 토막의 한가운데를 살짝 눌러 주자 주위가 도톰하니 부풀어 올라 하얀 꽃잎에 빨간 줄 세 가닥이 나 있는 당과가 되었다.

"이름은 우메가에梅枝라고 합니다. 가와지 님은 다자이후 덴만구 신사에 참배하신 적이 있습니까?"

"음, 딱 한 번 해 봤는데…… 그러고 보니 참도사찰이나 신사에 참배할 때 통과하게 되는 진입로에서 파는 구운 떡을 우메가에라고 했던 것도 같군."

규슈 지쿠젠의 다자이후 덴만구 신사는 학문의 신 스가와라노 미치자네를 모신 신사다. 그곳 명물이 팥소를 넣은 구운 떡인데, 참도에는 그것을 파는 가게들이 죽 늘어서 있다. 매화꽃 같은 구운 자국이 선명한 동그란 떡으로, 나뭇가지가 달리지는 않았지만 우메가에모찌그대로 해석하면 '매화나무 가지 떡'라는 이름으로 불린다. 예전에 지헤에도 여행중에 먹어 본 적이 있고, 지쿠젠과 가까운 히라도에서 자란 가와지 역시 알고 있는 듯했다.

가와지는 활짝 핀 꽃잎을 연상케 하는 엿 세공을 바라보며 경탄의 한숨을 지었다.

"어여쁘군. 먹기가 아까울 정도야."

"저희 가게 과자답지 않게 귀티가 나죠? 오래전에 딱 한 번만 해 보자 하고 만들었더니 좋다는 손님이 많이 생겼지 뭡니까."

손님들이 졸라서 이듬해도, 그 이듬해도 만들어 팔았고, 어느새 난보시야의 계절 과자로 자리 잡았다.

"이 과자를 내놓으면 봄 기별을 받는 기분이라며 매년 기다려 주시는 손님도 많아요."

완성된 아루헤이토를 쟁반에 늘어놓으며 오에이가 덧붙였다.

매화는 입춘부터 한 달 전후가 한창이라고 한다. 달력은 해마다 달라지므로 입춘도 섣달부터 정월 사이를 오락가락하게 마련인데, 이번에는 마침 원단설날이 입춘과 겹쳤다. 지헤에는 매화 철이 다가오면 고지마치에서 가까운 히라카와텐진 신사로 걸음을 옮긴다. 경내에 있는 매화나무를 둘러보며 꽃봉오리 상태를 살펴보고 우메가에를 내놓을 날짜를 계산하기 위해서다.

올해는 정월 중순을 지날 무렵부터 성미 급한 가지가 봉오리를 터뜨리기 시작해서, 23일인 오늘 우메가에를 개시하기로 했다. 꽃잎이 지기까지 대략 보름 동안, 매일은 힘들지만 사흘에 한 번은 매대에 내놓을 예정이다.

"손님들에게는 그야말로 새봄을 고하는 휘파람새 같은 과자인 게지."

지헤에의 권유로 가와지는 홍백의 사탕을 하나 입안에 넣어 굴리면서 찬찬히 맛보았다. 오키미가 뭔가 생각난 듯이 짝, 하고 손뼉을 쳤다.

"그러고 보니 가와지 님, 가구라자카 언덕 위 몬젠마치신사나 사찰 앞에 형성된 마을에서 파는 우구이스모찌그대로 해석하면 '휘파람새 떡'가 인기가 좋대요."

"우구이스모찌라면…… 이름은 들어본 것 같은데."

에도에 온 지 2년이 채 안 된 가와지에게는 낯선 과자인 듯하다.

"팥소를 찹쌀 반죽으로 감싸고 녹차 가루를 뿌린 거예요. 연초록빛이 휘파람새 깃털을 닮았다고 해서 그렇게 불리는 거예요."

"그래? 그래서 우구이스모찌로군." 가와지가 빙긋이 웃었다.

지헤에가 손녀의 설명을 보충하듯 덧붙였다.

"본래 풍류를 즐기는 사람들이 사랑하던 값비싼 과자였는데, 요즘은 여기저기서 흔히 볼 수 있게 되었습니다. 하나에 4몬이라 가격은 막과자와 별 차이가 없지만 오키미가 말하는 가게는 녹차 가루 대신 푸른 콩가루를 뿌린다고 하더군요."

"풋콩 가루를 써요. 녹차 가루보다 쓴 맛이 덜해서 단것을 좋아하는 분에게 딱이죠. 가로님께서도 틀림없이 좋아하실 맛이죠."

"오키미에게는 늘 신세 지는군. 덕분에 가로님이 기뻐하시네."

히라도 번 마쓰라가의 에도 가로는 단것이라면 사족을 못 쓰는 사람이다. 한편 어느 가게의 과자가 인기라더라 하는 정보라면 오키미 같은 젊은 처자들이 누구보다 잘 안다. 오키미는 가와지에게

다른 과자점에 대한 정보도 아낌없이 제공했다.

“이 가게에 신세를 지면서 다른 과자점 정보를 얻어 가는 것이 아무래도 미안하군.”

처음에는 가와지도 미안해했지만 난보시야 식구들은 아무도 개의치 않았다. 아직도 에도 지리에 익숙지 못한 가와지에게 오키미는 길잡이 역할을 자임하고 나서기도 했다.

“가구라자카라면 우시고메 성문 근처겠군……. 몬젠마치라니, 거기 무슨 절이 있지?”

“아마 쇼조인일 거예요. 아니, 산코인이었나? 원래 그 근방은 몬젠마치투성이라 기억하기가 어려울지도 몰라요.”

“그러면 오키미, 이번에도 네가 안내해 주지 않겠니. 지금 가면 가게 문을 여는 정오 전에는 돌아올 수 있을 거다.”

지헤에가 가볍게 부탁하고 오키미도 승낙하려 하자 곁에 있던 오에이의 눈빛이 한순간 어두워졌다.

“공교롭게도 오늘은 업무차 들러야 할 데가 있네.”

가와지가 일단 사양하자 오에이는 명백히 안도하는 얼굴이 되었다. 딸 오에이에게 뭔가 마음에 걸리는 게 있는 듯한데, 가와지의 태도는 스스럼이 없었다.

“그럼 나중에 가게 문을 닫을 때쯤 들를 테니 안내를 부탁할 수 있을까?”

오키미가 웃는 얼굴로 응하자 지헤에는 쟁반 위의 우메가에를 집어 들었다. 다 식어서 딱딱해져 있었다. 지혜에는 우메가에를 종이에 싸서 가와지에게 선물로 주었다. 가와지는 고맙다고 말하고 다음 휴업일은 언제냐고 물었다.

"우리 하번저의 매화가 매우 볼만하네. 늘 신세 지고 있으니 보답으로 꽃놀이에 초대하고 싶은데, 형편이 어떤지?"

"아뇨, 그렇게 마음 써 주시지 않아도 괜찮습니다. 마음만 고맙게 받겠습니다."

사양하는 지혜에에게 오키미가, "어머, 초대를 받아 주셔야죠, 할아버지" 하고 냉큼 반색하며 말했다.

"번저에서 꽃놀이를 할 수 있다니! 산수화에서나 볼 법한 엄청 넓은 정원이겠죠?"

"이름난 정원은 아니지만 면적과 길게 늘어선 매화나무만큼은 대단하지. 가로님 허락도 받아 두었고 하번저이니 그렇게 어려워할 것도 없네. 꽃놀이를 하면 주인장이 과자 의장意匠 하나쯤은 떠올리지 않을까 싶네만."

다이묘 저택 하나의 면적은 상가 동네 여러 곳을 합친 것과 맞먹는다. 요즘은 상번저만 가꾸고 하번저는 정원사나 목수를 고용하지 않는 곳도 많다고 들었는데, 마쓰라가의 매화 정원은 손질이 잘 되어 있는 듯했다. 매화는 물론이고 연못이나 샘을 배치한 드넓은 정원만 해도 충분히 볼만한 가치가 있으며, 조닌에게 그런 정원을 볼 수 있는 기회는 좀처럼 없었다.

가와지가 열심히 권하자 지혜에도 마음이 동했다.

"그럼 염치 불구하고 신세 지도록 하겠습니다."

"잘 됐네. 그럼 날짜를 정해야겠군."

난보시야는 휴업일이 정해져 있지 않았고 가와지의 일정과 하번저 측의 사정도 고려해야 한다. 가와지는 가로님의 꽃놀이가 매화가 절정을 맞이하는 나흘 뒤로 예정되어 있으므로, 그 이틀 뒤인 1월 29일은 어떠냐고 제안했다.

"아주 공들인 도시락을 준비하지요. 뭐가 좋을까요."

"도시락은 주문할 계획이네. 맡은 직무 덕에 좋은 가게를 알고 있네."

평소 신세 진 데 대한 보답이므로 맨몸으로 와도 되도록 알뜰하게 배려하고 있었다.

"괜찮을까요, 아버지? 역시 폐가 되지나 않을지."

오키미는 벌써부터 들떠 있지만 오에이는 표정이 밝지 않았다.

오에이에게는 막연한 우려가 아닌 어머니다운 걱정이 있었다.

"가와지 님과 오키미가? 지나친 추측 아니냐?"

가와지는 가게를 나섰고 오키미가 배웅하러 간 참이었다.

지헤에는 함께 작업장 뒷정리를 하면서 딸에게 무엇을 그리 걱정하느냐고 물었다.

"요즘 오키미가 가와지 님에게 너무 허물없이 구는 것 같아서…… 묘한 일이라도 생기면 어쩌나 걱정이 돼서요."

오에이는 직접적인 언급은 피했지만 지헤에는 하마터면 웃음을 터뜨릴 뻔했다.

"가와지 님은 저렇게 몸가짐이 단정하고 무엇보다 오키미는 아직 한참 어리다. 저렇게 넉살좋게 가와지 님을 따라다니는 게 무엇보다 알기 쉬운 증거 아니냐."

애초에 가와지와 오키미는 나이 차이도 상당하다. 가와지는 스물여섯 살이었다.

"하지만 아버지, 저 아이도 열일곱이 되었어요."

꼭 집어서 말하자 지헤에는 흠칫 놀랐다. 듣고 보니 그랬다. 오키미는 올해 정월로 열일곱 살이 되었다. 해가 바뀌었다고 갑자기 어른이 되는 것도 아니므로 지헤에는 깜빡 잊고 있었지만, 세상의 관습대로라면 3년 안에 시집갈 것이다.

"그런가, 그 작은 오키미가 그런 나이가 되었구나."

지헤에는 갓 태어난 오키미를 품에 안았었다. 보잘것없는 핏덩이가 지헤에의 손바닥이나 팔뚝에 달라붙을 것 같은 뜨거운 무게를 띠고 있었다. 그것이 생명의 무게라는 것인지도 모른다.

이혼할 때까지 오에이는 매일 나가야에서 과자점을 오갔다. 오키미도 가게에 데려왔으므로 지헤에는 하루하루 크는 손녀를 곁에서 늘 지켜보았다. 그 모습이 주마등처럼 스치고 어느새 쓸쓸한 한숨이 새어 나왔다.

"가까운 곳에 시집보내면 증손주 보러 가는 낙도 있을 텐데."

"요즘 이웃 사람들이 묻더군요. 오키미를 무가에 시집보낼 생각이냐고."

지헤에는 일소에 부치려 했지만 오에이에게 그렇게 물은 사람이 한둘이 아니라고 했다. 고지마치 부근에 사는 사람이라면 과자점을 지키는 오키미 얼굴을 모르는 사람이 없다. 오키미가 늘 똑같은 젊은 무사와 다정하게 어디론가 걸어간다. 우물가에 모이는 부인들에게 더 없이 좋은 먹잇감이 되었을 것이다. 어처구니없다고 생각하면서도 시집도 안 간 오키미에게 엉뚱한 딱지가 붙게 놔둘 수도 없었다. 흐으음, 하고 지헤에가 신음소리 냈지만, 오에이가 소문이나 체면만 걱정하는 것은 아니었다.

"게다가 아버지. 오키미를 보는 가와지 님의 눈빛이 점점 달라지는 것 같아요. 그게 영 마음에 걸려서."

"그 가와지 님이, 요상한 눈초리라도 하더라는 말이냐?"

지헤에가 놀라서 물었다.

"그게 아니라요. 오키미를 보는 눈이 전보다 다정해진 것 같아서요."

"자주 만나면 당연히 그렇게 되지. 그건 피차 마찬가지고."

지헤에는 잠시 생각한 뒤 대답했다. 가와지가 난보시야에 오는 것은 과자를 주문하러 올 때를 포함해도 매달 두세 번뿐이다.

가와지는 작업장 구석에 서서 지헤에 손맡을 지그시 관찰하다가, 미리 양해를 얻은 대로 재료나 제조법, 요령 따위를 꼼꼼하게 기록했다. 처음에 그는 매우 조심스러웠지만 오키미가 자꾸 말을 건네고 오에이는 적절히 맞장구쳐 주었다. 두 사람이 매일 건성으로 손님을 대하는 것이 아니므로, 누구나 두 사람한테 걸리면 어깨에 힘을 빼고 만다. 게다가 가와지도 무사치고는 부드럽고 명랑한 성격이라 금세 격의를 내려놓고 개인적인 이야기도 스스럼없이 말하게 되었다.

한 달쯤 전이었나, 가와지가 자기 가문 이야길 하자 오키미는 유난히 몸을 기울이며 귀를 세웠다.

"세상에, 그럼 가와지 님의 조상님은 해적이었던 거네요!"

"그렇게 말한다면 마쓰라가의 주요 가신들도 대부분 주군과 조상님이 같으니까 다들 해적의 후예라고 봐야지."

"해적 같은 점은 눈 씻고 찾아봐도 없는걸요."

오키미가 가와지의 온후해 보이는 둥근 얼굴을 찬찬히 쳐다보자 오에이가, 얘가! 하고 꾸중했다.

히라도 번 마쓰라가는 유서 깊은 가문으로, 헤이안 말기 문헌에 이름이 올라 있다. 다만 당시는 마쓰라당이라는 해적으로서 교토에서 조선까지 두려움의 대상으로 이름을 떨쳤다.

"그래도 가와지 님 부친께서 마쓰라가의 주로무가의 중신으로서 최고직인 가로에 버금가는 지위이신 줄은 몰랐습니다."

지헤에가 저도 모르게 정중한 말투로 감탄하자 가와지가 구김

살 없이 웃었다.

"우리 번국은 가로라 해도 1천 석이 안 되고 우리 집안도 5백 석이 안 되네. 에도 기준으로 보자면 녹봉이 적은 하타모토나 다를 게 없지."

주로라는 직책은 에도 성의 와카도시요리쇼군에 직속되어 정무에 참여하고 하타모토를 거느리던 직위에 상당한다. 결코 만만한 지위가 아니며, 뿌리를 짚어 보면 다이묘 가문의 분가에 해당되므로 가문의 격도 상당히 높은 셈이다. 과시하는 태도를 전혀 드러내지 않아 집안 교육을 잘 받은 인상을 주었다.

가와지는 열여덟 살부터 성에 들어가 일하기 시작했다. 처음에는 쌀 창고 담당으로, 다음에는 은 담당으로 일했는데, 어느 직무나 꼼꼼하게 해내서 신임을 받았다. 그리고 5년 전 스물한 살 때 『백과내도』 편찬을 맡았다. 이는 필력을 인정받은 것이기도 하지만, 무사치고는 드물게 먹는 것을 좋아하기 때문일 거라고 가와지는 재미있다는 듯이 말했다.

"그저 맛난 것은 맛있다, 맛없는 것은 맛없다고 말했을 뿐인데, 그걸 두고 주변 사람들은 그릇이 작다고 힐난했지."

히라도는 바다에 둘러싸인 외딴 섬 같은 곳이라 해산물의 보고이며, 예전에는 외국과 교류하는 현관이었으므로 진기한 요리가 많았다.

"내가 제일 좋아하는 것이 히카도라는 요리였네."

요전번에 왔을 때는 그런 이야기도 들려주었다.

히카도란 포르투갈어로 '고기 따위를 잘게 저미다'라는 뜻이라고 한다. 다랑어와 무, 당근, 감자를 깍둑썰기로 하고 맛국물과 간장을 양념한다. 마지막으로 갈아 낸 감자를 넣고 파를 얹는다. 몸속이 따뜻해지는 겨울 음식으로, 어릴 적부터 가와지가 좋아하던 음식이었다.

"공교롭게도 에도에서는 물 좋은 다랑어를 구하기가 어려운 것 같더군."

"그야 에도에서는 다랑어라고 하면 싸구려 생선으로 치니까요. 허름한 주점에서나 취급해요."

"히라도에 오면 맛난 히카도를 맛보게 해 줄 텐데."

오키미에게 그렇게 말했을 때는 아무런 속셈도 없어 보였다.

"가와지 님은 그저 누이동생처럼 생각하실 뿐일 거다."

"저도 쓸데없는 걱정이라고 생각하고 싶어요. 갑부 상인의 딸이라면 몰라도 오키미는 뼛속까지 나가야 출신이니까요. 하지만 아버지가 애써 멀리해 오신 탓에 오히려 무가를 동경하는 것 같기도 해요."

천장에서 떨어진 차가운 물방울에 맞은 것처럼 그 순간 뒷덜미가 오싹했다. 지헤에가 딸과 손녀를 오카모토가로부터 멀찍이 떨어뜨려 놓았던 것은 사실이다. 하지만 오에이가 그 사실을 거론한 것은 처음이었다.

"오에이, 나는……."

말을 잇지 못했다. 정말로 오카모토가로부터 멀리 떨어뜨려 놓고 싶었던 것은 오에이나 오키미가 아니라 자기 자신이었다. 하지만 아버지의 흉중을 모르는 딸은 담담하게 웃으며 말했다.

"그건 저도 고맙게 생각하고 있어요. 아버지가 선을 분명하게 그어 주셨기 때문에 저도 방황하지 않고 살아올 수 있었어요. 다만 오키미 눈에는 그 선이 보이지 않는 것 같아서……."

오에이의 불안이 거기에 있는 듯했다.

"생각 없이 따라다니지 말라고 오키미를 타이를 생각이냐?"

"말을 했다가 괜히 긁어 부스럼이 될 것 같아서."

그건 그렇구나, 하고 지헤에도 고개를 끄덕일 수밖에 없었다.

"아버지가 가와지 님께 근방에 요상한 소문이 돌고 있다고 자연스럽게 운을 띄울 수는 없을까요?"

"무슨 말로 자연스럽게 운을 띄우나……."

어떻게 이야기를 꺼내야 좋을지 막막했다.

"아버지는 작년에 스이보 때처럼 가와지 님을 반기시니 찬물을 끼얹기가 미안하시겠지만요."

"스이보라…… 보고 싶구나."

저도 모르게 입가에 미소가 떠올랐다. 도신의 아들 스이노스케가 제자가 되고 싶다고 난보시야에 드나들던 것은 작년 장마철이었다. 손자가 하나 더 생긴 것 같았고, 사내아이가 그렇게 귀엽냐고 오키미에게 농담처럼 힐난을 들었다. 과자 만드는 과정을 진지하게 지켜보던 스이노스케의 모습은 분명 가와지와 겹치는 점이 있었다. 자신도 모르는 사이에 그때처럼 애착이 깊어졌나 하는 생각에 묘하게 쓸쓸해졌다.

"근데요 엄마, 주문 도시락이라면 어느 가게 도시락일까요?"

"얘는, 참. 다 큰 처녀가 순 먹는 생각뿐이니."

"마쓰라가의 어용 상점이 만드는 도시락이라잖아요. 꽤 화려할게 틀림없겠죠, 할아버지?"

저녁식사 때 쉴 새 없이 재잘대는 오키미에게서는 두 사람이 한낮에 걱정했던 모습을 요만큼도 느낄 수 없었다.

"면목없네. 29일 꽃놀이는 어렵게 되었네."

가와지 긴고가 그렇게 고한 것은 불과 이틀 뒤였다.

"네? 그럼……."

"입술에 침이 마르기도 전에 약속을 뒤집어서 정말 미안하네."

"아닙니다, 가와지 님, 부디 괘념치 마세요……. 공무 때문이니 어쩔 수 없지요."

그냥 위로하려는 말이 아니었다. 가와지는 볼품없이 풀이 죽어 있었다. 가와지야말로 꽃놀이 계획이 틀어진 것을 누구보다 안타까워하는 것 같았다. 그런데 그 이유가 꽃놀이 취소 때문만은 아닌 것 같았다.

"가와지 님, 무슨 일 있으신지요? 괜한 참견인지 모르지만 어딘지 기운이 없어 보이십니다."

오에이 눈에도 그렇게 비쳤을 것이다.

"바쁘신 와중에 일삼아 찾아와 알려 주셔서 오히려 황송합니다. 괜찮으시면 안에서 차라도."

오에이는 이틀 전에 딸과의 관계를 의심하고도 안으로 들어오라고 권했다. 하지만 그럴 정도로 오늘 가와지 얼굴에서는 그늘이 짙게 배어 나오고 있었다. 그늘이라기보다 초췌에 가깝다. 간밤에 잠을 이루지 못했는지 눈 밑이 거무스름하게 변해서 둥근 얼굴마저 시들어 보였다.

"아니, 오늘은 바로 돌아가야 해서……."

라고 하면서도 가와지의 작은 눈이 지헤에와 오에이 뒤편으로 향했다. 누굴 찾는지 금방 짐작할 수 있었다.

"이제 곧 오키미도 돌아올 텐데……. 오늘도 친구네 집에 놀러 갔어요."

"그런가……." 낙담을 감추려는 듯 당황하며 덧붙였다. "요전번에 말했던 가구라자카 언덕 위에 있다는 우구이스모찌 가게까지 안내를 부탁할까 했는데…… 가로님이 먹고 싶다고 하셔서."

부녀는 그제 나눈 대화를 떠올리고 어떡하나, 하는 표정으로 얼굴을 마주 보았다. 하지만 오에이는 가와지를 차마 이대로 돌려보낼 수는 없다고 생각한 듯했다.

"가와지 님, 잠깐만 기다리세요. 지금 오키미를 불러올 테니까."

오에이는 얼른 나갔다가 잠시 후 딸을 데리고 돌아왔다. 가식이란 것을 전혀 모르는 손녀다. 꽃놀이가 취소되었다며 할아버지와 어머니 몫까지 보태서 화를 내지나 않을까 조마조마했지만 오키미는 뜻밖에 차분했다. 그저 가와지를 찬찬히 바라보며,

"우구이스모찌 가게까지 안내해 드릴게요."

라고만 말했다.

두 사람을 배웅한 뒤 지헤에가 물었다.

"오키미에게 화내지 말라고 먼저 말했니?"

"아뇨……. 가와지 나리의 저런 모습이 처음이라서 오키미도 놀란 거겠죠."

그런가, 하고 지헤에는 턱을 쓸었다. "지금 출발했으니 저녁에나 돌아오겠구나. 우구이스모찌가 다 팔리고 없을지도 모르겠군."

꿍얼거리듯이 혼잣말을 했다.

가구라자카 언덕에서 돌아온 오키미는 마음이 어디로 가 버린 듯한 모습이었다.

"역시 그날 이후 오키미가 조금 이상하지 않니?"

그래요, 하고 오에이도 가만히 한숨을 흘렸다.

문득 일손을 멈추고 멍하니 서 있곤 한다. 오에이도 예전에 그런 적이 있었지만 그때의 오에이와 달리 오키미는 실수가 없었다.

"어디가 어떻게 이상하다고 말하기는 힘들지만…… 일은 의외로 똑 부러지게 하고 있어."

"그 '똑 부러지게'가 저 아이답지 않다는 거예요, 아버지. 게다가 부엌일이나 바느질을 싫어하지 않다니, 아무리 생각해도 이상하잖아요."

그건 그러네, 하고 지헤에도 고개를 끄덕였다. 평소 오키미는 과자도 후딱 만들고 접객도 흠잡을 데가 없었다. 그러나 요령 좋게 움직이면서도 어딘지 허술한 구석이 있었는데, 요즘은 오에이 말대로 매사 신중하게 움직였다. 요령 좋은 사람이 흔히 그렇듯 쉽게 싫증을 내는 것이 옥에 티였고, 부엌일이나 바느질처럼 흥미 없는 일에는 아예 손을 대려고 하지 않았다. 그러나 요즘은 솔선해서 부엌에 들어가고 오에이의 바느질을 도왔다.

지헤에가 고개를 갸웃거리는 또 다른 이유는 오키미가 묘하게 상냥해졌다는 점이다.

"할아버지, 어깨 결리지 않아요? 주물러 드리고 싶은데, 허리는 어떠세요?"

"오늘은 유난히 쌀쌀하니까 솜옷을 하나 더 드릴까요?"

기특하다 싶으면서도 그렇게까지 노인 취급할 것은 없는데, 하며 도리어 쓴웃음이 새어나왔다.

"갑자기 어른스러워진 것 같아서 왠지 내가 더 폭삭 늙어 버린 것 같구나."

"어른스러워졌다기보다 어른이 되려고 안달하는 것 같은데요."

오에이는 후우, 하고 아까보다 깊은 한숨을 지었다.

속은 끓지만 분명하게 말을 꺼낼 수 없었다. 성격이 꼭 닮은 부녀인지라 두 사람 모두 오키미에게 아무것도 묻지 못한 채 날짜만 지나갔다.

이야기를 꺼낼 기회는 뜻밖에 빨리 찾아왔다. 동생 고로가 찾아와 대뜸 이렇게 말을 던진 것이다.

"우리 젊은 스님이 지난달 심부름으로 찾아간 어느 절 경내에서 오키미를 보았다고 하던데."

동생은 명백히 심기가 불편해 보였다. 요쓰야 쇼덴지에는 승려가 매우 많은데, 주지 스님으로서 그들을 단속하는 것이 동생이었다. 젊은 승려는 주지 스님의 심기를 불편하게 만들 소식임을 잘 알기에 오늘까지 보고를 망설였던 듯하다.

"어느 젊은 무사와 심각한 얼굴로 이야기에 몰두하고 있었다고 하던데. 정말이냐, 오키미?"

2월 초하루 오후였다. 대형 사찰 주지이므로 월초는 바쁘게 마련인데, 바쁜 일들을 죄다 미루고 오키미에게 전말을 확인하러 달려왔을 것이다. 평소보다 더 커 보이는 눈을 오키미에게 향했다.

오키미는 고개를 숙인 채 끄떡였다.

"같은 있던 사람은 누구냐. 단둘이 도대체 무슨 얘길 한 거냐!"

일단 목청부터 높이는 동생을 지혜에가 당황하며 만류했다.

"그게 가구라자카 언덕 위에 있는 절 아닌가? 그렇다면 짚이는 사람이……."

"그렇수, 그곳에 있는 절인데…… 형님이 아는 자요?"

"왜 너한테도 언젠가 이야기했잖아. 히라도 번 상번저에서 식재 담당으로 일한다는."

"……아, 여기 자주 드나든다는 마쓰라가의 가신 말이우?"

잠시 기억을 더듬다가 알겠다는 듯이 누름돌 닮은 머리를 끄덕였다.

"가구라자카 언덕에 있는 과자점까지 오키미가 길을 안내해 주었을 뿐이에요, 고로 삼촌."

오에이도 숙부의 분노를 달래는 것이 먼저라고 생각한 듯했다. 아비지와 장단을 맞추었지만 쉽게 물러설 곳카이가 아니었다.

"그 식재 담당이란 무사와 대체 무슨 얘길 한 거냐, 오키미?"

지혜에와 오에이의 중재를 깨끗이 무시한 채 추궁하는 말투였지만, 고개를 쳐든 오키미의 눈에는 두려움도 주눅 든 기미도 없었다. 상대방이 움찔할 만큼 착 가라앉은 눈빛으로 똑바로 대답했다.

"번국에 계신 가와지 님 부친께서 졸중으로 쓰러지셨다고 합니다."

전혀 예상치 못한 이야기에 세 사람은 뭐? 하고 얼빠진 소릴 내며 그대로 굳어 버렸다.

"그래서 가와지 님은 영주님이 번국으로 돌아가실 때 함께 히라도로 돌아가시게 되었습니다."

"영주님의 귀국이 아마 3월이라고 했지?" 하고 지헤에가 오에이에게 물었다.

"네, 그렇게 알고 있었는데…… 다음 달이라니, 갑작스럽네요."

가와지의 마음은 당장 에도를 출발하여 부친의 병상을 확인하고 싶겠지만, 직무상 그렇게는 안 될 것이다.

"꽃놀이를 못하게 된 것은 인수인계며 여러 곳에 인사를 하러 다니느라 시간을 낼 수 없게 되었기 때문이래요" 하고 오키미가 덧붙였다.

히라도 번주는 지금 에도에 있고, 관례대로 3월에 귀국길에 오른다. 가와지가 그때 함께 귀국하겠다고 청한 것은 아버지 병문안 때문만이 아니라 가독 상속이 급했기 때문이라고 한다. 아마도 번국에서 상당한 직책을 얻어 그대로 히라도에 머물게 될 것이다. 지헤에는 저도 모르게 굵은 한숨을 토했다.

"내 나이가 나이니 앞으로 다시 만나기는 힘들겠구나."

"아버지도 참…… 하지만 가게에 못 오실 테니 앞으로 쓸쓸하겠어요."

부녀는 가와지와 헤어지는 것을 안타까워했지만, 곳카이만은 아까부터 긴장을 늦추지 않고 있었다. 눈앞에 앉아 있는 오키미 역시 진지한 표정으로 생각에 잠겨 있었다.

"오키미, 그 얘기뿐이었냐? 그런 얘기를 하려고 사찰 경내에서 단둘이 있었다는 거냐?"

거듭 묻는 동생의 말에 지혜에도 아차, 하고 생각했다. 정말 그랬다. 그런 이야기라면 지혜에나 오에이한테 해도 좋았을 것이다. 왜 꼭 오키미한테만 털어놓아야 했을까.

"얘, 오키미……."

오키미는 고개를 돌려 지혜에를 똑바로 쳐다보았다.

"저에게 히라도에 같이 가자고 말씀하셨어요."

"오키미, 그게 무슨……."

"히라도의 가와지가에 시집와 달라고, 저와 부부가 되고 싶다고 말씀하셨어요."

요쓰야 쇼텐지의 널찍한 경내는 몹시 쌀쌀했다. 지혜에는 옆에 둔 손화로에 기름기 없는 양손을 쬐었다. 절의 주지인 동생 곁에도 같은 도기 손화로가 있었지만, 그다지 필요가 없어 보였다. 물을 부으면 까까머리에서 슉슉 소리를 내며 김을 뿜어낼 것처럼 화가 난 모습이었기 때문이다.

"형은 오키미를 땅끝이나 다름없는 곳으로 시집보낼 셈이우?"

뜻밖에 오에이의 우려가 사실이 되어 버렸지만, 오키미 자신도 어찌해야 좋을지 몰라 차마 대답을 못 하고 있는 듯했다. 가와지에게 연심을 느끼고 있는지조차 모르겠는 눈치였다. 하물며 머나먼 번국은 오키미에겐 그야말로 외국이나 다름없는 곳일 것이다. 상상하기도 힘든 곳이니 무엇 하나 결정할 수 없었다.

"아버지, 고로 삼촌, 일단은 제가 자세한 내용을 확인해 보는 게 좋지 않겠어요?"

오에이는 아마도 딸의 머릿속에 엉켜 있는 실 뭉치를 함께 한 올 한 올 풀어 줄 요량일 것이다. 여름이라면 정원으로라도 자리를 옮기겠지만 공교롭게 초봄 저녁이라 날이 차다. 둘이서 차분히 이야기하라고 딸과 손녀를 집에 남겨 두고 지헤에는 동생이 주지로 있는 요쓰야 쇼텐지로 자리를 옮겼다.

"형과 오에이가 가지 말라고 한마디하면 끝나는 얘기 아니우?"

"하지만 오키미 성격에 섣불리 말리면 오히려 더 고집을 피울 것 같아서."

"하지만 고작 열일곱 살 아이에게 제 혼담을 스스로 결정할 분별이 있을 턱이 있수?"

혼담이란 가족이나 주변 사람들이 주선해 줘야 하며, 상대가 무가라면 더욱 그래야 한다고 곳카이는 역설했다.

"도대체가 혼담이라면 제일 먼저 부모에게 제안해야 하는 거 아닌가. 그걸 오키미한테만 속닥거리다니, 성실한 자가 못 된다는 증거지."

"아니, 그게 가와지 님다운 배려였어. 나는 납득이 돼."

오키미와 결혼하고 싶다고 지헤에나 오에이에게 말하면 그것은 결국 정식 구혼이 된다. 아무리 허물없이 지내는 사이라도 무가의 구혼을 거절하는 것은 조닌의 처지에서는 조심스러울 수밖에 없다. 가와지는 지헤에 일가를 궁지에 몰아넣지 않으려고 오키미한테만 속마음을 털어놓았을 것이다.

무엇보다 이 혼담은 결국 오키미 마음에 달려 있다. 곳카이가 말하는 낯선 땅 끝으로 가야 할 사람은 지헤에나 오에이가 아니라 오키미이기 때문이다.

"그래도 너무 엉뚱한 이야기라서 영 실감이 안 나네. 만약…… 만약에 오키미가 원한다면 정말 가능한 일일까."

남의 일처럼 중얼거렸다.

"안 될 것도 없지……. 오카모토가와 내 힘을 동원한다면."

"그런가……."

"가와지라는 사람은 그런 사정도 다 알고서 한 얘기 아니우?"

"음, 알고 있을 게다."

"모든 걸 감안하고 오키미를 원한 건지도 모르겠군."

못마땅한 듯이 무뚝뚝하게 말했다.

가와지와는 카스도스 소동 때 알게 되었으니, 지헤에의 출신이나 동생의 지위도 다 알고 있을 것이다. 교류한 지 이제 곧 1년이지만, 가와지는 한 번도 그런 이야기를 꺼낸 적이 없고 과거를 묻는 일도 없었다. 지혜에로서는 고마웠고, 그런 가와지의 성격을 좋게 보고 있었다.

“우리가 노력을 기울이면 신분이나 문벌의 차이는 최대한 줄일 수 있을 거유. 하지만 결혼생활과는 무관한 노력이지. 오키미가 시집가서 고생할 것은 불 보듯 뻔하우.”

동생이 하는 말이 다 맞는 이야기여서 지혜에는 고개를 끄떡일 수밖에 없었다.

“무엇보다 그렇게 먼 곳으로 시집가면 오키미를 만날 수 없을지도 모르지. 형님은 그래도 좋수?”

“그러고 보니…….”

문득 친모가 떠올랐다. 어머니란 사실을 감추고 고모로 지내다가 지혜에가 네 실 때 이와미의 무가에 시집갔다. 그 후 만난 적이 없어 얼굴마저 거의 기억나지 않는다.

오키미가 가와지에게 시집가면 역시 다시는 만날 수 없을 것이다. 너무 괴로워 가슴이 삼베 행주 짜이듯 옥죄는 듯했다.

“그런 얼굴 하지 마슈. 오키미가 무가에 들어가는 걸 가로막는 무엇보다 견고한 벽이 있으니까. 아마 그걸 무너뜨리는 건 불가능할 거유.”

형의 심정을 알아챘는지 위로하는 마음이 느껴졌다.

“이번 일은 어차피 그 젊은 것이 혼자 앞지르고 있는 것뿐이지. 가와지가의 어른들이 인정하지 않으면 혼담은 한 치도 진행될 수 없을 거유."

밤늦게 귀가하니 딸 오에이만 일어나 있었다.

"이건 어디까지나 가와지 님과 오키미 사이에서만 오간 이야기예요. 두 사람이 멀리 떨어지면 금세 잊힐지도 몰라요."

오에이도 동생과 같은 생각에 다다른 듯했다.

다음 달이 되면 가와지는 에도를 떠난다. 그 전에 어설픈 약속만 하지 않는다면 이야기는 제풀에 사그라질 거라고 오에이는 말했다.

"하지만 오키미가 그걸 받아들일까?"

"오키미한테는 한 달 남짓 만에 결정될 일은 아니라고 타일러 두었어요. 아버지나 고로 삼촌에게 폐가 될 수 있다는 것은 그 아이도 알고 있어요."

아무래도 오에이는 그 결정이 얼마나 어려운지를 조금 과장되게 전한 듯했다. 어지간해서는 약삭빠른 짓을 하지 않는 오에이가 소소하나마 책략을 꾸몄다는 사실에 지헤에는 무엇보다 놀랐다.

"오키미를 멀리 떠나보내는 건 너 역시 견디기 힘들지 않겠니?"

"그것도 그렇지만……" 하고 오에이는 고개를 숙였다.

괜한 고생은 시키고 싶지 않다. 부모가 자식에게 바라는 것은 그것뿐이다. 사람들 입방아에 오를 혼인보다 지극히 평범하고 성실한 사내에게 시집가기를 원한다. 평범한 행복을 간절히 바라는 것이 부모 마음이기 때문이다.

어머니인 오에이가 그렇게 생각한다면 따로 참견할 것도 없다. 지혜에는 가만히 지켜보기로 작정하고 있었다. 그런데 이튿날 오후, 가게 뒷정리가 끝나고 오에이가 가까운 곳으로 장을 보러 나갔을 때였다.

“할아버지, 차 드실래요?”

오키미는 두 사람이 마실 차를 준비해서 화로 건너편에 앉았다. 쇼텐지에 있던 화로는 작으면서도 붉은 그림이 아름다운 도기 화로였지만 집에 있는 것은 오래 묵은 사각 목제 화로였다. 그래도 손녀와 이렇게 마주 앉아 있는 것만으로도 큰 사찰의 손화로보다 사뭇 따뜻하게 느껴졌다.

“근데 할아버지…… 제가 떠난다면, 슬프세요?”

방심하다 허를 찔려서 목소리가 금방 나오지 않았다. 오키미는 지혜에가 아니라 화로 속 숯으로 시선을 떨어뜨리고 있었다.

그야, 슬프지. 당연한 대답보다 엉뚱한 말이 먼저 입을 타고 나왔다.

“오키미, 너…… 가와지 님이 그렇게 좋으니?”

“잘…… 모르겠어요.”

말처럼 모호한 표정으로 이쪽을 향했다.

“저는 그냥, 친절하고 의지가 되는 오라버니가 생긴 것 같아서 기분이 좋았어요……. 이웃 사람들이 둘이 같이 있으면 안 좋은 눈빛으로 보고 있다는 것도 알고 있었지만, 왠지 그런 것도 재미있어서."

그야말로 아이 같은 생각이다. 세상을 모르니 두려울 것도 없는 것이다. 하지만 지금 눈앞에 있는 오키미는 어떤가. 며칠 전까지만 해도 순진무구했던 손녀는 어디로 가 버렸을까.

"그런데 가와지 님이 히라도로 돌아가신다는 이야기를 듣는 순간 슬퍼서 견딜 수 없었어요. 영영 이별이 될지도 모른다고 생각하니 너무 괴로웠어요. 그래서…… 함께 가지 않겠느냐고 하셔서, 너무, 너무, 기뻤어요."

영영 이별이라는 둥 젊은 처자답게 연극 대사 같은 말을 했다. 예전의 오키미다운 말에 저도 모르게 웃음이 비어져 나왔다.

"하지만 어설픈 마음가짐으로는 무가에 시집갈 수는 없어요. 그 점도 잘 알고 있어요."

"그래."

"잘못되면 할아버지나 고로 할아버지한테도 필시 많은 폐가 될 거예요."

"그런 건 걱정할 거 없다."

"무엇보다 히라도에 가면 할아버지를 다시는 못 만날지도 몰라요!"

"오키미……."

굵은 눈물이 오키미의 볼을 타고 다다미로 떨어졌다.

"그것만이 아니죠……. 할아버지 마음을 걷어차 버리는 것 같아서 너무나 죄송해요."

늙은 할아버지나 홀로 지내는 어머니를 두고 떠나는 불효만 마음에 걸리는 것이 아니다. 무가를 버리고 실력 하나로 과자 장인이 된 지헤에의 인생에 오키미는 감탄하고 내심 자랑으로 알았다. 가까운 사람들을 힘들게 하면서까지 무가로 돌아가는 것은 할아버지의 인생을 무시하는 처사 아닌가. 그런 죄의식을 떨칠 수 없다고 오키미는 눈물을 흘리며 털어놓았다.

"바보로구나, 오키미는. 그런 쓸데없는 생각으로 속을 끓이고 있었느냐."

"쓸데없는 생각이, 아니에요……. 중요한, 일이에요."

끅끅 흐느끼며 간신히 대답했다. 눈물자국이 호를 그린 얼굴이 어릴 적 모습 그대로여서 지헤에는 그만 수건을 든 손을 내밀어 손녀의 볼을 훔쳐 주었다.

길게 찢어지지도 동그랗지도 않은, 매끈한 도토리를 닮은 살짝 치켜 올라간 눈매를 가졌다. 코끝이 둥글고 아랫입술이 윗입술보다 두 배나 도톰하다. 이 얼굴이 울고 성내고 웃고 하며 지헤에 주변을 정신없이 뛰어다녔다. 그것이 얼마나 위안이 되었는지를 돌이켜보니 뜨거운 것이 치받혔다.

"네 덕분에 수명이 십 년은 늘었다."

"할아버지……."

“그러니까 오키미. 은혜를 갚아야 할 사람은 네가 아니라 나 같구나.”

손녀가 혼자 속앓이해야 할 만큼 무심했구나 생각하니 새삼 기가 막혔다. 말로 듣기 전까지는 자기가 양자라는 사실은 까맣게 잊어버렸을 정도다. 양부모는 차별하지 않고 친자식처럼 대해 주었다. 큰형이나 누이는 다정했고 고로하고 늘 어울려 다녔다. 걱정이 많은 하녀, 과자를 만들어준 하인 곤스케. 혼고 저택에는 즐거운 추억이 넘칠 만큼 많다.

얼마 전 오에이와 이야기할 때 깨달았다. 내가 정말로 도망치고 싶었던 것은 그 저택이 아니라 정체를 알 수 없는 더 커다란 무엇, 바로 쇼군의 숨겨 둔 아들이라는 자신의 출신이었다. 지금 생각하면 여행에 나서서 오래도록 돌아가지 않았던 것도 에도에서 조금이나마 떨어져 있고 싶은 마음 때문이었는지도 모른다.

자신의 옹색한 마음자리를 새삼 목도한 것 같아서 지헤에는 가만히 한숨을 지었다.

그런데 오키미가 뜻밖의 말을 했다.

“하지만요, 저는 할아버지에게 골치 아픈 피를 물려받고 만 것 같아요.”

골치 아픈 피라고 말하는 오키미의 표정이 몹시 흉겨워 보였다.

“그건 또 무슨 말이냐?”

“할아버지가 여행에 나선 것처럼 저도 낯선 곳에 가 보고 싶은 마음이 있어요."

뭐? 하고 지헤에는 말을 잇지 못했다.

"모르는 곳에 간다고 하면 오이마는 겁부터 난다고 해요. 하지만 저는 떠나 보고 싶어요. 어려운 일을 겪으리라는 건 잘 알지만, 그래도 할아버지나 엄마처럼 여행을 떠나 에도에는 없는 것들을 많이 견문하고 싶어요."

"그래? 그게 골치 아픈 피라는 거냐……." 어이없다는 듯이 중얼거렸다. "거 참 미안하구나."

"하는 수 없죠. 할아버지의 손녀잖아요."

방금까지만 해도 부끄러워하던 자신의 인생을 오키미는 양손으로 건져 올려 햇빛 속으로 내밀어 주었다. 까딱하면 눈물을 흘릴 것 같아 꾹 참으며 짐짓 낯을 찡그리고 말했다.

"하지만 오키미, 너는 여행이 아니라 시집을 가는 거야. 정말 무가에 들어가 잘 해낼 수 있겠니? 할아버지나 엄마나 그게 제일 걱정이구나."

"답답할 거라는 건 짐작이 가지만…… 다른 건 잘 모르겠어요."

참으로 정직하고도 미덥지 못한 말이었다. 이래서는 각오고 뭐고 소용없을 것 같다는 생각에 지헤에도 쓴웃음을 흘리는 수밖에 없었다. 울상을 짓던 오키미는 할아버지의 마음을 읽었는지 진지한 표정이 되었다.

"하지만 무가에서든 상가에서든 아내의 역할은 같다고 생각해요. 남정네, 아니 남편의 볼기짝을 쳐서라도…….”

“어허, 오키미.”

“말이 그렇다는 거죠, 할아버지. 어르고 달래고 불평도 들어 주고 해서 이튿날 아침 다시 일하러 나가게 하는 것이 아내의 할 일이겠죠?”

“뭐, 그렇겠지.”

“자식 일이나 집안일에 남자는 전혀 의지가 안 되고.”

“미안하구나.”

“부부가 된다는 것은 혼자 지내는 것보다 더 심한 고생이라는 것도 골목 아주머니들한테 들었어요.”

참으로 각박한 이야기를 터무니없이 진지하게 말했다.

“그러니까 그 무거운 짐을 짊어지더라도 상관없다, 같이 고생할 만한 가치가 있는 배필이다 싶으면 괜찮은 거래요.”

“……가와지 님이 오키미에게 그런 분이라는 거냐.”

“네.”

오키미는 고개를 끄덕이고 나서야 부끄럽게 웃는 얼굴이 되었다. 조금 덜렁대고 위태로워 보여도 오키미가 가와지와 함께할 날들을 진지하게 생각하고 있다는 사실은 틀림없었다.

이튿날 지헤에는 히라도 번 상번저를 찾아갔다.

이키 태수壱岐守 무가의 격과 명예를 드러내는 관직명일 뿐 해당 지역을 직접 다스린다는 뜻은 아니다 마쓰라가의 상번저는 아사쿠사 도리고에에, 간다 강에서 북으로 몇 정 들어간 곳에 있었다.

지헤에가 상번저에 왔던 것은 꼭 1년 전, 카스도스 소동 때 단 한 번뿐이었다.

다이묘 저택은 마을 하나 정도의 규모인데, 번사들이 지내는 나가야가 영주의 거처를 에워싸듯 늘어섰고 목욕탕부터 이나리 신사곡물의 신 이나리를 모신 신사로, 이나리는 지역이나 집안의 수호신으로 모셔졌다까지 있어서 담장 안에서 어지간한 생활은 다 가능한 구조였다.

약속 없이 찾아오면 이 넓은 저택에서 가와지를 만날 방법이 없다. 그걸 알면서도 발길이 이곳으로 향했다. 어떻게든 가와지에게 편지라도 전하려고 문지기에게 과자꾸러미를 선물로 건네고 공손하게 허리를 굽혔다. 뜻밖에도 상대방은 지헤에에게 알은척했다.

"아, 당신이 난보시야 주인인가? 그래, 식재 담당 나리가……그래, 그래, 가와지 나리셨지. 업무상 여러 과자점에 출입한다며 가끔 주겐무가에서 일하는 하인 방에도 과자를 들여 주시는데, 언젠가 난보시야의 쇼가사토를 주셨지. 정말 고향 생각이 나더군."

"그건 내가 운슈에서 배운 것인데……."

"역시 그렇군. 내 고향이 바로 이즈모 히라타거든운슈는 이즈모라고도 불린다."

남자가 냉큼 말했다. 쇼가사토는 생강을 넣은 설탕 과자를 말한다. 요즘은 에도에서도 볼 수 있지만, 자기가 아는 맛하고는 아무래도 다르더라고 문지기는 말했다.

"그런데 그 쇼가사토는 정말 내가 어릴 때 먹던 그 맛이었네. 집에서는 분수에 넘치는 과자여서 좀처럼 먹을 수 없었는데, 그래서 더 기억이 생생했지. 이야, 정말 맛있었네."

입안에 감돌던 그 맛을 떠올리는지 황홀한 표정을 짓는다. 그래서 가와지에게 들은 난보시야라는 이름도 기억하고 있다고 했다.

"……호오, 이건 엿인가? 정말 예쁘게도 생겼네."

꾸러미 속의 우메가에를 보자 눈꼬리가 더욱 처졌다. 그는 지혜에를 들여 손님용 의자에 앉히더니, "잠깐만 기다리게" 하고 말하고는 저택 현관이 아닌 옆의 작은 문으로 사라졌다.

구름이 엷게 낀 하늘을 올려다보니 어디선가 휘파람새 소리가 났다. 초봄이라 아직은 제대로 소리를 내지 못하는지 끼룩끼룩, 하는 불안한 음색이었다. 꼭 지금의 오키미 같다는 생각에 웃음이 일었다. 주겐 사내는 지혜에의 짐작보다 훨씬 일찍 돌아왔다.

"가와지 나리는 저택 안에 계시는데, 지금 손님이 오셔서 앞으로 반 각은 빠져나올 수 없다 하시네. 기다려 주면 고맙겠다고 말씀하시는데, 어떻게 할 건가?"

반 각이 아니라 반나절이라도 기다릴 작정이었다. 지혜에는 두말없이 응했다.

"그럼 이쪽에서 기다려 달라고 하시네."

아까 들어갔던 작은 문을 열고 지혜에에게 손짓했다. 문 안쪽은 담으로 좁게 구획되어 있었고 비슷한 작은 문을 몇 개나 이어져서 번사들이 기거하는 나가야와 하얀 벽밖에 보이지 않았다. 같은 자리를 뱅뱅 도는 듯한 착각에 빠지려고 할 때, 주겐 사내가 왼쪽을 가리키며 말했다.

"여기가 식재 담당 번사들이 지내는 나가야일세. 저기서 기다려도 좋지만 오늘은 날이 따뜻하니까 이쪽이 더 좋을 거라고 하셨네."

그때 지혜에의 코에 문득 달콤한 냄새가 스쳤다. 주겐을 따라 나가야 모퉁이를 돌자 지혜에 앞에 한 폭의 그림 같은 경치가 나타났다.

"어떤가, 굉장하지?"

"오오, 정말 멋지군."

붉은 매화나무 한 그루가 서 있었다. 그리 크지는 않지만 가지 뻗은 모양이 좋고 꽤 오래 묵은 나무 같았다. 흰 벽을 배경으로 불을 밝히듯 꽃을 피워 매화의 붉은색이 한층 도드라졌다. 주겐은 어디서 걸상과 차를 얹은 쟁반을 가져다주고 잠시 여기서 기다리라고 말하고 돌아갔다.

"이렇게 느긋하게 매화를 보는 게 몇 년 만인지."

나가야와 흰 벽 사이에 있는, 망각 속에 방치된 듯한 작은 매화 정원이었다. 꽃놀이가 취소된 것을 사죄하는 마음이 느껴졌다. 가와지의 마음씀씀이가 기뻤다.

해가 기운 상태로 보아 반 각은 지났을 테지만 시간의 흐름은 그다지 느껴지지 않았다.

몹시 서두른 것이 틀림없는지, 마침내 나타난 가와지의 이마에 살짝 땀이 배어 있었다.

"주인장이나 오에이 씨를 무시할 생각은 없었네만…… 정말 미안하네."

부모를 제쳐 두고 혼인을 제안했다. 가와지는 관습을 벗어난 구혼을 제일 먼저 사과했다.

애초에 지혜에는 책망할 생각도 없었다. 오히려 마음에 걸리던 것부터 물었다.

"부친께서 쓰러지셨다고 들었습니다만…… 좀 어떠신지요?"

"솔직히 나도 모르네. 갑자기 쓰러졌다는 기별을 받은 게 전부니까."

"그렇군요……."

"지금도 살아 계신지 어떤지도 모르고 있네. 멀다는 것이 이렇게 괴로울 줄이야."

안타까운 듯 허공을 우러러보고는 곧 진지한 얼굴로 지혜에를 쳐다보았다.

"이런 고통을 오키미 가족에게까지 강요한 거나 마찬가지로군. 내가 얼마나 잔인한 짓을 하고 있는지를 생각하니 몸 둘 바를 모르겠네."

걸상에 앉은 가와지는 양 주먹을 무릎 위에서 꽉 쥐고 고개를 숙였다. 가와지는 무사치고는 언변이 좋은 편이지만 조닌에 비할 수 없다. 하지만 지헤에가 듣고 싶은 이야기도 그리 많지 않았다.

"가와지 나리는 오키미의 어떤 점이 마음에 드십니까."

가와지는 뜻밖의 급소라도 찔린 것처럼 묘하게 얼빠진 표정으로 지헤에를 쳐다보았다. 그리고 살짝 쓴웃음을 흘렸다.

"그 시작은 아마…… 그때였군……. 오키미와 함께 밀정 흉내를 낸 적이 있지 않나?"

"오에이의 뒤를 밟아 전남편의 나가야에 찾아갔을 때 말이군요."

아, 하며 지헤에는 기억을 떠올렸다. 엄마를 배신한 아빠를 마음껏 비난하다가 말이 지나쳐서 어머니에게 뺨을 맞았고, 오키미가 울음을 그치지 않아 가와지를 몹시 곤혹스럽게 했다고 들었다. 어린애 같은 짓을 했다고 오키미 본인도 한동안 마음고생했을 정도였다. 대체 무엇이 그렇게 마음에 들었을까, 하고 지헤에는 고개를 갸우뚱했다.

"그때는 나도 당황했네. 나중에는 제발 울음을 그쳐 달라고 애원할 지경이었지. 하지만 오키미는 눈물을 흘리며 말하더군. 이건 내가 아니라 할아버지와 어머니를 위한 눈물이라고."

"저와 오에이를 위한 눈물이라고요?"

"그랬네. 두 사람은 결코 울지 않고 화도 내지 않는다, 불만을 속에 꽁꽁 담아 두고 입을 꾹 다물고 참는 성격이라면서."

"오키미가, 그런 말을……."

뭐든 속에 눌러 두고 겉으로 드러내지 않는다. 오키미는 할아버지와 어머니의 성격이 답답하기만 했을 것이다. 아버지 슈조를 향한 조금 과한 분노도, 두 어른이 꾹 삼켜 둔 분노와 슬픔을 대신 토해 내고 싶다는 생각에서 비롯된 것인지도 모른다.

"오키미는 그렇게 해서 할아버지와 어머니를 지키려고 했던 거라고 생각했네."

"……예."

"그 작은 몸으로 두 어른의 바람막이가 되려고 애쓰더군. 어딘가 다부지게 느껴졌지……. 어느샌가 난보시야에 가는 것이 전보다 즐거운 일이 되어 있더군."

마지막 한 마디는 살짝 쑥스러운 투로 말했다.

"그랬습니까."

고개를 한 번 끄덕였다. 가와지의 마음은 알았다. 하지만 한편으로 그렇게 올곧은 오키미의 성격은 도리어 무가에는 맞지 않는다며 지헤에가 걱정을 터놓자 가와지는 뜻밖의 말을 했다.

"내 할머니 역시 시집왔을 때는 매사 기분을 표정에 거리낌 없이 드러낸다고 종종 꾸중을 들었다고 하셨네. 할머니는 나가사키의 상가 출신이었네."

가와지가는 전부터 상가와 인연이 깊다고 했다. 상가에서 며느리를 들이거나 역으로 양자를 보낸 일이 여러 번 있었으며, 가와지의 누이도 히라도 성하촌의 상가로 시집을 갔다고 한다.

"우리 집안은 예로부터 무역에 종사했네. 꼭 2백 년 전인가, 화란 상관이 나가사키로 옮겨가고부터는 한때 가세가 형편없이 기울었지만."

상가와 관계를 강화함으로써 가세를 회복했다고 했다.

"그렇군요……. 가와지가라면 오키미를 받아들여 주실지도 모르겠군요……."

확답을 줄 수는 없지만 그래도 여느 무가보다는 문턱이 낮을 거라고 가와지는 대답했다.

"하지만 솔직히 그렇게 오키미에게 앞뒤 재지 않고 혼인을 제안할 생각은 없었네. 그때는 아버지가 쓰러졌다는 소식에 너무 당황하는 바람에."

문득 돌아보니 걸음이 저절로 고지마치로 향하여 이미 난보시야에 도착해 있더라고 했다.

"주군과 함께 히라도로 돌아가면 다시는 오키미를 만날 수 없다고 생각하니, 그 생각만 머리를 맴돌아서…… 너무 괴로웠네."

오키미 역시 비슷한 말을 했다. 그렇구나, 하고 속으로 쓴웃음을 지었다.

아마 가와지는 오키미에게 매달리고 싶었을 것이다. 지헤에와 오에이에게 그랬던 것처럼 오키미가 와병중인 아버지를 자기 대신 걱정하며 울어 주기를 바랐을 것이다.

연심은 원래 잠깐의 방황 같은 것이다. 나이가 들 만큼 든 지금은 그렇게 단언할 수도 있다.

그러나 그 한때, 한순간이 진짜배기 광채를 발할 때가 있다.

현명한 짓이 아니라는 것을 알면서도 순수한 욕구에 저항하지 못할 때가 있는 것이다.

자신 역시 마찬가지였다. 한곳에 정착하지 못하고 떠돌며 고생을 자처하는 짓이라는 것을 알면서도 아내를 맞았다. 일찍 떠나버린 아내 얼굴이 씁쓸하고도 달콤한 추억으로 떠올랐다.

"아무튼 예의고 뭐고 제대로 배우지 못한 아이입니다. 신부수업에 1년은 걸릴 겁니다."

가와지가 흠칫 놀라듯 몸을 젖혔다.

"주인장, 그럼!"

혼고 저택에 맡겨서 신부수업을 시키고 나중에 오카모토가에 양녀로 보낸 뒤 가와지가로 시집보내고 싶다. 따라서 오키미는 앞으로 1년은 더 에도에 머물게 될 텐데, 그래도 좋겠느냐고 묻자 가와지는 여부가 있겠느냐며 크게 기뻐했다.

"헌데 오에이에게는 뭐라고 하면 좋을지."

작은 소리로 혼잣말을 하며 허공을 올려다보았다.

붉은 빛이 선명한 매화가 바람에 조용히 흔들리고 있었다.

南 星 屋

여섯 번째 과자

마쓰카제

거스름돈이 맞지 않는다는 소리를 그날 세 번이나 들었다.

“어디 보자, 값이 스물다섯 몬인데, 내가 받은 게 나미센한 닢에 4몬짜리 동전 일곱 닢이니까…….”

나미센 일곱 닢은 28몬. 허둥대는 바람에 그 쉬운 답을 내는 데도 시간이 많이 걸렸다. 옆에서 오에이가 자연스럽게 도와주었다.

“일 몬이 모자라네요, 아버지.”

손님의 커다란 손바닥에는 분명히 2몬밖에 놓여 있지 않았다. 지헤에가 당황해서 1몬을 더 건네자 남자 손님은 현장에 일을 다니는 직인인지 볕에 검게 그을린 얼굴에 웃음을 머금었다.

“깜빡깜빡하기엔 아직 이르잖아요, 주인장. 여기 과자 사 먹는 낙으로 사는데, 앞으로 한참은 더 정정하게 일해 주셔야죠."

젊은 직인은 난보시야 단골 같았다. 말투에 악감정이 느껴지지는 않았다.

늘 고맙습니다, 하며 지헤에는 정중하게 허리를 숙였다.

뒤에 서 있던 부인 두 명이 직인의 어깨 너머에서 큰 소리로 말했다.

"어쩔 수 없는 일이지, 귀여운 손녀가 떠나 버렸으니. 그래도 경사스러운 일인데 계속 낙담해 있으면 안 되지."

"그럼, 벌써 세 달이나 지났는데. 오키미 짱도 좋은 집안에 시집가겠지? 얼마나 부러운 얘기야."

이 부인들은 지헤에도 잘 아는 이웃 주민들로, 난보시야의 집안 사정에 나름대로 밝다. 어느새 대화에서 밀려난 젊은 직인은 쓴웃음을 지으며 바삐 물러갔다.

어느 날부터 난보시야에 오키미의 모습이 보이지 않자 대체 무슨 일이냐고 손님들이 물었다. 지헤에와 오에이는 오키미의 혼처가 정해졌다는 사실은 밝히지 않고 그저 어느 무가에 신부수업을 보냈다고만 말했다.

"응석받이로 키워서 신부로서 당연히 알아야 것들을 배우지 못했거든요."

부녀는 신부수업을 보낸 곳이 5백 석 하타모토 가문이라는 것도, 혼처가 어느 번국의 중신 집안이라는 사실도 밝히지 않았다.

하지만 오키미가 젊은 무사와 나란히 거리를 돌아다니는 모습은 이미 여러 차례 눈에 띄었다. 아낙네들을 입단속할 수는 없는지라 갑부 상인의 따님처럼 신부수업까지 보내는 것을 보면 어지간히 좋은 혼처가 아닌 게 틀림없다고 근방에 소문이 자자했다.

"지헤에 씨, 이제는 점원을 구하는 게 어때요? 오에이 씨랑 단둘이 꾸리자면 아무래도 일이 벅찰 텐데."

한 부인이 말하자, "그러게요" 하고 모호한 웃음으로 응했다.

오키미를 대신할 점원을 고용해야 한다는 것은 지헤에도 오에이도 알고 있지만, 왠지 결단을 내리지 못하고 있었다. 오키미가 있던 자리에 다른 누가 들어온다는 것이 싫었던 것이다.

임기응변에서는 오에이에 한참 못 미쳐도 일손이 빠르기로는 오키미가 나았다. 부족해진 일손을 메우는 것은 결코 젊지는 않은 부녀에게 상상 이상으로 부담이 되었다.

둘이서 과자를 만드니 시간이 한참 더 걸렸다. 전보다 일찍 일어나 잡담도 삼가며 열심히 손을 움직였는데도 정오에 맞추지 못해 개점 시간을 늦추어 손님을 기다리게 하는 일이 종종 있었다.

더욱 곤란한 것은 접객이었다. 아무래도 대책이 없어서 같은 나가야에 사는 부인에게 부탁해서 가게 문을 여는 일 각 동안만 접객을 맡겼다. 아직 자식이 없는 젊은 부인인데, 품삯을 버는 일이므로 흔쾌히 맡아 주었다.

부인은 오키미만큼은 못하지만 한눈에 봐도 지헤에보다 훨씬 접객에 능했다. 하지만 최근 부인의 친정어머니가 병으로 드러눕고 말았다. 친정에 일손이 없어 자주 들러야 했고, 친정어머니의 상태가 나쁘면 오늘처럼 정오가 되도록 오지 못할 때도 있었다.

사정이 그렇다니 무리하게 요구할 수도 없어서, 부인이 나오지 못할 때는 지혜에가 몸소 접객을 맡았다. 하지만 지혜에 성격상 접객이나 돈 계산은 딱 질색이었다. 계산은 생각처럼 얼른 되지 않았고 그만큼 매대에 서 있는 시간이 늘어났다. 준비한 마지막 과자를 건네줄 즈음이면 말하기도 싫을 만큼 녹초가 되었다.

그날도 오키미가 일하던 때보다 반 각 정도나 더 일해야 했다. 마지막 손님이 돌아가자 지혜에는 넌덜머리를 내며 가게 안 다다미방에 엉덩이를 떨어뜨렸다. 오에이는 늙은 아버지를 위로했다.

"아버지, 뒷정리는 제가 할 테니까 들어가셔서 담배나 한 대 태우세요."

그럼 부탁하마, 하고 딸의 배려에 기댔다. 녹초가 된 것은 절정을 맞은 더위 탓인지도 모르고 예순을 두 해나 넘긴 나이 탓인지도 모른다.

"그러고 보니 슬슬 고로 삼촌이 오실 때가 됐네요."

"벌써 시간이…… 너는 역시 안 갈 거냐?"

"집을 비우기도 불안하고 해서 저는 안 가기로 했어요."

좀도둑이 들어도 도둑맞을 만한 물건도 없었다. 중요한 거라면 과자 만드는 도구 정도일 텐데, 닳고 닳은 과자틀 같은 것을 힘들게 훔쳐 갈 사람도 없을 터였다. 전에도 집을 비우고 세 식구가 나란히 꽃놀이를 간 적이 있었으므로 오에이의 말이 핑계라는 것은 알았지만 지헤에는 굳이 강요하지 않았다. 무가를 방문하는 것이 부담스러운 것은 사실이기 때문이다.

영차, 하고 일어섰을 때 가게 앞에 눈에 익은 우락부락한 빡빡머리가 나타났다.

“빈손으로 갈 거유?”

짙은 눈썹 밑에서 퉁방울 같은 눈이 지헤에의 빈손을 쳐다봤다.

“아차, 그렇지……. 깜빡했네.”

동생의 물음에 얼른 거짓말을 했다. 자기가 만든 과자를 작은 보자기에 싸서 준비해 두었지만, 그것을 들고 갈지 말지 직전까지 망설이고 있었다. 그제야 생각난 것처럼 보자기를 집어 들었다.

“형이 만든 과자는 오카모토가에서도 아주 평이 좋수. 그 맹추 같은 당주 놈도 혀만은 고급스러운 것 같더군.”

“고로는 여전히 입이 걸구나” 하고 지헤에는 쓴웃음을 지었다.

“맹추를 맹추라고 하는 게 뭐가 어때서. 도대체가 사람을 옷차림으로 판단하다니, 어리석어도 그렇게 어리석을 수가 있나.”

콧구멍을 벌름거리며 일갈하는 곳카이는 늙은 까마귀 같은 색바란 먹색 가사를 걸치고 있었다. 도저히 대형 사찰의 주지 스님으로 보이지 않는 남루한 옷차림은 맹추라고 평한 조카를 야유하려는 뜻도 있을 터였다.

두 사람은 오키미를 만나러 오카모토가로 향했다. 오키미는 올 4월 5일, 데카와리로부터 꼭 한 달이 지났을 때 신부수업을 위해 오카모토가에 들어갔다.

데카와리란 정기적으로 고용인을 교체하는 것으로, 매년 3월 5일에 무가와 상가에서 일제히 실시된다. 오키미는 그 날짜에 맞춰 들어가려 했지만, 머나먼 히라도와 소식을 주고받느라 상당한 시일이 걸려 한 달 뒤에나 들어가게 되었다.

오키미를 신부로 맞고 싶다는 뜻을 가와지 긴고에게 직접 들은 것이 매화가 만개한 2월 초였다.

서로 좋아하는 두 젊은이를 뜯어말릴 수 있는 말을 지혜에는 생각해 낼 수 없었다. 누구보다 어머니인 오에이가 승낙하지 않을 거라고 걱정했지만, 뜻밖에 오에이는 강하게 반대하지는 않았다.

"저도 오키미의 생각을 확인해 봤는데, 그렇게 서로 좋아한다면 무슨 말도 소용없을 거예요. 시집가고 후회할지도 모르지만, 그것도 그 아이 팔자겠죠."

어머니로서는 차갑고 밀어내는 듯한 말투였지만, 오에이의 각오를 보여 주는 말일 터다. 곳카이는 그래서 더욱 분개하며 집요하리만치 따지고 들었지만 오키미의 결심을 뒤집지는 못했다.

한편 가와지도 히라도로 돌아갈 날이 다가와 정신없이 바쁜 가운데서도 최선을 다했다.

다행히 졸중으로 쓰러진 가와지의 부친은 목숨은 건질 수 있었다. 하지만 내내 자리보전하는 형편이라 직무로 복귀하기는 힘들 거라는 의원의 진단이 있었다고 한다. 가와지는 당장이라도 가독을 상속해야 하고 혼인 이야기도 나올 터였다.

가와지는 머나먼 서쪽 땅 끝에 사는 부모 대신 우선 상관과 에도 상번저에 사는 친척과 상의했다. 에도 처자가 히라도에 쉬이 적응할 수 있을 리가 없다는 둥 어차피 상가에서 신부를 맞을 거라면 더 부유한 상가의 딸을 택해야 한다는 둥 처음에는 다들 반대했지만, 가와지는 끈기 있게 설득했다. 이때 힘을 발휘한 것은 역시 신붓감의 작은할아버지가 대형 사찰의 주지라는 사실과 든든한 뒷배가 되어 줄 5백 석 하타모토인 오카모토가였다.

오키미는 오카모토의 딸로서 시집가는 것이니 가와지가는 물론이고 주군인 마쓰라가에도 득이 되는 혼인이다.

가와지는 부모에게 자기 뜻을 적어 보내고 상관과 친척의 승낙이 담긴 서신을 첨부했다.

물론 가와지의 부모는 갑작스러운 이야기에 몹시 놀란 듯했지만, 아들의 열의와 주위의 찬동에 마음이 움직였는지 곧 허락의 뜻을 전해 왔다. 서신이 오가는 데만 한 달 반이 걸렸고, 그로부터 불과 며칠 뒤인 3월 말, 가와지는 참근교대 하는 주군을 따라 에도를 출발했다.

가와지가의 허락이 떨어질 때까지 오키미는 불안해했고, 허락이 나자마자 미리 이야기해 두었던 오카모토가로 급히 옮겨 갔다. 차분하게 지난날을 돌아볼 여유도 없었다. 지헤에는 당시를 떠올리며 무슨 초여름 태풍을 겪는 기분이었다며 한숨을 짓고 말았다. 동생은 그 말을 다른 뜻으로 해석한 듯했다.

"오에이는 역시 함께 가지 않는 거유?"

혼고를 향해 걸어가다가 지헤에를 힐끗 돌아보며 물었다. 지헤에가 잠자코 있자 동생이 덧붙였다.

"오카모토가에 가려고 하지 않는 것은 역시 혼담이 내키지 않기 때문이 아닐까."

오에이는 지헤에, 곳카이와 함께 딸을 데리고 오카모토가에 처음 인사하러 다녀온 뒤로는 한 번도 오카모토가를 찾지 않았다. 하지만 그것도 딸을 생각하는 부모 마음에서 나온 최선의 배려라고 지헤에는 짐작하고 있었다.

무가에서 새로운 일을 배우느라 여러모로 마음고생이 많겠지만, 오키미가 그것을 일일이 어미에게 불평한다면 머나먼 히라도에서 버티지 못할 것이다. 아마 내년 중에 오키미는 손이 닿지 않는 곳으로 떠날 것이다. 마음은 하루 종일이라도 오키미 곁에 붙어 있고 싶겠지만, 오에이는 애써 참고 있는 것이다.

"오에이는 이미 결정된 일을 두고 이러니 저러니 말하는 성격이 아니야."

"그건 그렇지만."

"오에이 말로는 고로야말로 너무 물러 터졌대."

손녀가 오카모토가에 신세 지는 만큼 종종 인사하러 가야 하지만 명절은 과자점에게도 대목이다. 5월 단오 때는 이틀 전에 치마키띠나 댓잎으로 말아서 찐 떡나 가시와모찌떡갈나무 잎에 싸서 찐 팥소를 넣은 찰떡으로 주로 단오에 먹는다를 들고 갔지만, 지난달 가죠嘉祥에는 가지 않았으니 오늘이 세 번째 방문이다. 음력 6월 16일 가죠에는 돌림병을 물리치기 위해 떡 16개나 과자를 공양하는 관습이 있다.

바쁘기로는 주지 스님도 마찬가지였지만 오키미를 몹시 걱정하는 곳카이는 매달 두 번은 드나들고 있었다.

"오키미도 이제는 제법 무가의 딸다운 모습이 보입디다. 역시 우리 피를 물려받아 머리는 나쁘지 않은 모양이우."

그래? 하고 지헤에는 시큰둥하게 대답했다.

전에 방문했을 때는 무가풍 머리 모양과 옷조차 버거워하는 인상이어서 아무래도 불안했다. 동생 말은 그저 혈육을 아끼는 심정에서 하는 말일 것이고, 두 달 안팎에 그리 쉽게 바뀔 리가 없다고 생각하며 내심 다시 한숨을 지었다.

하지만 지헤에의 짐작은 보기 좋게 어긋났다.

오카모토가의 객실에 나타난 손녀의 모습에 지헤에는 몇 번이나 제 눈을 비빌 뻔했다.

"곳카이 님, 할아버님. 오랜만에 인사 올리나이다."

복도에서 정중하게 절하고 고개를 들었다. 정숙한 자태를 뽐내는 처자가 제 손녀이란 것을 인정하는 데는 잠시 뜸이 필요했다.

"오키미……."

비취색 비단에 희고 작은 꽃을 흩뿌린, 계절에 꼭 어울리는 산뜻한 옷차림이었다. 늘 격자무늬 면 옷에 앞치마를 두른 모습이었으므로 소매가 길고 광택 있는 비단옷을 걸친 오키미가 꼭 다른 사람처럼 보였다. 저번에 만났을 때는 몸에 안 맞는 헐렁한 정장을 입은 아이 같았는데, 옷과 몸 사이에 보이던 틈새가 단 두 달 만에 깨끗하게 사라지고 없었다.

대체 무슨 요술을 부렸을까 하며 지헤에는 그저 입을 멍하니 벌리고 있었다.

"어떻습니까, 숙부. 이젠 완전히 무가의 딸처럼 되었지요?"

요시에가 자랑스레 가슴을 펴고 말하는데, 곳카이조차 토를 달 수 없었다.

"흐음, 올 때마다 더욱 그럴듯해지는 것 같구나. 이것도 다 오요시 님의 가르침 덕분이지."

오요시 님이란 요시에의 모친이자 타계한 큰형의 부인인 요시코를 말한다. 서예와 시문에 뛰어나서 곳카이도 그녀를 높게 평가했다.

오키미는 요시코에게 많은 사랑을 받고 있다고 한다.

그때 하녀가 차와 과자를 내왔다. 지헤에가 하녀에게 건네준 과자가 고급스러운 과자 그릇에 귀하게 쌓여 있었다.

“숙부가 만드시는 과자는 정말 맛이 좋습니다. 늘 맛나게 먹고 있어요.”

입에 발린 말은 아니라는 것은 알지만 지헤에는 마음 편하게 기뻐할 수만은 없는 이유가 있었다. 그런 심중도 모르고 요시에는 더욱 환하게 미소를 지었다.

“자, 자, 오키미도 여기 앉아서 같이 들자.”

요시에가 그렇게 말하며 자기 옆자리를 가리켰다. 오키미가 고개 숙여 절하고 양부 옆에 앉았다. 지헤에의 맞은편이었다. 가운데 놓인 다다미 한 첩이 터무니없이 넓게 느껴지고, 커다란 무엇을 잃어버렸다는 기분에 쓸쓸함이 사무쳤다. 지금 눈앞에 있는 사람은 난보시야의 씩씩한 간판 아가씨가 아니다. 곧 시집가게 될 오카모토가의 딸이다. 가슴이 저리도록 애달픈 현실이었다.

“오늘은 떡하고, 이건 센베이인가요?”

그 질문에 정신을 가다듬었다. 흡족해하는 요시에의 얼굴이 자신을 향하고 있었다.

“취향에 맞을지 모르겠지만 오늘은 산쇼모찌와 시라사고마쓰카제를 가져왔습니다.”

동그란 갈색 산쇼모찌는 쌀 반죽에 설탕과 붉은 된장미소 된장보다 숙성기간이 길고 짜다과 산초를 섞어서 만든다. 씹으면 산초향이 입안에 번져 더운 철에 어울리는 떡이다. 볼이 미어지게 먹은 조카가 만족스럽게 고개를 끄덕이고 이어서 다른 과자로 손을 뻗었다.

"시라사고마쓰카제라고 하셨나요? 이건 처음 보는 과자네요."

오키미가 작은 가루타일본의 전통 카드놀이에 쓰는, 일본 전통시가 적힌 네모난 종이 카드처럼 네모난 구운 과자를 들고 찬찬히 살펴보았다. 요시에 말대로 모양은 센베이에 가까우며 건과자의 일종이다.

끓는 물에 백설탕을 녹이고 보릿가루를 넣어 반죽해서 나무통에 재워 둔다. 겨울에는 7일, 여름에는 3일이면 표면에 오돌토돌 거품이 올라온다. 이때 백설탕을 더 넣어 휘젓고 얇게 펴서 구워 낸 뒤 표면에 통깨를 듬뿍 끼얹는다.

"미노에 갔을 때 익힌 마쓰카제松風라는 과자인데, 그곳에서는 겨자씨를 뿌리더군요. 겨자씨 대신 통깨를 듬뿍 뿌려서 흰모래를 표현한 겁니다."

교토에도 마쓰카제라는 이름의 비슷한 과자가 있는데, 이것은 미소된장을 쓰고 센베이보다 카스테라에 가깝다 할 정도로 폭신하다. 어느 쪽이 더 오래된 것인지 모르겠다고 지헤에는 말했다.

바삭 한입 깨문 요시에가 감탄하며 눈을 휘둥그레 떴다.

"정말 고소하네. 훌륭한 맛이에요."

"단맛은 강하지만 산뜻하군. 통깨의 풍미도 그만인걸."

조카의 말에는 결코 맞장구치지 않는 곳카이도 맛난 것 앞에서는 달라지는지 열심히 고개를 끄덕였다.

오키미도 요시에가 권하는 대로 산쇼모찌를 집어 들었다. 오키미는 산쇼모찌를 좋아해서 볼이 미어지도록 덥썩 베어 물곤 했는데, 지금은 모서리를 작게 한입 깨물고 천천히 음미했다.

'우와! 역시 여름엔 이게 최고예요!'

만사태평한 얼굴로 행복해하는 손녀 모습이 떠올라 또 쓸쓸함이 사무쳤다.

"역시 숙부가 만드는 과자는 다르다니까요. 고지야도 좀 보고 배웠으면 좋겠군요. 요즘 맛이 조금 떨어져서 말이죠."

고지야 이름이 나오자 지헤에는 몸을 움츠렸다. 과자를 들고 갈지 말지 망설인 것도 바로 그것 때문이었다.

저번에 방문했을 때도 조카는 고지야를 마뜩찮게 평했다. 그래서 과자를 들고 가는 것을 망설였던 것이다. 이쪽을 추어올리려고 저쪽을 폄하하는 말을 듣는 것은 결코 마음 편한 일이 아니다. 무엇보다 이 저택에는 고지야의 주인 다메에몬이 출입하고 있다. 조심성 없는 조카 입에서 언제 다메에몬의 악평이 튀어나올지 모른다는 생각에 지헤에는 안절부절못하고 있었다.

"실은 고지야에서 불상사가 잇따르고 있어서 말이죠."

숙부의 심중을 전혀 헤아리지 못한 요시에가 자못 비밀이라는 듯 목소리를 낮추었다.

"불상사야 어느 가게에서나 드물지 않게 일어나지."

나가야 아낙네들이 수군댈 만한 속된 화제에 곳카이가 미간을 찡그리며 말했지만, 요시에는 무가라면 파벌 항쟁에 맞먹는 사건이라며 더욱 몸을 기울이며 비밀스럽게 말했다.

"그러나 최고참 직인이 가게를 나가 버렸다면 예사로운 일이 아니지요."

지혜에는 짐짓 처음 듣는다는 얼굴을 했지만, 오카모토가에까지 알려졌다는 사실에 내심 놀랐다. 실은 고지야의 내부 분란은 과자 장인들 사이에서 소문이 자자했다. 지혜에도 소싯적 함께 일을 배우던 동료를 비롯하여 여러 동업자와 교류해 왔기에 알게 된 사실이다. 다메에몬이 요시에에게 말할 리가 없으므로 설마 무가에까지 알려지리라고는 생각하지 못했다.

고지야의 전대 주인은 과자 일을 배우기는 했지만 장인에 어울리는 사람은 아니었다. 본인도 그것을 일찌감치 깨달았는지 가게를 물려받자 과자 제조는 다른 직인에게 맡기고 판매에 전념했다. 그쪽으로는 재능이 뛰어나서 고지야는 한층 재산을 불렸다. 다메에몬도 그런 부친을 따랐는지 역시 과자 제조에는 나서지 않고 전대부터 부려 온 고참 직인이 그만두자 교토의 유명한 과자점에서 직인을 발탁해서 영입했다. 그게 아마 3년쯤 전이었다.

"동과 서동은 에도, 서는 교토와 오사카는 모든 방면에서 방식이 달라. 직인은 더욱 그러니, 서로 양보할 수 없는 점들이 있었겠지. 원래부터 일해 오던 직인들과 관계가 매끄럽지 못했던 건 아닐까?"

곳카이가 그렇게 추측했지만 조카는 자신 있게 고개를 저었다.

"한때는 그런 소문도 돌았지만 아무래도 차이는 동서가 아니라 주인과 직인 사이에 있었던 것 같습니다."

호오, 하고 곳카이가 비로소 흥미를 보였다.

고지야에는 대대로 내려온 요리미다키라는 훌륭한 과자가 있다. 그런데 다메에몬은 또 다른 간판이 될 만한 새로운 과자를 고집했다. 그러나 새로 개발한 과자가 요리미다키를 능가하는 성적을 내지 못하자, 다메에몬은 어렵게 교토에서 장인을 데려온 보람이 없다고 화를 내며 결코 해서는 안 되는 짓을 했다.

우두머리 직인을 비롯한 과자 장인들의 급료를 삭감한 것이다.

"섣부른 짓을 했군." 곳카이가 단언했다.

직인에게는 돈이 문제가 아니었다. 하지만 급료 삭감은 자기 기량을 부정당한 거나 마찬가지였다. 자긍심 높은 장인들이 가만있을 리가 없었다. 교토에서 온 우두머리 직인은 물론이고 오랫동안 일해 온 직인 여럿이 가게를 떠났고, 그 탓에 과자의 질이 뚝 떨어졌다는 소문이 나돌았다.

"간판이 될 만한 과자를 개발하자면 3년도 너무 짧아. 실패를 거듭할 때마다 궁리를 더하며 조금씩 다듬어 가는 게 당연한 거지. 5년 10년 기다릴 만한 도량은 있어야 해."

곳카이는 다메에몬의 짧은 생각에 쓴소릴 하자 지혜에도 하마터면 고개를 끄덕일 뻔했다.

"어느 다이묘가에서는 어용 간판을 반납하라고 압박했답니다. 예삿일이 아니죠."

단순히 맛이 떨어진 것만이 아니라 납품한 과자에 문제가 있었다는데, 그래서인지 무가 사이에서 고지야를 회피하는 풍조가 번지고 있다고 한다.

"우리 가문에서도 교류를 재고해야 하는데, 어머니가 요리미다키를 좋아하셔서 쉽게 인연을 끊지 못하고 있습니다."

요시에는 보다 격이 높은 가게를 택했다고 제 입으로 고지야와 거래를 터놓고도 손바닥 뒤집듯 박정한 말을 내놓았다.

"고지야도 그런 사정을 눈치챘는지 요즘 유난히 신경을 씁니다. 가끔 요릿집 같은 곳에 초대하기도 합니다."

싫지만은 않은지 요시에는 미소를 지었지만, 지헤에는 고지야가 노포이기에 겪어야 하는 곤경을 생각하니 안쓰럽기 짝이 없었다. 앞에 있는 오키미에게도 동업자를 험담해서는 안 된다고 가르쳤다. 이 화제는 그만 끝냈으면 하던 참에 마침 복도에서 하녀 목소리가 들렸다.

"나리, 오요시 마님이 나리를 부르십시다."

"어머니가? 무슨 일이지? 지금 숙부들이 와 계신다. 귀한 손님을 두고 어찌 자리를 비우라고."

"몹시 급한 일인 듯합니다. 한시라도 빨리 뵙도록 하시지요."

"어머니도 참, 당신 생각만 하신다니까."

무례한 말을 흘리면서도 요시에 엉덩이가 벌써 들썩이기 시작했다. 조카는 어머니 요시코 말에 전혀 힘을 쓰지 못한다. 그걸 잘 아는 곳카이는 더욱 찡그린 표정이 되었다.

"부군을 여의셨으니 아무래도 쓸쓸하시겠지. 이제 기댈 사람이라고는 아드님인 요시에 님뿐이니, 번거롭더라도 원하시는 대로 따라 드리는 것도 자식의 본분이지."

자못 스님다운 설교에 요시에가 안도한 얼굴로 자리에서 일어섰다.

"그렇습니까. 주지 스님께서 그렇게까지 말씀하시니 소홀히 할 수도 없고."

잠시 자리를 비우겠다고 양해를 구하고 요시에가 방을 나갔다. 차분하지 못한 발소리가 멀어지자 고개를 숙이고 있던 오키미가 갑자기 어깨를 떨기 시작했다.

"오키미?"

지혜에가 오키미 얼굴을 들여다보니 오키미는 활짝 웃으며 고개를 번쩍 들었다.

"아아, 웃겨라. 오요시 님이 예측하신 대로네요."

흡사 순식간에 변장하는 배우 같았다. 무가 따님의 모습은 한순간에 사라지고 지혜에가 익히 아는 오키미가 되었다.

"두 분이 오셔도 당주님이 늘 딱 붙어 있었죠. 그래서 밀린 얘기를 제대로 나눌 수가 없다고 불평하자 오요시 님이 눈치껏 배려해 주신 거예요."

"오키미, 너, 그런 당돌한 말을 했단 말이냐."

"아이, 드러내놓고 불평한 건 아녜요. 그런 거야 당연히 조심하고 있죠."

할아버지의 꾸중에 통통한 입술을 삐죽 내밀었다. 그런 모습도 예전의 오키미 그대로여서 김이 오르는 밥공기를 뚝딱 먹어 치운 것처럼 가슴속이 따끈따끈 데워졌다.

"이거 하나 더 먹어도 돼요? 역시 할아버지 산쇼모찌가 최고예요."

"그래, 얼마든지 먹으렴."

지혜에는 응석을 받아 주듯 자기 몫까지 오키미에게 내밀었다.

"옷이 무거워선지 예전처럼 먹을 수 없게 됐지 뭐예요. 옷자락을 왜 이렇게 질질 끌고 다녀야 하죠? 세상에 이렇게 걸어 다니기 힘든 옷도 없을 거예요."

마치 기모노 자락으로 걸레질하고 다니는 것 같다는 말에 형제가 함께 웃음을 지었다.

"게다가요, 격식 있는 무가라면 요리나 바느질 같은 건 연이 없을 줄 알았는데, 역시 배워야 한다는 거예요" 하고 요란하게 한숨을 짓는다.

하녀에게 시키려고 해도 주인이 아무것도 모르면 부릴 수 없고, 무엇보다 무가라 해도 언제 몰락할지 알 수 없다. 가문의 성쇠는 당주의 재능에 달렸고, 실제로 당주 요시에도 간신히 체면을 유지하고 있을 뿐 출세했다고 말하기도 힘들다.

"다도나 꽃꽂이, 거문고 같은 건 제가 전혀 모르잖아요."

"괜찮니, 오키미?"

곳카이가 걱정이 드는지 문득 얼굴이 흐려졌지만 오키미는 방긋 웃었다.

"하지만요, 서예와 시가는 아주 재밌어요."

허어! 하고 두 노인은 뜻밖이라는 듯이 동시에 감탄사를 흘렸다.

"오키미가 서예와 시가에 뛰어날 줄이야."

"아뇨, 작은할아버지. 결코 잘하는 건 아니고 그냥 배우는 게 고역이 아니라는 것뿐이에요."

사실 오키미는 요리나 바느질은 서툴지만 읽기 쓰기는 어릴 때부터 잘했다. 서당 훈장한테도 종종 칭찬받았지만, 여자아이라 학문을 익혀도 활용할 데가 없다. 그러나 무가의 여성이라면 교양을 살릴 길이 있을까, 하며 지헤에는 새삼 눈을 뜬 기분이었다.

서예는 아직 교본을 흉내 낼 뿐이지만, 시가는 요시코가 속마음을 그대로 노래하는 것이라고 가르치며 원하는 대로 쓰게 해 준다고 한다. 그러나 오키미는 조금 불만스러운 듯 입술을 오므렸다.

"그런데 제가 시를 지으면 오요시 님이 깔깔 웃으시는 거예요. 뭐가 그리 우스운지 통 모르겠어요."

와카5·7·5·7·7의 5구 31음으로 이루어진 시보다는 교카나 센류5·7·5의 3구 17음으로 된 시로 풍자와 익살이 특색이며 글자가 넘쳐도 될 만큼 자유롭다가 어울린다고 했다는데, 오키미는 아직 그 차이도 모르는 듯했다.

"오늘 아침도 교카를 배우고 옛날 시를 바탕으로 써 보았어요."

교카란 익살과 풍자를 담은 시로, 기존 와카 작품을 비튼 것도 많아서 오키미도 백인일수백 명이 지은 와카 하나씩을 선정하여 만든 선집에 있는 시를 살짝 비틀어 보았다고 한다.

"어디 할아버지에게도 하나 들려주련?"

지혜에가 부탁하자 오키미는 흔쾌히 좋아요, 하고 대답했다.

에흠, 하며 의젓한 척 헛기침을 한 번 한다.

"상록수 담장 너머로 경단 장수 소리 들리는 시절이 되었는가 어느새 여름이네."

자세를 바로하고 듣고 있던 것이 오히려 더 우스워지고 말았다. 지혜에도 참지 못하고 동생과 함께 웃음을 터뜨리고 말았다.

"뭐예요, 할아버지! 작은할아버지까지."

"아, 미안하구나. 오키미는 역시 경단을 좋아했지."

지혜에는 사과했지만 곳카이는 배를 안고 거침없이 웃었다.

"가을 정취가 경단 장수 목소리로 변할 줄이야. 사루마루 다유도 깜짝 놀라겠다."

산중에 단풍 헤쳐 밟으며 우는 사슴 소리가 들릴 때가 되었네 가을은 서글프리.

원작은 사루마루 다유의 작품이다. 설탕물에 띄운 경단은 오키미가 좋아하는 간식이니 경단 장수 목소리가 오키미에게는 여름을 고하는 무엇보다 분명한 풍물일 테지만, 가을 정취를 식욕으로 바꾼 것이 우스워 견딜 수 없었다. 정작 오키미는 턱없이 진지하여, 대체 무엇이 웃음을 사는지 모르겠다고 당혹스러워하는 모습이 더욱 웃음을 불렀다.

이렇게 웃는 것이 얼마 만인지.

돌아볼 것도 없이 난보시야에서 오키미의 모습이 사라지고 나서 처음이었다.

"고로 할아버지도 참, 오요시 님과 짜고 저를 웃음거리로 만들려는 거군요."

웃음을 수습한 곳카이는 자신도 요시코에게 인사를 해야겠다며 기분 좋게 방을 나갔다. 손녀와 단란하게 둘이 얘기할 시간을 주려는 배려일 테지만, 오키미의 볼은 뾰로통하게 부어 있었다.

"가와지 님에게 보내는 편지에도 한두 작품 적어 보냈는데, 역시 이렇게 재미난 시는 처음이라고 늘 웃으시더라고요."

요시코가 글쓰기 연습도 된다고 권해서 가와지 긴고에게 매달 세 번은 편지를 보낸다고 한다.

"열흘 간격이면 답신을 받기도 전에 또 쓴다는 말이냐" 하며 지헤에가 어이없어했다.

히라도와 서신을 주고받으려면 한 달 이상은 걸릴 것이다. 젊은 오키미는 그 기간을 기다리기 힘든지 매일 이것저것 열심히 적어

보내고 있었다. 가와지도 글을 제법 쓰므로 답신을 보내는 데 어려움이 없어 비슷한 빈도로 편지가 온다고 한다.

성미도 급하지, 하고 웃으며 지혜에는 두 사람의 마음이 변치 않았다는 사실에 안도했다.

"할아버지나 엄마한테도 편지를 보낼까 했는데요."

"나는 됐다. 글도 잘 쓰지 못하고."

과자첩을 만들 정도이니 지혜에도 글 쓰는 것을 싫어하는 사람은 아니지만, 편지는 또 다른 것이다.

"하지만 어느새 우는소리만 늘어놓을 것 같아서 그만두었어요."

지혜에는 허를 찔려 한순간 입을 다물었다.

"신부수업이 역시 힘들더냐?"

"여기 와 처음 얼마 동안은요……. 익숙한 일이 하나도 없었으니까요."

걱정은 했지만 손녀에게 직접 들으니 새삼 애처로웠다.

"단오 때는 할아버지께서 오셨잖아요. 사실대로 말하고 할아버질 따라서 돌아가고 싶었어요."

"그거…… 미안하게 됐구나."

"아뇨, 절 만나러 와 주신 건 너무 기뻤어요. 엄마는 전혀 얼굴을 비치지 않으니까. 하지만요, 그 자리에 엄마가 있었으면 저, 울어 버렸을지도 몰라요. 엄마도 그걸 알고 오시지 않은 게 아닐까요?"

"그럴지도 모르지."

시집간다는 것은 그런 것이다. 오카모토가에서는 요시에나 요시코가 자상하게 신경 써 주지만, 시댁에서는 자기 뜻대로 못 하는 일이 훨씬 많을 것이다. 데릴사위의 설움은 종종 듣지만, 시집살이의 설움은 당연시되므로 불평조차 금기다. 여성이라는 처지의 취약함과 동시에 그 강인함을 목도하는 기분이었다.

그런 흉중까지는 짐작하지 못할 테지만 오키미는 지헤에에게 위로하듯 말했다.

"하지만 이젠 괜찮아요, 할아버지. 마음먹기에 따라서는 이 저택에도 내가 모르던 즐거움이 있다는 것을 알았어요. 아마 히라도에 가도 역시 뭔가가 눈에 띌 거예요."

결코 그냥 하는 말이 아니라고 느껴질 만큼 오키미의 목소리는 밝았다.

"그래, 너라면 틀림없이 잘 지낼 게다. 가와지 님도 계시니까."

"가와지 님도 손꼽아 기다리고 있다고 편지에 적으셨는데, 제가 가면 매일 재미있는 시를 들을 수 있을 것 같아서래요. 별로 반가운 소리는 아니지 않나요?"

이 말에는 지헤에도 거침없이 웃었다.

아까 고지야의 소문을 들으며 품었던 암울함이 햇살에 흩어지는 아침 안개처럼 가시고 있었다.

"오요시 님이 오키미를 아끼시는 건 분명한 것 같소."

오카모토가의 현관을 나서자 곳카이가 기분 좋게 형에게 보고했다. 다만 조카에 대해서는 역시 신랄하여, 요시코와 셋이서 이야기하는 동안에도 내내 불평만 늘어놓았다고 불만을 드러냈다.

"잘살던 지난 시절만 그리워하고, 나중에 자기도 지위가 오르면 어쩌고저쩌고 하며 헛된 기대에 차서 설레발치는 소리나 늘어놓더군."

봉록 5백 석은 타계한 전대나 전전대가 쇼군의 오난도야쿠로 일하던 시절이고, 요시에는 현재 그보다 가벼운 직무에 머물러 있다. 실제 봉록은 350석 정도라 형제가 어릴 때보다 살림은 어려워진 듯했다.

오키미도 계산이 빠르므로 그런 사정은 짐작하고 있을 것이다. 오카모토가의 실정을 슬쩍 털어놓았다.

"실수입이 줄었다면 긴축하면 되잖아요. 그런데도 무가에서는 그렇게는 못 한대요. 이상한 얘기죠."

무엇보다 체면을 중시하는 무가의 관습은 조닌이 이해하기 힘든 것이었다.

하지만 동생은 당주의 정신 상태가 썩었다고 가차 없이 깎아내렸다. 무엇보다 요시에가 자기 직책이 낮은 이유를 시대 탓으로 여기는 태도를 걱정했다.

"당주가 갑자기 파면되거나 적자가 어려서 직책을 상속받지 못하여 가세가 기울 수도 있잖수. 그런 불행한 일이 없는 걸 오히려 고맙게 생각해야지."

저래서는 틀렸수, 하고 곳카이는 씁쓸한 얼굴이 되었다.

요시에가 직책을 받고 에도 성을 드나든지 얼마 지나지 않아 덴포天保 개혁이 시작되었다. 단 2년 반 만에 흐지부지된 악명 높은 개혁이기는 했지만, 인사에도 영향을 미쳐 가문보다 재능과 근무 성적을 중시하는 풍조가 강해졌다. 신분이나 가문에 얽매이지 않고 실적이 있는 자를 승진시키자 역으로 피해를 본 자도 나타났다. 나만 조부와 동등한 직책에 앉지 못하고 밑에 있던 자들에게 추월당했다, 나만 혜택을 보지 못한 것은 태어난 시절이 나쁜 탓이다. 요시에는 이렇게 노골적으로 불만을 늘어놓았다.

"어리석은 것 같으니. 저래서는 제 무능을 제 입으로 떠벌이는 꼴이지."

왜 그걸 모르는지, 하고 곳카이가 내뱉듯이 말했다.

"재능 있는 자는 자신의 무능을 누구보다 잘 알지. 그래서 쉬지 않고 노력하고 쓰러져도 일어서고 때로는 기어서라도 전진하려고 해. 세상 사람들이 말하는 천분이란 그런 것이우."

으스대기만 해서는 진보를 바랄 수 없고, 세상 탓이라고 대책 없는 불만만 흘리는 것은 땅바닥에 주저앉아 계속 손가락이나 빠는 것과 같다. 곳카이는 제 생각을 한바탕 토로했다.

"고로는 여전히 설교를 좋아하는군."

"별 수 있나, 중은 그게 일인걸."

문득 조카 요시에와 다메에몬이 지혜에 머릿속에서 겹쳐졌다. 처지는 다르지만 속에 같은 것을 품고 있다는 느낌이 들었기 때문이다.

낙조에 물든 거리는 여전히 한낮의 열기를 품고 있었다. 그런데도 지혜에는 한기를 느끼고 있었다.

편지를 가져온 것은 이웃 꼬마였다.

"어떤 아저씨가 과자점 할아버지한테 전하라고 했어요. 아주머니한테는 보여 주지 말라면서요."

아이에게 푼돈을 쥐여 주고 편지를 펼쳤다. 삐뚤빼뚤한 글자가 보였다. 뜻밖의 인물이 보낸 편지에는 어떤 장소와 날짜가 적혀 있었다.

이튿날 저녁, 지혜에는 외출 준비를 마치고 딸에게 말했다.

"그럼 다녀오마. 그리 늦지는 않을 거다."

"모처럼 출타하시는데 천천히 오셔도 돼요."

웃는 얼굴로 전송하는 딸에게 조금 양심의 가책을 느꼈다. 오에이에게는 간만에 과자 만드는 장인들을 만나러 간다고 해 두었다.

고지마치는 10초메까지만 요쓰야 성문 안쪽에 있다. 지혜에는 성문을 지나 고지마치의 끝인 13초메로 향했다. 이 근방도 눈에 익은 곳이다. 어렵지 않게 찾을 수 있을 줄 았았지만, 편지에 적힌 가게는 뒷골목에 있어서 인부들이 드나드는 비슷한 선술집들이 여기저기 흩어져 있었다. 중간에 길을 잃어버렸다.

점차 어둠이 짙어지는 거리에 멈춰 서서 좌우를 살펴보는데,

"난보시야 주인장 아닙니까" 하는 소리가 들렸다.

"요전번엔 겨우 1몬 가지고 객쩍은 소리를 했네요."

거스름돈 얘기라는 것을 알아듣고, 아하, 하는 소리를 내고 말았다. 오카모토가를 방문한 날이었는데, 그로부터 벌써 닷새가 지났다. 지헤에는 거스름돈을 1몬 모자라게 건네준 젊은 직인이라는 것을 떠올렸다.

"단골손님 얼굴도 금방 떠올리지 못하고, 정말 미안합니다."

"그렇게 많은 손님을 접하니 기억하지 못하는 것도 무리가 아니죠."

요전번처럼 서글서글한 웃음을 보여준다. 모처럼 아는 얼굴을 본 김에 지헤에는 찾고 있는 가게 이름을 말해 보았다.

"그 가게라면 저도 자주 가는 가게입니다. 동쪽 첫 번째 뒷길로 들어가 오른쪽으로 꺾으면 되는데…… 아, 괜찮으시면 제가 안내하죠. 그 근방은 길이 복잡해서 처음 가는 사람은 찾기 힘들어요."

설명을 마치자 직인은 앞장서서 걷기 시작했다.

고맙다고 인사하자 직인은 뜻밖의 말을 했다.

"혹시 미장이 슈조 씨를 만나러 가세요?"

"그렇습니다만…… 아는 사이신가요?"

"저 역시 미장일을 해서요. 세이키치라고 합니다."

같은 사람 밑에서 일해서 일터에서 만날 때가 많아 친하게 지낸다고 했다.

"실은 제가 난보시야에 가게 된 것도 슈조 씨가 부탁했기 때문이었습니다."

"그랬습니까."

"따님이 어떻게 지내는지 살펴봐 달라고 해서요."

오에이의 전남편 슈조는 오랫동안 에도를 떠나 있다가 1년쯤 전에 돌아왔다. 그 뒤로 오에이는 센다가야에 있는 슈조의 나가야를 가끔 찾아갔지만, 오키미 눈을 의식해선지 관계를 회복하지는 않았다. 오키미는 젊은 외간 여자와 바람을 피운 아버지에게 여전히 응어리를 풀지 않고 있었다.

지헤에에게 편지를 전한 것도 슈조였다. 오에이 모르게 와 달라니. 대체 무슨 일일까 의아해하며 여기까지 걸음을 옮겼는데, 세이키치 이야기를 듣고 보니 납득할 수 있을 것 같았다.

"그렇게 그 아이를 걱정하고 있었다니."

"빠릿빠릿하게 일하고 있다는 둥 늘 싹싹하게 손님을 대한다는 둥 매번 비슷한 말밖에 해 줄 수 없었는데, 그래도 슈조 씨가 기뻐하는 것을 보니 조금 딱하더군요."

사정을 대강 알고 있는지 안쓰러운 듯 낯을 찡그렸다. 지헤에가 가게에서 접객을 하게 된 것은 오키미가 떠난 뒤부터였지만, 올해 초부터 매달 한두 번은 난보시야에 들렀다고 한다. 슈조의 부탁이었다고 해도 애써 찾아 줘서 고맙다고 지혜에가 고개를 숙이자 세이키치는 겸연쩍은 듯이 웃었다.

"근방에 공사장이 많아서 일하는 틈틈이 들렀을 뿐인걸요."

지금은 슈조와 같이 일하지 않지만, 요즘도 근처 공사판에서 일하고 있어서 퇴근길에 동료들과 한잔하러 온 참이라고 했다.

"그곳 과자가 맛있어서 점점 즐겨 먹게 되었는데…… 하지만 오키미 씨가 매대에 나오지 않고 나서는 저도 발길이 뜸해졌죠."

조금 아쉽다는 듯이 말하는데 마침내 선술집에 도착했다. 피를 나눈 사이는 아니지만 간만에 만나는 두 사람을 어색하게 만들 생각은 없는지 세이키치는 선술집 앞에서 떠났다.

그리 넓지 않은 선술집은 일을 마치고 온 사람들로 북적였다. 지혜에가 포렴을 헤치고 들어서자 한쪽 구석에서 금방 목소리가 날아왔다.

"오래간만에 뵙습니다, 아버님. 잘 찾아오셨군요."

7년 만에 만난 사내는 나이보다 훨씬 늙어 보였다.

"자네도 편안하게 사는 것은 아닌 모양이군."

애초에 원망이나 쓴소리를 던질 생각은 없었지만 겨우 7년 사이에 두 배는 늙어 버린 모습에 가슴이 아팠다. 사죄하는 말이 길어지려고 하자 지혜에는 얼른 말허리를 자르며 말했다.

"오키미는 잘 지내고 있네."

슈조는 그 말이 소중하게 품어 온 마음 한가운데 꽂힌 것처럼 숨을 한 번 크게 들이마셨다가 천천히 토했다.

"그렇습니까……."

복잡한 심정이 눈에 보이는 듯했다. 축복받은 혼인이라고 세상 사람들이 부러워하는 혼담이라도 다시 만나기 힘든 먼 지방으로 시집가는 것이니 마냥 기뻐할 수는 없다. 가문의 격을 생각하면 고생길이 훤히 보인다. 실은 큰 소리로 반대하고 싶겠지만 슈조에게는 그럴 자격이 없다. 그런 모든 심정이 그의 얼굴에 쓸쓸한 그늘을 만들고 있었다.

"내가 오키미를 만나고 왔다는 소식을 오에이한테 듣고 그 아이가 어떻게 지내는지 궁금했겠지."

고개를 떨어뜨리듯이 끄덕였다. 지혜에가 오카모토가를 방문하고 이틀 뒤, 오에이는 슈조를 찾아갔었다.

"오에이한테는 아무 말도 듣지 못했나?"

"짤막하게만……. 원래 말수가 적은 사람이라서, 잘 적응하는 것 같다고, 걱정할 거 없다고, 그런 이야기만……."

슈조는 치켜뜬 눈길로 지혜에를 힐끗 쳐다보았다.

"아버님이 무가 출신이라는 것도 이번에 처음 알았습니다."

"미안하이."

지헤에는 사과했지만 슈조도 놀라기만 했을 뿐 그 사실에 특별히 할 말은 없어 보였다. 다만 그 때문에 자기 손이 닿지 않는 곳에서 딸의 혼담이 진행된 것에 갑갑한 심정은 있을 것이다.

"자네가 늘 오키미를 걱정하고 있다는 것은 세이키치 씨한테 들었네."

오는 길에 우연히 만나 이 가게까지 안내받았다고 하자 슈조는 거북한 표정이 되었다.

"실은 세이키치를 가게에 보낸 데는 다른 목적도 있었습니다……. 세이키치를, 오키미에게 어떻게든……."

지헤에는 깜짝 놀라 상대방을 빤히 쳐다보았다.

"이번 혼담이 나오기 전의 이야기입니다. 어떤 무사와 오키미가 너무 가깝게 지낸다며 오에이가 몹시 걱정하기에……."

"가와지 님 말인가?"

"예. 덩달아 저까지 초조해져서, 그래서……."

그랬군, 하고 지헤에는 고개를 끄덕였다.

"올해 스물넷이니까 마침 나이 차이도 적당하고, 젊은 나이에 기량도 뛰어납니다. 무엇보다 심성이 바른 사람이고요."

"음, 내가 봐도 그런 것 같더군."

이름처럼세이키치는 한자로 淸吉 성격이 선선하다는 것은 여러 번 만나지 않은 지헤에도 느낄 수 있었다.

"하지만, 솔직히 말하면 어떤 놈한테도 주고 싶지 않지만요."

"그렇겠지" 하고 지헤에는 희미하게 웃었다.

"오키미가 미장이한테는 시집가지 않겠다고 한다죠. 그 얘기도 처한테 들었습니다."

안타까운 눈빛을 하던 슈조는 곧 실언을 깨달은 듯했다.

"아뇨, 그, 처가 아니라…… 전처, 지만요."

갑자기 말을 더듬는 모습에 지헤에는 미소를 지으며 상대방 술잔에 술을 따라 주었다.

안주는 간장과 술을 발라 구운 농어양념장구이, 월과절임, 문어와 무를 식초에 무친 다코나마스였다. 직인들이 모이는 주점이라 그런지 지헤에 입에는 조금 간이 셌지만 맛은 나쁘지 않았다.

"오에이는 자네 처야."

"아버님……."

"많은 일들이 있었지만 결국 한 남자와 해로할 수 있다면 오에이한테도 행복한 일이지. 나는 그렇게 생각하네."

마시던 술잔을 쟁반에 내려놓고 슈조가 고개를 떨어뜨렸다. 고맙습니다, 하는 작은 목소리가 들렸다.

"오키미가 무사히 결혼하면 센다가야에서 다시 살림을 합치라고 오에이에게 말할 생각이었네."

"하지만 그렇게 되면 아버님이 외로우시잖아요." 슈조가 당황하며 고개를 들었다. "그렇다고 죄를 지은 제가 고지마치에 들어가 살 수도 없고……."

대답 대신 지혜에는 선물로 줄 과자를 담아 온 종이에서 시라사고마쓰카제 하나를 꺼내 슈조에게 내밀었다.

"이건 마쓰카제라는 과자일세. 앞과 뒤가 색이 다르지?"

과자를 뒤집어 본 슈조가 고개를 끄덕였다. 통깨를 뿌린 앞면은 노르께하게 구워져 있어 자못 고소해 보이는 데 반해 뒷면은 설구워진 것처럼 희멀건 것이 어딘지 쓸쓸하다.

"보는 대로 '뒤裏 우라'가 '쓸쓸하네寂しい 사비시이'. '어쩐지 쓸쓸하다うら寂しい 우라사비시이'고 하면 역시 솔숲을 지나는 바람이지. 그래서 마쓰카제松風라고 이름을 지었다고 하더군일본 고전문학에서 '솔숲을 지나는 바람'은 흔히 쓸쓸함을 상징하는 단어."

"만담 같은 건가요."

슈조는 쓴웃음을 지었지만 과자 이름 중에는 뜻밖에 이런 식으로 지어진 것이 많다.

"마쓰카제를 팔던 가게 주인이 이걸 들고 진지하게 말하더군. 딸을 시집보내는 부모의 마음 같다고 말이야."

슈조는 흠칫 놀라 지혜에와 잠시 눈길을 나누었다.

딸이 결혼하는 날은 부모에게 무엇보다 기쁜 날이다. 하지만 뒤집어 보면 쓸쓸함이 사무치는 날이다.

"그래도 딸이 행복하기만 하다면 조금쯤 쓸쓸한 것은 아무것도 아니지. 오에이에게 자네와 단둘이 살아갈 기회를 주고 싶네."

슈조는 잠시 과자를 지그시 바라보다가 뿌드득 소리가 나도록 어금니를 물었다.

"그렇군요, 마쓰카제라……."

피차 외동딸을 가진 처지이니 슈조의 심정을 손에 잡힐 듯 알 수 있었다.

"저도 오키미가 행복하다면 그것으로 충분합니다."

슈조는 고소하고 달콤한 맛을 아끼는 것처럼 천천히 마쓰카제를 깨물었다.

"그럼 아버님, 저는 여기서 이만."

도로로 나서자 두 사람은 왼쪽 오른쪽으로 헤어졌다. 대화를 나눈 시간은 일 각 정도였지만 슈조는 어느새 지헤에를 예전처럼 친근하게 부르고 있었다.

화제는 오로지 신부수업중인 오키미였다. "경단 장수 소리 들리는 시절이 되었는가 어느새 여름이네"를 읊어 주자 슈조는 비로소 웃음을 터뜨렸지만, 이내 "그래 가지고 정말 무가의 며느리가 될 수 있을지" 하며 더욱 걱정했다.

아직 달이 뜨지 않았지만 거리에 등불을 밝히는 가게가 띄엄띄엄 보였다. 지헤에는 흡족한 기분으로 등불을 짚어 가듯 집으로 향했다.

요쓰야 성문을 지나 고지마치 10초메로 접어들 때였다. 등롱을 든 하인을 앞세운 잘 차려입은 상인이 그를 불러 세웠다.

"오, 난보시야 씨. 지금 돌아가십니까."

목소리를 듣고 흠칫 놀랐다. 고지야 다메에몬이었다.

"이런 시간에 어쩐 일로. 어디 다녀오시는 길입니까?"

"예, 같은 일을 하는 동료들을 만나고 오는 참입니다." 딸에게 했던 거짓말을 내놓았다.

"부럽군요. 저도 요릿집에서 돌아가는 길인데, 단골손님을 접대하느라 긴장을 풀 수 없어서 취할 여유도 없었습니다."

난보시야는 6초메, 고지야는 그 너머 1초메에 있다. 그다지 내키지는 않는 길동무지만 자연히 어깨를 나란히 하고 걷게 되었다.

"그러고 보니 손녀분이 히라도 마쓰라가의 가신에게 시집간다고 하더군요. 얼마나 부러운 소식인지."

유난히 정중한 축하의 말에 지헤에는 당황했다. 고지야는 오카모토가에 출입하고 있으니 혼담도 요시에에게 자세히 들었을 것이다.

"마쓰라가가 뒷배를 봐주면 장사도 한결 나아지겠지요."

"아뇨, 저희 같은 작은 가게는 뒷배니 어용 간판이니 하는 것과 애초에 인연이 없습니다."

가식 없는 이야기였지만 상대방의 신경을 건드린 것 같았다. 까칠한 분위기를 느끼고 지헤에는 자기가 실언을 했음을 알았다. 고지야는 어느 다이묘 가문의 눈 밖에 나서 어용 간판을 반납해야 했다. 어용 간판이란 말을 하는 게 아니었는데, 하며 후회했지만 이미 엎질러진 물이었다.

다메에몬은 짐짓 음울한 한숨을 지었다.

"난보시야에 비하면 우리는 자꾸 가라앉고만 있으니…… 뭐, 소문을 들으셨겠지만."

"……장사라는 것이 원래 굴곡이 있게 마련이지요."

무난한 대답이 고작이었다. 밤이 되어도 더위는 살갗에 성가시게 들러붙었다. 그런 무거운 열기를 품은 불평인지 악담인지 모를 말투로 다메에몬이 말했다.

"그 탓에 우리 딸내미 혼담도 깨져 버렸습니다."

"아, 저런."

조금 놀라며 다메에몬에게 혼기에 든 딸이 있었던가 하고 고개를 갸웃거렸다.

"사실 이쪽이나 그쪽이나 재혼 혼담이었지만요. 그래도 아주 큰 상점이라 딸도 싫어하지 않았는데, 우리 가게가 부진하다는 걸 알고 바로 거절하더군요."

"너무 박정하군요."

"뭐, 세상일이 다 그렇죠. 누구나 날씨를 살피고 비구름은 피하려고 하니까요."

어느새 6초메에 접어들었으니 난보시야가 지척이었다. 이제 거북한 길동무와 헤어질 수 있었다. 내심 안도의 한숨을 짓는데 다메에몬이 의미심장하게 말했다.

"남의 일처럼 말씀하시는 것 같은데…… 여름은 특히 날씨가 쉬 변하지요. 조심하시는 게 좋을 겁니다."

왼쪽으로 꺾어들면 난보시야지만, 땅바닥에 풀을 발라놓은 것처럼 지혜에의 발은 떨어지지 않았다. 거의 협박처럼 느껴지는 울림이 영 불길하기만 했다.

"고지야 씨, 대체 무슨 말씀이십니까."

지혜에보다 키가 조금 더 큰 다메에몬이 얼굴을 쓱 가까이 하더니 지혜에 귓가에 빠르게 속삭였다.

그 순간 온몸이 얼어붙어 손가락 하나 까딱할 수 없게 되었다.

찌는 더위에 내놓은 얼음 조각상처럼 목덜미와 등에 땀이 줄줄 흘러내렸다. 다메에몬이 의미심장한 표정 그대로 작별 인사를 하는 듯했지만 그 소리조차 들리지 않았다.

하인과 함께 떠나려고 하는 뒷모습을 향해 지혜에는 안간힘으로 목소리를 냈다.

"잠깐만요, 고지야 씨!"

막혀 있던 목에서 엉뚱하게 커다란 목소리가 나왔다. 매달리다시피 다메에몬을 붙들었다.

"전부터 납득하지 못한 것이 하나 있소. 왜 우리처럼 작은 가게를 그렇게 신경 쓰시는지 모르겠소. 내가 무슨 잘못이라도 했소? 고지야 씨 마음에 들지 않는 짓이라도 했단 말이오?"

지혜에를 돌아보는 얼굴엔 평소의 붙임성 좋은 웃음이 지워지고 오싹할 만큼 잔혹한 표정만이 남아 있었다. 하인에게 등롱을 건네받고 파리라도 쫓듯이 하인을 먼저 보냈다.

"나는 말이오, 지헤에 씨. 늘 당신과 비교당해 왔소. 그것도 젊을 때부터 내내."

"비교를 당하다니, 고지야와 우리 가게는 애초에 격이 다른데……."

"왜 비교할 게 없겠소. 과자 기술도 있고 장사 수완도 있지. 돌아가신 부친에게 내가 당신 같은 아들이었으면 얼마나 좋을까 하는 한탄을 귀에 못이 박이도록 들었소."

"과자 기술이라면 조금 자부심이 있소만 장사 수완이라니, 그런 건……."

"온갖 지방의 과자들을 요술이라도 부리는 것처럼 열심히 매대에 내놓으니 손님이 싫증 내지 않지. 하루에 두세 종만 만드니 재료 조달도 부담스럽지 않으니, 그보다 현명한 방식도 없다며 부친은 툭하면 당신과 나를 비교했어."

점원도 고용하지 않는 알뜰함과 손님에게 환영받는 다양한 과자를 고지야의 전대는 높이 평가한 듯한데, 이재에 밝다고 알려진 전대도 아마 한 가지는 간파하지 못한 듯했다.

난보시야에 손님이 장사진을 이루는 것은 무엇보다 값이 저렴하기 때문이다.

하루 벌어 하루 사는 서민도 제대로 된 과자를 먹게 하고 싶다.

그래서 재료와 조리법을 궁리하고 이문은 아슬아슬할 정도로 박하게 억제했다. 손님들이 높이 평가해 준 것도 바로 그런 자세라고 지헤에는 생각하고 있었다.

점원을 고용할 여유도 없을 만큼 이문이 박하다는 것을 고지야의 전대는 간과했다. 애초에 고급 과자점과는 인연이 먼 장사 기법이지만, 부친에게 자꾸 비교당한 다메에몬은 마음에 깊이 담아두었던 듯하다.

다메에몬은 조부와 부친 어느 쪽의 재능도 물려받지 못했다. 조부와 같은 장인도 될 수 없었고 부친처럼 장사 수완이 뛰어난 것도 아니다. 어중간한 상태에서 열등감만 키워 왔을 것이다.

전혀 엉뚱한 분풀이였지만 반박할 말은 나오지 않았다. 상대도 안 될 만큼 작은 과자점 주인과 비교를 당하니 다메에몬의 자존심이 산산이 부서지고 말았을 것이다.

저도 모르게 솟아난 연민을 다메에몬도 민감하게 느꼈는지 표정이 험악해졌다.

"우리 잘못으로 어용 간판을 잃었다고들 하는데, 분명히 말해두지만 그건 누명이야. 그 다이묘 가문의 재정이 결딴나서 호사스러운 과자에 돈을 쓸 수 없게 되었지. 그래서 우리와 거래를 끊으려고 과자에 문제가 있었다는 식으로 트집을 잡은 거란 말이야."

다이묘 가문이라면 무슨 일이 있어도 돈이 궁해서 거래를 끊겠다는 말은 하지 못한다. 고지야에서 직인이 몇 명씩이나 그만두었다는 소문이 들리자 이것을 핑계로 이용했을 것이다. 하지만 그쪽은 고지야에게 규모가 상당히 큰 거래 상대였다. 다메에몬도 그곳에 납품하는 과자에는 특별히 신경을 써 왔다고 한바탕 역설했다.

어용 간판을 잃자 근거 없는 풍문이 더욱 기승을 부려 딸의 혼담마저 깨졌다. 다메에몬은 모든 울분을 난보시야와 지혜에에게 퍼붓고 있었다.

다메에몬의 귀엣말이 머릿속에서 날벌레처럼 어지럽게 날아다녔다.

—나라님의 숨겨 둔 아들이 엉뚱한 음모를 품고 있다고 하면 그냥 넘어가진 않을걸.

거센 바람이 불어와 길가의 소나무 우듬지를 사락사락 소리가 나도록 흔들었다.

불길한 소리를 들으며 지혜에는 그 자리에 우두커니 서 있었다.

南　星　屋

마지막 과자

난텐즈키

어둠 속에서 바깥 널문을 거칠게 두드리는 소리가 들렸다.

손을 더듬어 널문에 손을 대려는 순간 널문이 바깥에서 부서지며 포악한 관리들이 봇물 터진 듯 쏟아져 들어왔다. 그들의 검은 파도에 휩쓸리려는 순간 오에이 목소리에 눈을 떴다.

"괜찮으세요, 아버지? 심하게 가위눌리신 것 같은데."

지헤에의 고통스러운 잠꼬대는 옆방에서 자던 딸에게까지 들린 듯했다. 오에이가 수건을 내밀었다. 이마에 식은땀이 가득 맺혀 있었다.

"미안하구나, 꿈자리가 조금 사나워서."

부엌에 갔다 온 오에이가 물이 담긴 찻잔을 내밀었다. 지헤에가 절반쯤 마시기를 기다렸다가 조심스레 물었다.

"아버지, 무슨 걱정거리라도 있어요?"

그제 밤에도 딸 덕분에 악몽에서 깨어났다. 다메에몬을 만난지 벌써 닷새가 지났는데도 매일처럼 불길한 꿈을 꾸고 있다.

그때 다메에몬이 내뱉은 악의에 찬 말들이 아무래도 귓속에서 사라지질 않았다.

카스도스 건으로 마치부교쇼 도신에게 붙들려 갔을 때의 충격과 공포가 다메에몬의 저주와 겹쳐져 악몽으로 나타났을 것이다. 알고는 있었지만 딸한테는 아무 말도 할 수 없었다.

"하여간 매일 잠자리가 사납구나. 이 나이가 되니 더위를 견디기가 힘들어졌어."

어느덧 입추가 지났지만 여름은 아직 수그러들 기미가 없었다.

아버지의 변명을 그대로 믿을 딸은 아니지만 괜한 참견을 할 성격도 아니었다

"정말 이제는 좀 선선해졌으면 좋겠네요."

그렇게 대답하고 오에이는 자기 방으로 돌아갔다.

혼자 남자 또 음흉한 목소리가 어둠 속에서 불길하게 올라왔다.

—나라님의 숨겨 둔 아들이 엉뚱한 음모를 품고 있다고 하면 그냥 넘기진 않을걸.

지체 높은 사람은 많지만 나라님이라 불리는 사람은 여기 에도에는 단 한 사람뿐이다.

지혜에는 7년 전 타계한 11대 쇼군 이에나리의 아들이었다.

내내 두려워하던 재앙이 눈앞에 모습을 드러낸 것은 그로부터 나흘 뒤였다.

다만 난보시야에 찾아온 것은 꿈에 나타나던 무리가 아니라 젊은 수하들을 동반한 잘 차려 입은 무사였다.

"가치메쓰케徒目付 조장 아리마 히사시게다. 공무상 너에게 물어볼 것이 있어서 왔다."

아리마는 상부 명령에 따른 출동이라는 사실을 알렸다. 가치메쓰케는 메쓰케目付의 수하로, 메쓰케는 하타모토나 고케닌 같은 고위 무사를 감찰하고 다양한 정탐 활동도 한다. 가치메쓰케는 10명으로 구성된 메쓰케의 손발이 되어 실질적인 조사를 수행하였다.

가치메쓰케라는 말에 지혜에는 즉시 사정을 눈치 챘다.

"이야기가 조금 복잡할 것 같다. 너는 센다가야라도 다녀오는 게 좋겠다."

방문객에게 차를 내준 오에이에게 지혜에가 말했다. 센다가야에는 오에이의 전남편 슈조가 있다.

마침 가게 문을 닫은 뒤라 저녁식사를 준비할 때까지는 특별한 일도 없었다.

"하지만…… 아버지 혼자 괜찮으시겠어요?"

요즘 아버지 모습에서 뭔가를 느끼고 있었는지 오에이가 내키지 않는 표정을 지었지만, 지헤에는 딸을 밖으로 내보냈다. 아리마도 수하들을 밖에 대기시켜 두었다.

"무슨 일로 저를 찾으셨는지요?"

두 사람이 좁은 방에 마주 앉자 지헤에는 동요를 감추느라 안간힘을 썼다.

지헤에가 자신의 출생을 안 것은 열 살 때였다.

한밤중에 뒷간에 가는데 방에서 불빛이 새어 나오고 있었다. 날벌레처럼 불빛에 끌려간 것은 캄캄해서 겁이 났기 때문인지도 모른다. 그때 아버지와 형의 목소리가 들렸다.

"그럼 오키타카, 너는 고헤이지에게 가독을 양보하겠다는 거냐?"

아버지의 놀란 목소리가 먼저 귓바퀴로 날아왔다. 고헤이지는 보이지 않는 벽에 부딪힌 것처럼 방문 앞에 걸음을 멈추고 우두커니 서 있었다.

"나라님 피를 받은 고헤이지를 언제까지 찬밥 취급 할 수는 없습니다."

형의 목소리가 들렸을 때 지진이 일어난 것처럼 발밑이 흔들리는 것을 느꼈다.

어느 곳보다 안심할 수 있는 내 자리라고 믿었던 오카모토가가 갑자기 삐걱삐걱 소리를 내며 흔들리기 했다. 실제로 오카모토가는 나라님의 숨겨 둔 아들이라는 무거운 짐을 떠안고 삐걱대고 있었다. 장남 오키타카는 가문의 위기를 막기 위해 스스로 물러나 동생에게 가독을 상속케 하려고 했다.

"고헤이지의 장래는 나도 걱정해 왔지만…… 결국은 분가시켜 새로운 일가를 이루게 하는 편이 좋지 않을까 생각하고 있었다."

"지금 막부 재정으로는 봉록을 늘릴 수 없습니다. 적당한 직책을 받기도 힘들고 무엇보다 분가 신청도 받아주지 않을 겁니다."

적자의 진언에 구니에가 그렇겠지, 하고 대답했다. 오키타카는 적자로서 이미 배알을 마친 상태였다하타모토 가문의 적자는 가독을 승계하려면 쇼군을 직접 만나 인사해야 했다. 폐적은 그리 쉬운 일이 아니므로 아버지도 분가를 궁리했을 것이다. 하지만 오키타카는 가독은 일단 상속하되 병을 이유로 일찌감치 은퇴를 신청하겠다고 말했다.

"역시 핏줄이 그래서인지 고헤이지는 생각이 깊고 인품도 뛰어납니다. 당주로서 흠잡을 데가 없습니다."

"그래, 고로가 고헤이지를 조금이라도 본받았으면 좋으련만."

셋째 아들이 늘 말썽을 일으키는 탓인지 아버지 입에서 자연스레 불평이 나왔다.

"하지만 오키타카, 너는 어쩔 셈이냐. 은퇴하면 다른 가문에 양자로 갈 수도 없는데."

"걱정 마세요, 아버지. 이미 장성했으니 뭐가 돼도 되겠지요."

"너는 학문도 뛰어나니까 적당한 직책을 얻으면 훌륭하게 일할 수 있을 텐데."

큰형의 목소리는 내내 밝았지만 아버지는 아쉬운 듯 한숨을 지었다.

그 자리를 떠나 어떻게 방으로 돌아왔는지 기억나지 않았다. 소변이 급했던 것도 잊고 잠시 이불에 망연히 주저앉아 있었다.

부모가 친부모가 아닐 거라고는 그때까지 상상해 본 적도 없었다.

아버지나 어머니, 큰형과 시집간 누이, 그리고 동생 고로는 격의 없이 정을 주었다. 자신이 다른 핏줄이라는 사실이 너무 슬퍼서 고헤이지는 소리 죽여 울었다.

옆 이부자리에서는 고로가 자고 있다. 고약한 잠버릇은 집안 내력이라 오늘도 베개에 발을 얹고 큰대자로 자고 있었다. 동생에게 등을 돌린 채 고헤이지는 한참을 울었다.

"형, 무슨 일이야?"

얼마나 그러고 있었을까. 장지 너머가 벌써 희뿌예지는 것 같았다. 문득 등 뒤에서 목소리가 들렸다.

"우는 거야, 형? 왜 그래, 나쁜 꿈이라도 꿨어?"

발로 걷어차도 아침까지 깨어날 줄 모르는 고로가 웬일로 일어나 놀란 얼굴로 형 얼굴을 들여다보았다.

"혹시, 이불에 지도 그렸어? 그래도 걱정할 거 없어, 형. 지금부터 말려도 늦지 않아."

심각한 상황인데도 그만 웃음이 터졌다. 고로는 가끔 담요에 사고를 치기 때문에 대처 요령도 터득한 듯했다.

"오줌 싼 거 아냐."

무뚝뚝하게 말하고 얼른 눈물을 훔쳤다.

"그럼 왜 우는데?"

무릎을 맞대다시피 앞에 앉은 고로가 동그란 눈으로 형을 지그시 쳐다보았다. 행동거지는 거칠어도 눈동자는 맑다. 거짓말을 할 수는 없어서 고헤이지는 사정을 다 말했다.

"형이 쇼군님의 아드님이라고!"

고로는 일단 그 사실이 놀라웠는지 거반 존경이 섞인 표정으로 연방 감탄하고 있었다.

"……나는 아버지 어머니의 아들이고 싶어. 누이, 큰형, 고로의 형제이고 싶다고."

"형은 내 형 맞아! 지금까지도 그렇고 앞으로도 계속 내 소중한 형이야!"

"고로……."

무릎 위에 있던 형의 손을 작은 두 손으로 꼭 쥐었다. 그 온기는 핏줄 따위보다 더운 것이었다.

"큰형도 그렇게 생각할 거야."

"하지만 내가 있으면 큰형이 폐적되고 말아."

열 살인 고헤이지는 폐적이라는 말이 무섭게만 들렸다. 자기가 있으면 형은 이 가문을 떠나야 한다. 자신이 오카모토가에 커다란 짐이라는 사실이 무엇보다 슬펐다.

“나는, 오카모토가를 떠날 거야.”

“형…….”

“큰형을 구할 방법은 그것밖에 없어.”

“집을 나가면 어디로 간다는 거야?”

“몰라…… 친척이나, 아니면 절에라도…….”

“형은 절 같은 데 가면 안 돼. 거긴 나 같은 놈이나 가는 곳이야.”

고로가 지나치게 말썽을 피우고 다니자 잠시 절에 보내서 예의범절을 가르치는 게 어떠냐는 이야기가 나오고 있었다. 본인이 안 가겠다고 버텨서 흐지부지되는 참이었지만, 고로에게 절이란 말썽꾸러기에게 벌을 주는 감옥 같은 곳이 되었다. 그러니 행실이 바른 고헤이지하고는 연이 없는 곳이라고 생각한 것이다.

“하지만 나 혼자서는 먹고살 수가 없잖아. 어디 일할 데라도 있다면 모르지만…….”

형의 한숨을 날려 버리듯 고로가 손뼉을 짝 쳤다.

“그래! 형은 과자 장인이 되면 돼!”

“과자 장인, 이라고?”

“그래. 전에 내가 나무에서 못 내려올 때 하라부토모찌를 만들어 주었잖아."

"아, 그 오오우즈라모찌……." 고헤이지도 기억을 떠올렸다.

"그거 진짜 맛있었어. 쇼군님이 내려 주신 과자보다 훨씬 맛있었다고."

"그 과자는 곤스케가 만들었어."

"하지만, 곤스케가 늘 만들어 주던 것보다 훨씬 맛있었어. 정말이야, 형."

오랫동안 나무 위에서 버티느라 배가 고팠기 때문에 맛있게 느껴졌겠지만, 그때도 동생은 같은 말을 했었다.

—형은 커서 과자점을 하면 되겠어.

입가가 팥소 범벅이 된 동생의 웃는 얼굴은 고헤이지 가슴에 뚜렷하게 남아 있었다.

과자 장인을 동경하는 마음이 고헤이지 안에 확실히 움튼 것은 아마 그때였을 것이다. 하지만 열 살쯤 되면 분별이 생긴다. 무사가 과자 장인이 되기는 역시 힘들 거라고 어디선가 체념하고 있었다. 그때 머릿속에서 또렷한 계획이 하나 떠올랐다.

"그래, 고로 말이 맞아. 난 과자 장인이 되면 돼."

응! 하고 고로는 동그란 얼굴을 끄덕였다.

"과자 장인이 되고 싶다고?"

그 말을 들은 아버지는 놀라기보다 어이없어했다.

과자 장인이 되려면 어떻게 해야 되는지 몰라 아침이 되자 고헤이지는 곤스케와 시즈에게 물어보았다. 과거는 전부 잊어버렸다는 곤스케는 고개를 갸웃거리기만 했지만 친가 근처에 과자점이 있었다는 시즈가 대답해 주었다.

"과자점에 들어가 10년간 수행하면 돼요. 그래요, 대개는 꼭 고헤이지 도련님쯤 되는 나이에 수행을 시작해요."

물론 시즈는 고헤이지가 정말로 과자 장인이 되기를 원한다고는 생각하지 않았다. 그래서 웃는 얼굴로 거리낌 없이 대답했다.

꼬박 하루를 고민한 고헤이지는 마음을 굳혔다. 가슴을 졸이며 기다리다가, 에도 성에서 퇴근한 아버지의 방으로 찾아간 것은 이튿날 저녁이었다.

"고헤이지, 왜 그런 이상한 생각을 하게 된 거냐. 혹시 고로가 또 무슨 사고라도 쳐서 뒤치다꺼리를 하려는 건 아니겠지?" 하고 의심의 눈길을 보냈다.

아닙니다, 하고 고헤이지는 재차 과자 장인이 되고 싶다고 열심히 말했다. 가독을 상속할 수 없는 차남이나 삼남은 조만간 집을 나가야 한다. 데릴사위가 되느니 지금부터 기술을 익히고 싶다고 고헤이지는 조리 있게 아버지를 설득했다.

"고헤이지, 너, 혹시 무슨 소릴 들은 건 아니냐?"

잠시 침묵이 흐른 뒤 아버지는 물었다. 그제 밤, 고헤이지의 출생 이야기를 장남과 잠깐 나눈 참이다. 아버지는 당연히 뭔가 직감한 듯했지만 고헤이지는 아니라고 작은 소리로 대답했다.

"나중에 어른이 되면 얘기해 줄 생각이었지만……."

아버지는 비로소 직접 진실을 고했다.

"네 친부는 지요다 성에 계신 주군이시다."

얼굴을 마주하고 들으니 역시 따귀라도 맞은 양 가슴이 저렸다.

고헤이지의 기분을 읽었는지 목소리를 조금 낮춰서 구니에가 말을 이었다.

"친모는 네 고모다. 6년 전 이와미로 시집간 고모를 기억하니?"

"희미하긴 하지만……."

"그분이 네 친모다. 시집간 뒤에도 편지할 때마다 너를 염려해. 건강한지 감기에 걸리진 않았는지 걱정하는 내용이 어김없이 적혀 있다."

이때는 친모가 이와미에 살아 계셨다. 끝까지 어머니라고 밝히지 못한 누이의 슬픔을 한탄하듯이 아버지 얼굴이 흐려졌다.

"네 고모는 한때 니시노마루 내궁에서 신부수업을 했다. 그때 너를 잉태했지."

니시노마루에는 세자를 위해 혼마루와 마찬가지로 내궁이 딸려 있다. 그렇지만 설마 열다섯 살의 세자 이에나리가 아이를 만들 줄은 구니에도 전혀 생각하지 못했었다.

골칫거리는 그것만이 아니었다. 한 달 뒤 이에나리는 쇼군의 자리에 오를 예정이었다.

구니에는 이에나리가 어렸을 때부터 곁에서 모셔왔다. 아직 소년이던 이에나리는 구니에를 잘 따랐고, 구니에도 어린 주군의 신변을 누구보다 걱정하고 있었다.

이에나리는 아직 어려서 결혼도 하지 않았다. 구니에는 누이와 뱃속의 아기가 주군에게 부담이 될 것을 우려했다. 주군이 흠결 하나 없이 쇼군 자리에 올라 무사히 혼인식을 치르게 하는 것이 자신에게 맡겨진 가장 중요한 소임이라고 믿었다. 해서 누이의 아기를 양자로 데려와 오카모토가에서 키우기로 하고 그 사실을 이에나리에게만 고했다.

아버지는 상세하게 설명해 주었지만 고헤이지에게는 사실 따윈 아무래도 상관없었다. 친부인 이에나리에게도 친밀감은커녕 혐오밖에 느낄 수 없었다.

얼굴에 감정이 드러났는지 구니에는 꾸짖는 투로 말을 이었다.

"주군은 너를 남몰래 걱정하고 계신다. 종종 내려 주시는 과자가 그 증거다."

아버지가 둘러댄 말처럼 들리기도 했지만, 어쩌면 사실인지도 몰랐다.

다이묘가에서 헌상한 수많은 물품 중 일부가 하타모토에게 하사되는 일은 자주 있으며, 오카모토가에는 늘 진기한 과자만 내려오는 것이 사실이었다.

이에나리는 총 열일곱 명의 정실과 측실에게서 55명이나 되는 자식을 얻었다. 겉으로 드러낼 수 없는 자식들도 헤아릴 수 없을 거라는 소문이 있었다. 그러니 자기 따위는 요만큼도 기억하지 못할 거라고 지헤에는 넘겨짚었지만, 뜻밖에 이에나리는 자식 하나 하나를 걱정했다. 그렇게 일러 준 것은 곳카이였다.

"자식 복이라면 당대 제일이신 분이지만 그 절반을 여의었소. 자식 잃은 슬픔도 그만큼 많이 겪으셨지. 그 때문인지 어느 핏줄이 병에 걸렸다는 소식을 들으시면 즉시 약이나 보양식을 내리신다고 하더군."

자식의 장례 법회도 역시 알뜰하게 챙기고 있다고 덧붙였다.

동생의 말이 떠오른 것은 이에나리의 7주기 법요 때였다.

고로와 둘이서 볼이 미어지게 먹던 하사품 과자가 기억나서, 문득 그 맛을 흉내 낸 카스테라를 만들어 볼까 하는 생각이 들었다.

"그러니까 고헤이지, 너는 무사 신분을 포기해선 안 된다."

말하자면 무사 우두머리의 아들이라고 아버지는 설득에 나섰으나 열 살인 고헤이지에게는 그 핏줄이 싫었고 반드시 끊어야 할 불행의 원천처럼 여겨졌다.

"그래도 아버지, 저는 과자 장인이 되고 싶습니다."

고헤이지는 끝내 포기하지 않았고 그때 원군이 가세했다.

"아버지, 나도…… 저도, 부탁드립니다!"

"고로, 너…… 언제부터 거기 있었느냐."

"조금 전부터 복도에 있었습니다. 형이 걱정돼서……."

방금 오간 대화를 어린 아들이 들었다는 사실에 부친은 동요했지만, 고로가 절대로 입 밖에 내지 않겠다고 단단히 맹세하자 안도하는 기색을 보였다. 말을 안 듣는 셋째지만 한번 입 밖에 낸 말은 고집스럽게 지키는 성격이라는 것을 알고 있었기 때문이다.

"부탁드립니다, 아버지. 고헤이지 형님의 소원을 들어주세요. 형님의 소원을 들어주시면, 저도, 절에 들어갈게요."

"고로, 그게 무슨……."

고헤이지는 당황했지만 고로는 동그랗고 커다란 눈을 부친에게 똑바로 향하고 확고하게 말했다. 부친은 미간에 주름살을 모으고 말없이 두 아들을 쳐다보고 있다가,

"고헤이지도 고로도 진심으로 하는 말이냐? 나중에 후회해도 되돌릴 수는 없다."

예, 하고 형제가 입을 모아 대답하고 부친 앞에 고개를 숙였다.

그래도 부친은 며칠간 대답을 미루었다. 나중에 생각한 것이지만, 이때 구니에는 이에나리와 의논했을지도 모른다. 이에나리는 이미 혼마루로 옮긴 상태였지만, 오랫동안 시중을 든 구니에는 종종 알현을 허락받고 있었다. 이에나리에게 내밀히 상의하고 의견을 구했으리라는 것을 충분히 생각할 수 있는 일이었다. 향락을 즐기던 이에나리이므로 자기 피를 받은 아이가 과자 장인이 되고 싶어 한다고 해도 오히려 흥미로워하지는 않았을까?

이제 와서 정확한 이야기는 알 수 없지만, 당시 부친은 며칠 뒤

두 아들에게 허락을 내려 주었다.

조닌 신분이 되었다고 해도 주군의 핏줄을 소홀히 방치할 수는 없었다. 구니에는 지헤에의 비밀을 오카모토가의 당주만 알게 했을 것이다. 하지만 후대에 경솔한 당주가 나타나리라고는 꿈에도 생각하지 못했던 게 틀림없다.

지헤에는 고지야 다메에몬과 마주친 이튿날, 안절부절못하다가 혼고에 있는 오카모토가를 찾아갔다.

"고지야가 그런 얘기를……."

사정을 전해들은 당주 요시에는 금세 안색이 창백해졌다.

출생의 비밀을 아는 사람은 요시에와 곳카이뿐이다. 동생이 입을 함부로 놀리는 것은 절대로 있을 수 없다. 무엇보다 곳카이는 고지야와 아는 사이가 아니다. 남은 건 자신뿐이라는 것을 조카 스스로도 아는 듯했다. 그는 창백한 얼굴로 말했다.

"고지야의 초대로 몇 번 술자리에 불려나간 적이 있어요. 그래도 섣부른 얘기는 하지 않았다고 생각했는데……."

그러나 기억이 없을 정도로 과음한 적이 한두 번 있다고 했다.

"지금 생각하면 고지야는 숙부를 몹시 의식하고 있었습니다. 숙부에 대해 유난히 많이 묻는 것이……."

요시에는 미안한 듯이 통통한 몸을 웅크렸다.

지헤에도 지나간 일을 이러쿵저러쿵 탓할 생각은 없었다. 중요한 것은 향후 대처였다. 하지만 방안이 전혀 떠오르지 않았다.

"고지야는 대체 무슨 꿍꿍이일까요."

조카가 불안한 얼굴로 말한 것처럼 상대방이 어떻게 나올지 알 수 없었기 때문이다.

―나라님의 숨겨 둔 아들이 엉뚱한 음모를 품고 있다고 하면 그냥 넘기진 않을걸.

다메에몬의 협박이 가슴에 또렷이 떠올랐다.

하지만 엉뚱한 음모가 무슨 뜻인지 지헤에도 조카도 전혀 짐작이 가지 않았다.

"일단은 전보다 더 확실하게 입을 단속할 것. 그것밖에 없다고 봅니다."

"그렇지요. 가와지가와 혼담도 앞두고 있고 지금은 평지풍파가 없는 것이 무엇보다 중요하니까요."

지헤에가 걱정한 것도 바로 그것이었다. 오키미에게는 흙탕물 한 방울 튀지 않게 하고 싶었다.

"부디 잘 부탁합니다" 하고 지헤에가 고개를 숙이자 요시에는 좀처럼 볼 수 없는 얌전한 표정으로 대답했다.

"단단히 명심하겠습니다."

"조금 묘한 이야기를 들었는데."

아리마는 그렇게 말문을 열었다. 마치 무가 정원에 있던 바위를 옮겨 놓은 듯한 자못 무사다운 늠름한 모습은 아무래도 상가에 어울리지 않는다. 외견에 어울리는 늠름한 말투로 말을 이었다.

"난보시야 지헤에, 듣자니 그쪽이 스스로 전대 주군의 숨겨 둔 아들이라는 황당한 소문을 떠벌여서 세상을 어지럽히고 있다고 하던데?"

누구라고 확실히 밝히지는 않았지만 어느 봉록 많은 하타모토가 그 이야기를 들었다고 한다. 아마 고지야에게 들은 이야기를 메쓰케에게 귀띔했을 것이다.

"당치않습니다. 대체 어디서 그런 근거 없는 말이."

아닌 밤에 홍두깨라는 듯 요란스러울 만큼 놀라는 척해 보였다. 아리마는 의심 깊은 눈초리로 쳐다보았다.

"전대 주군은 자식 복이 많으셔서 이런 이야기는 다 헤아리기도 힘들 정도다. 정신 나간 소리라는 건 알지만 그렇다고 사악한 소문을 방치할 수도 없으니."

아리마는 씁쓸한 표정으로 그렇게 말했다. 다행히 이 이야기를 전해들은 사람은 메쓰케 가운데 한 사람뿐이라고 한다. 이야기가 이야기인 만큼 일일이 심각하게 받아들일 수도, 그렇다고 흘려 넘길 수도 없다. 아리마는 메쓰케의 내밀한 명을 받고 수하를 시켜 지헤에와 오카모토가를 조사했다는 것을 은연중에 내비쳤다.

"그런 불온한 말은 한 번도 입에 담은 적이 없습니다. 부처님께 맹세코 말씀드립니다."

적어도 누구 앞에서 그런 말을 한 적이 없다. 틀림없는 사실이라고 강조하자 아리마는 차분한 표정으로 턱을 만지작거렸다.

"마냥 황당한 말이라면 위에서도 일일이 걱정하지 않겠지. 하지만 도자마 다이묘에도 막부를 세우는 발판이 된 세키가하라 전투 이후에 막부를 섬긴 다이묘로, 막부에서 특별히 감시하는 대상이었다와 엉뚱한 음모를 꾸미고 있다면 간과할 수는 없는 일."

"음모라니 무슨 음모를 말씀하시는지요?"

"손녀가 마쓰라가의 중신 가문에 시집간다고 하던데?"

그런 것이었구나—.

지혜에는 그제야 납득이 되었다. 이에나리의 숨겨 둔 아들이라는 것뿐이라면 아무도 상대해 주지 않을 것이다. 하지만 도자마다이묘라는 뒷배가 있다고 한다면 이야기는 달라진다.

쇼군이 무엇보다 걱정하는 것은 도자마다이묘가 모반을 꾸미는 것이다. 전대 쇼군의 숨겨 둔 아들을 내세워 막부에 공공연하게 맞선다. 터무니없는 허풍이지만 전혀 있을 수 없는 이야기는 아니다. 다메에몬은 오키미의 혼담과 지헤에의 출신을 묶어 의심의 씨앗을 뿌렸던 것이다.

"가와지 님과 손녀의 혼담은 두 젊은이가 서로 좋아해서 이루어진 일. 다만 그뿐입니다."

부정한 음모 따위는 양가에게 손톱만큼도 없다. 지헤에는 필사적으로 호소했다.

"무엇보다 전대 쇼군께서는 자손이 많습니다. 아무 근거도 없는 소문으로 이런 늙은이를 앞세운들 뭐가 된다는 말입니까."

"한 가지 흘려들을 수 없는 내용이 있었다. 만약 네가 오카모토 구니에 님의 누이동생분이 낳은 아들이라면 현 주군의 형님이 되는 셈이다. 이건 참으로 중대한 일이다."

지헤에의 친모는 니시노마루 내궁에서 1년도 지나기 전에 나왔지만, 주군의 성은을 입은 게 아닌가 하는 소문이 있었다는 진술을 당시 궁녀로 일하던 사람에게 들었다고 아리마는 말했다.

"만약 네 고모님이 주군의 아드님을 잉태한 적이 있고 그분이 너의 친모라면 현 주군의 위광을 해치게 될 것이다. 그것만은 있어서는 안 될 일이다."

쇼군 이에요시는 지헤에보다 여섯 살 어렸다. 메쓰케와 아리마는 그 점에 주목했던 것이다.

"고모가 시집갔을 때 저는 네 살이었습니다. 그 뒤로 소식이 없어서 이제는 얼굴조차 희미합니다만……."

연기처럼 희미한 윤곽을 치워 버리려는 듯 지헤에는 다다미에 양손을 짚었다.

"제 아버지 어머니는 오카모토가 사람입니다. 예순을 넘긴 지금까지 그렇게 굳게 믿어왔습니다. 숨겨 둔 아들이라는 것도, 고모가 친모라는 것도 저로선 전혀 납득할 수 없는 이야기입니다."

아리마가 지금까지 조사한 바를 순서대로 고하며 조리 있게 추궁해도 지헤에는 아는 바 없다고 버텼다. 제자리를 맴도는 문답에 지쳤는지 아리마가 긴 한숨을 지었다.

“이봐, 지헤에. 고집도 적당히 부리는 게 어떠냐.”

“고집이고 뭐고 전혀 기억이 없으니 달리 뭐라고 대답하겠습니까.”

“하지만 오카모토가의 당주가 자백했다.”

네? 하고 지헤에가 고개를 들었다.

“아까 오카모토 요시에 나리를 성으로 소환해서 확인했다. 처음에는 역시 입을 열려고 하지 않았지만 엄하게 심문하자 틀림없이 그렇다고 인정했단 말이다.”

조카는 그렇게 굳게 약속하고도 또 실수를 했단 말인가. 의심의 파도에 휩쓸리면서도 필사적으로 생각했다. 나는 어찌 되든 상관없다. 하지만 오키미와 양부가 된 오카모토가는 지켜야 한다.

지헤에의 긴 침묵에 아리마가 기다리다 지친 듯이 말했다.

“그리고 요쓰야의 쇼텐지에도 가보았다. 곳카이 승정님이 동생이라고 하더군.”

지헤에는 고개를 들고 조심스레 아리마에게 물었다.

“……동생은, 뭐라고…….”

“역시 그렇다고 말씀하셨다.”

혼돈의 안개가 그 순간에 걷혔다.

아리마는 사실을 확인하려고 넌지시 떠보고 있다. 동생은 설사 형장에 끌어다 놓아도 절대로 입을 열 사람이 아니다. 조카 요시에가 자백했다는 것도 거짓일 것이다. 조카는 덜렁대는 구석은 있지만 한편으로는 소심한 사람이다. 또 섣불리 입을 놀렸다간 끝장이라는 것을 잘 알고 있고, 그 두려움은 지극히 현실적인 것이다.

지헤에는 비로소 아리마와 똑바로 눈을 맞추었다.

"그럴 리가 없습니다."

아리마는 눈을 한 번 깜빡였고 지헤에는 다시 제 무릎으로 눈길을 내렸다.

"물론 저는 무가 출신이지만 지금은 작은 과자점 주인에 불과합니다. 손녀와 딸과 함께 과자 빚는 것만을 삶의 보람으로 아는 늙은이입니다. 그런 제가 무엇을 바라고 그런 허풍을 떨겠습니까……. 게다가 저를 나라님의 숨겨 둔 아들이라고 하기에는 아무래도 납득할 수 없는 점이 하나 있습니다."

"그게 뭐지?"

"만약 제가 정말로 나라님의 피를 받았다면 어째서 오카모토가를 물려받지 못했겠습니까?"

애써 침착한 척하고 있던 아리마의 표정이 그제야 희미하게 흔들렸다.

"그건…… 이미 장자가 있기도 했고, 또 진실을 감추려고 굳이 그렇게 꾸민 것 아닌가."

"제 부친은 결코 그럴 리 없습니다. 부친은 선대 쇼군님을 누구보다 충정으로 모셨습니다. 진정으로 충성을 바쳐 일하셨습니다."

이에나리를 향한 오카모토 구니에의 충성심은 아리마도 익히 알고 있을 것이다. 그는 모호하게 고개를 끄덕였다.

"만약 부친이 정말 주군의 아들을 키우고 있었다면 결코 오카모토가에서 내보내지 않았을 것이고, 맏이를 폐적해서라도 가독을 물려 주려고 했을 겁니다."

지헤에는 임기응변의 거짓말로 대처했다. 상대도 머리가 둔한 자는 아닐 것이다. 아리마도 내심 의아해하던 부분이었는지 허를 찔렸다는 듯 떨떠름한 표정이 되었다.

"과자 장인이 되는 것을 허락해 달라고 청한 것은 물론 저입니다. 하지만 그것은 앞날을 걱정해서 했던 일입니다. 집안에서 찬밥이나 먹느니 기술을 익히는 게 낫다고 생각했습니다. 고작 열 살이었지만 그렇게 영악한 구석도 있었지요."

부친도 인정해 주었다고 말하자 아리마는 맞장구라도 치듯 고개를 끄덕였다.

"제 부친이 주군의 핏줄을 조닌 신분으로 떨어뜨리는 무엄한 짓을 허락할 리가 없습니다."

다시 한 번 상대방에게 단단한 시선을 던졌다. 아리마도 이번에는 눈을 깜빡이지 않고 지헤에를 쳐다보며 물었다.

"그렇다면 난보시야 지헤에. 전대 주군의 숨겨 둔 아들이라는 이야기는 전혀 알지 못하는 풍문에 불과하다는 건가?"

"예. 그렇습니다. 저는 분명히 오카모토 구니에의 아들입니다."

누구에게 이렇게 똑 부러지게 말한 것은 처음이었다.

신기하게도 마음이 몹시 가벼워졌다. 내내 발목에 감겨 있던 기다란 실이 마침내 떨어져서 바람에 날려가 버린 듯한 기분이었다.

아리마가 방문한 뒤 아무 일 없이 며칠이 지나갔다.

가치메쓰케 아리마가 상관인 메쓰케에게 뭐라고 보고했는지는 알 수 없지만 이대로 무사히 지나가지는 않을까 하는 희미한 희망이 생기기 시작할 때였다.

지헤에는 히라도 번 상번저의 호출을 받았다.

"오랜만이군, 난보시야 지헤에. 그로부터 1년하고 네 달이 지났나."

"그때는 큰 신세를 졌습니다."

야하기 가로가 몸소 호출하자 지헤에는 깍듯이 몸을 낮추었다. 야하기는 카스도스 사건 때 한 번 만났을 뿐이지만, 지헤에의 과자를 무척 마음에 들어해서 그 뒤로 난보시야 과자를 사랑해 주었다. 평소 자주 주문해 주셔서 감사하다고 거듭 인사하자 야하기는 목소리를 조금 낮추었다.

"나도 난보시야하고는 오래도록 인연을 맺고 싶었는데 말이지."

역시 좋지 않은 소식인가, 하고 지헤에는 엎드린 채 긴장했다. 가로가 호출한다는 말을 들었을 때부터 예감이 좋지 않았다.

야하기는 공연한 말은 제쳐 두고 곧장 본론을 꺼냈다.

"가와지 긴고와 자네 손녀의 혼담 말인데, 없었던 일로 생각했으면 좋겠군."

저도 모르게 흠칫 놀라 고개를 들자 가로의 가라앉은 표정이 눈앞에 있었다. 자신도 바라는 바는 아니라고 말하고 싶은 듯 야하기는 애처로운 눈초리로 지혜에를 보았다.

"……연유를, 여쭤도 되겠습니까?"

알고는 있었지만 묻지 않을 수 없었다.

"솔직히 말하면 나도 모르네."

무사치고는 보기 드물게 솔직한 대답이 돌아왔다.

"다이묘의 혼인이라면 몰라도 젊은 가신의 혼담에 쇼군께서 참견하시다니, 이런 얘기는 들어 본 적이 없네. 그래도 오오메쓰케메쓰케의 대장격인 직위의 지시이니 무시할 수가 없네."

공식적으로 지시한 것 아니라 오오메쓰케가 야하기에게 내밀하게 전한 듯했다. 그러나 이유도 밝히지 않고 일개 번사의 가정사에 참견하는 것은 납득하기 힘들었다. 야하기는 불쾌한 듯 입술을 일그러뜨렸다. 지시를 내린 오오메쓰케조차 자세한 내막은 알지 못하는지도 모른다.

"아마 자네 생가인 하타모토가에 무슨 문제가 있었을 거라고 짐작하지만, 나야 상관할 생각이 없네."

문제라는 한 마디가 가슴에 박혔다. 재앙의 원인은 오카모토가가 아니라 자신이라고 지혜에는 생각했다.

"우리 마쓰라가는 에도에 막부가 들어선 이래 한 번도 위기가 없었네. 모반을 의심당할 까닭이 없고, 사소한 불씨라도 그냥 놔둘 수 없지."

봉록 6만 3천 석의 마쓰라가는 서쪽 끝에 있는 작은 번에 불과하지만 대략 250년이나 되는 동안 도코로가에막부가 다이묘의 영지를 다른 지역으로 옮기게 하는 것나 가이에키막부가 다이묘의 영지를 몰수하는 것 없이 연면히 이어져 왔다. 외딴 섬인데다 화란 상관이 떠난 뒤로는 그다지 풍족한 지역이 아니었던 탓도 있지만, 한 가문이 계속 번주로 있는 경우는 확실히 흔치 않다. 야하기는 에도 가로로서 주군에게 한 점의 흠결도 생기게 할 수 없다고 생각했을 것이다.

"가와지 긴고에게는 내가 직접 편지를 보냈다. 젊다고 해도 이미 가와지가의 가독을 물려받은 당주다. 가문을 위해서라도 이해할 것이다."

다이묘의 파발이라도 에도에서 히라도까지 가는 데 스무 날은 걸린다. 가와지는 아직 이 사실을 알지 못할 것이다. 오카모토가에 있는 오키미도 마찬가지였다.

손녀에게 고하는 것이 내 몫인데, 대체 뭐라 해야 한단 말인가.

"가와지 님과 손녀가 열흘 간격으로 편지를 주고받는다고 합니다. 답신도 오기 전에 편지를 부칠 정도로 서로 마음이 들떠서……."

에도 가로를 탓할 생각도 없고 불평을 흘린 것도 아니었다. 다만 눈이 부실 정도로 환하게 웃는 오키미의 얼굴이 떠올라 절로 나온 말이었다. 지난번 조카를 방문했을 때는 애써 손녀를 만나지 않았다. 행복해하는 손녀의 웃는 얼굴이 가슴에 낙인처럼 찍혀 있었다.

"젊다는 건 그런 거지. 그래도 두 사람에게는 각자 앞날이 있을 게야."

지헤에의 흉중을 읽었는지 야하기가 위로하듯 말했다.

그래도 재앙의 씨앗은 남기지 않겠다는 생각인 듯했다. 가로는 난보시야하고도 거래를 중단하겠다고 선언했다.

"지헤에, 자네 과자는 정말 맛있었다. 그동안 고생 많았네."

지헤에는 극진한 위무에 등을 떠밀려 히라도 번저를 나섰다.

호출을 받고 도착한 시각이 정오를 반 각쯤 지났을 때였고, 안에 있던 시간도 고작 반 각 정도였다.

번저 대문을 나설 때는 해가 아직 높았는데 문득 정신을 차리고 보니 이미 해가 지고 있었다. 잔조만이 서쪽 하늘에 화톳불처럼 타고 있었다.

그동안 어디를 어떻게 돌아다녔는지 도무지 기억나지 않았다.

"난보시야 씨 아니세요. 이런 데서 다 만나는군요."

문득 부르는 소리가 들려 뒤돌아보니, 바둑 친구 우에시게의 아들이었다. 부친과는 바둑 친구라서 연중 얼굴을 맞대지만, 아들과 만나는 경우는 드물었다. 단골 거래처에서 일하다가 돌아가는 길인지 젊은 사내 둘을 데리고 있었다.

"이런 시간에 어딜 가십니까."

그 물음에 퍼뜩 정신이 들어 주변을 두리번거렸다.

"여긴 어디지?"

"어디라뇨, 아카사카인데요……."

그가 의아한 표정을 지었다. 듣고 보니 눈에 익은 저수지가 있었다.

"지금 어디로 가시는 참 아니었나요?"

저도 모르는 사이에 고지마치 근처까지 와 있던 듯한데, 아카사카라면 아사쿠사에서는 멀리 돌아서 와야 하는데다 걸어가던 방향도 이상했다. 고지마치에 등을 돌리고 있는 터라 집을 나선 참으로 오해한 것 같았다.

"아, 뭐 그냥……."

"괜찮으세요, 주인장? 안색이 좋지 않아 보이는데요."

우에시게의 아들은 미간을 찡그렸지만 모호한 인사를 남기고 그곳을 떠났다. 인기척 없는 저수지 옆에 다다르자 무릎에 맥이 탁 풀려 잡초 무성한 가장자리에 주저앉았다.

"나는 천생 역신疫神밖에 못 되는가……."

열 살에 오카모토가를 떠날 때 앞으로 누구에게도 폐를 끼치지 않게 되었다고 안도했다. 설마 50년이나 지나서 누구보다 아끼는 손녀의 인생에 걸림돌이 될 줄은 상상도 못 했다. 자기라는 존재 자체가 불행의 씨앗 아닌가. 온몸에서 살아 갈 힘이 빠져나갔다.

서쪽 하늘이 어둠에 가라앉자 짙은 녹색을 띤 저수지는 새카만 구멍처럼 보였다.

저 구멍으로 추락하는 것은 나 하나로 족하다. 오에이와 오키미까지 끌어들이느니 이대로 그만—.

휘청거리며 일어설 때였다. 섬광처럼 목소리가 날아들었다.

"아버지!"

"……오에이."

딸이 양손으로 팔뚝을 잡으며 매달렸다. 딸의 손은 땀으로 젖어 있는데도 몹시 찼다. 내내 달려왔는지 금방 숨을 고르지 못했다.

"다행이에요, 아버지…… 늦도록 돌아오지 않으셔서, 내내 걱정하던……."

숨을 헐떡이며 우에시게의 아들이 알려 주었다고 말했다. 지헤에의 모습이 심상치 않아 걱정한 듯했다.

"오에이……. 오키미의 혼담이 깨져 버렸다. 야하기 가로님이 그렇게 말했어."

딸은 천천히 지헤에를 올려다보았다.

"다 내 탓이다. 사죄한다고 끝날 일이 아니라는 건 알지만, 오키미한테나 너한테나 면목이 없다."

"아버지가 내내 걱정하던 게 그 일이었군요."

오에이는 전부터 알고 있었다는 듯 차분한 태도였다.

"왜 안 놀라니."

"놀랐어요. 감정이 얼굴에 드러나지 않는 건 아버지랑 한가지잖아요."

"화를 내든 책망을 하든 해라. 잘못은 전부……."

"아버지 탓이 아니에요. 그 정도는 저도 알아요. 누구보다 오키미의 행복을 바란 것이 아버지였으니까요."

밝힐 수 없는 진짜 이유를 오에이는 물으려 하지 않았다. 다만 평민들은 알 수 없는, 무가 사이의 복잡한 사정 탓이라고만 짐작하는 듯했다.

"아버지, 그렇다고 어리석은 생각을 하신 건 아니겠죠?"

평소와 달리 힐난하듯 날카로운 눈초리가 날아들었다.

"아버지한테 무슨 일이 생기면 누구보다 슬퍼할 사람이 오키미잖아요. 그것도 모르셨어요?"

이런 언변과 힐난도 오에이답지 않았다. 머리꼭대기까지 차 있던 걱정이 단숨에 빠져나가 중심을 잃었는지도 모른다. 마치 오키미를 보는 듯해서, 이런 판국에도 쓴웃음을 짓고 말았다.

"아버지, 웃지 말고 잘 들으세요."

거침없이 날아오는 말이 꽉 막힌 가슴에 공기를 불어넣었다. 저수지처럼 새카맣게 흐려졌던 마음이 다시 숨을 쉬기 시작했다.

"네가 그렇게 화내는 얼굴은 이 나이가 돼서 처음 본다."

그제야 오에이가 부끄러운 듯 입을 다물었지만, 팔을 꼭 붙든 양손은 그대로였다.

"집에 가요, 아버지. 내일은 오키미를 데리러 가야 하잖아요."

오에이가 이끄는 대로 다리를 움직였다.

조금 전까지 차디찼던 딸의 손이 이제는 온기를 전해 주고 있었다.

이튿날 지헤에와 오에이는 장사를 쉬고 혼고로 향했다.

손녀 얼굴을 보는 것이 이토록 우울했던 적은 없었다. 발은 무쇠 게다라도 신은 양 무거웠지만 오카모토가에 도착하자 뜻밖의 인물이 맞아 주었다. 두 사람이 안내받아 들어간 곳은 분위기 한적한 별채였다.

"어제 요시에에게 들었습니다. 갑자기 실례되는 말씀이지만, 오키미에게는 제가 이야기했습니다."

별채 주인인 요시코가 말했다. 그녀가 가장 힘든 역할을 맡아 준 것이다.

"도저히 받아들이지 못하겠는지 어제는 내내 넋을 놓고 있다가 간밤에는 밤새 울었다고 합니다."

아무래도 위로할 방법이 없었다고 요시코는 미안해하는 표정을 지었지만 오에이는 정중하게 고마움을 표했다.

"걱정해 주셔서 고맙습니다. 이제는 어미인 제가 맡겠습니다."

요시코는 안도하는 기색을 보이며 하녀에게 일러 오에이를 딸의 방으로 안내하게 했다.

오에이가 하녀와 함께 나가자 놀랍게도 요시코가 지헤에에게 고개를 숙였다.

"이번 일은 뭐라 사죄드려야 할지 모르겠습니다. 사태가 이 지경에 이른 것을 당주를 대신하여 깊이 사죄드립니다."

"아뇨, 일이 이렇게 된 책임은 제게 있습니다. 오요시 님은 물론이고 오카모토가에는 아무 잘못도 없습니다."

지헤에가 깜짝 놀라 황급히 부정했지만 고개를 든 요시코는 천천히 고개를 저었다.

"아닙니다. 아마 요시에가 어리석은 짓을 한 것 같습니다. 요시에 얼굴을 보면 압니다."

요시코가 깊은 한숨을 지었다. 당주만 아는 비밀이므로 요시코도 자세히는 듣지 못한 듯하지만, 메쓰케가 찾아와 요시에에게도 가와지가와의 혼담을 백지로 돌리라고 지시했다고 한다.

난보시야에 찾아온 아리마의 상관일 것이다. 메쓰케가 직접 심문했다고 하는데, 지헤에와 약속한 대로 요시에는 모른다고 버텼다. 60년 이상 지난 일이니 진위를 확인할 방법도 없겠지만, 사소한 일이라도 쇼군의 위신에 흠집을 낸 것은 틀림없었다. 요시에는 고부신구미에 배속되었다고 요시코는 말했다.

"직책을 잃으셨다는 겁니까?"

고부신구미는 직책을 얻지 못한 자를 일컫는 이름이나 같았다. 지혜에는 아연했지만 요시코는 어쩔 수 없는 일이라고 냉정하게 말했다.

"요시에는 5백 석 하타모토가의 당주를 감당할 그릇이 아닙니다. 알고는 있었지만 자식이라는 이유로 지금까지 모르는 척해 왔습니다."

장남이 가독을 물려받는 것은 당연한 일이며 당주의 부족함은 결코 모친 탓이 아니다. 그래도 요시코는 가책을 느끼는 듯했다.

"요시에에게 은퇴를 권했습니다."

"어찌 은퇴를! 당주는 아직 은퇴할 나이가……."

"당주가 은퇴하면 윗분들 심기도 조금은 나아지겠지요. 오카모토가를 다시 일으키려면 그 수밖에 없습니다. 요시에도 받아들였습니다."

지금쯤 에도 성에 들어가 절차를 밟고 있을 거라고 했다.

요시에의 장남은 이제 겨우 스무 살이었다. 고부신구미를 면했다 해도 역시 중요한 직책을 얻기는 힘들 거라고 지혜에는 걱정했지만, 길게 보면 이게 최선의 방법이라고 요시코는 말했다.

"그 아이는 제 아비보다 돌아가신 시아버님이나 남편을 닮았습니다. 반드시 오카모토가의 새로운 기초를 쌓아 줄 겁니다."

다만, 하며 요시코는 걱정을 드러냈다.

"이 혼고 저택은 비워 줘야 합니다. 이곳은 지헤에 님과 곳카이 님에게도 추억이 많은 집입니다. 계속 살게 해 주면 좋으련만……."

타계한 시아버지나 남편을 저승에서 뵐 낯이 없다고 요시코는 매우 슬퍼했다.

별채에서는 보이지 않지만 동생과 올랐던 유난히 커다란 모밀잣밤나무를 떠올렸다. 저택이 남에게 넘어간다면 당연히 서글픈 일이지만, 가장 중요한 것이 무엇인지 지헤에는 잘 알고 있었다.

"집은 그릇일 뿐입니다. 오카모토가 분들이 건강하다면 아버지와 형님도 저승에서 기뻐하실 겁니다. 동생 역시 그릇에 연연하는 성격이 아니고요."

"그러고 보니 곳카이 님 소식은 들으셨습니까?"

이름이 나오자 그제야 기억이 난 듯했다. 요시코는 몸을 조금 앞으로 기울이며 물었다.

"아뇨, 저는 아무 소식도…… 동생에게 무슨 일이 있습니까?"

"요쓰야 쇼텐지 주지 자리를 물러난다고 합니다."

"정말입니까!"

그렇게 소리쳤지만 금방 납득이 되었다. 오카모토가가 사실상 징계를 받았으므로 곳카이에게도 영향이 가는 것은 당연했다. 쇼텐지는 쇼군가와 인연이 깊은 사찰이다. 덕분에 융성을 과시해 왔지만 쇼군 측의 간섭도 그만큼 심하다. 친척이 말썽을 일으켰으니 주지도 책임을 져야 한다.

“공식적으로는 곳카이 님이 자청한 것이지만 아마 쇼군 측에서 그리 조치했을 겁니다.”

요시코도 그렇게 생각하고 있었다. 세상에 존재하는 것만으로도 주변 사람들에게 해를 끼친다. 이것이 역신이 아니면 무엇인가. 바닥이 보이지 않는 자신의 업보에 잠시 망연자실했다.

혼이 쏙 나가 버린 듯한 모습이 애처로웠는지 요시코가 농담처럼 위로를 건넸다.

“곳카이 님이라면 괜찮을 겁니다. 그분은 설사 후지산 꼭대기에서 떨어져도 깨지지 않는 바위 같은 분이에요. 이름곳카이는 한자로 石海 그대로이신 분입니다.”

“물론 동생은 그런 사람이지만…….”

“지금은 누구보다 오키미를 걱정해 주세요. 제일 괴로운 사람은 그 아이니까요.”

“예, 그 아이에게는…… 솔직히 해 줄 말도 떠오르질 않습니다.”

맥없이 어깨를 떨어뜨리는 지헤에에게 요시코가 말했다.

“괜찮아요, 오키미는 좋은 아이입니다. 결코 듣기 좋으라고 하는 말이 아닙니다. 제 운명을 제 손으로 개척해 나가는 사람은 한두 번 다친다고 거꾸러지지 않습니다.”

오키미뿐만 아니라 지헤에에게, 그리고 요시코 자신에게 하는 말인지도 몰랐다.

진심 어린 격려가 지혜에 가슴에 깊이 스며들었다.

"역시 집이 최고예요. 예의범절은 까다롭고 시가도 전혀 나아지질 않아서 마침 진저리 치던 참이었거든요. 고지마치로 돌아가게 돼서 정말 살았네요."

저택 대문을 나서자 오키미는 양손을 쳐들며 아우웅, 하고 기지개를 켰다.

"세상 거추장스러운 것이 옷자락이 질질 끌리는 그 기모노예요. 한번은 복도에서 내 옷자락을 밟았다가 보기 좋게 넘어지고 말았잖아요. 그게 마침 유키타카 님 방에서 다 보이는 곳이어서, 아, 유키타카 님은 주인나리의 장남이에요, 엄마."

고지마치로 돌아가는 동안 오키미는 내내 재잘거렸다.

"웃음이 터지려고 하는 것을 점잖은 분이라서 간신히 참으셨는데, 제가 일어날 때 또 똑같은 실수를 해서 비틀거리는 바람에 결국 참지 못하고 웃음을 터뜨리시고 말았어요. 무가 분들은 좀처럼 웃질 않는대요. 하지만 오요시 님은 제 이야길 들으시고는 배가 아플 정도로 웃으셨어요."

저택에서 있었던 재미난 일들을 계속 이야기하지만 눈이 토끼처럼 새빨개져 있어서 괜찮아 보이려고 안간힘을 쓰고 있다는 것을 금방 알 수 있었다. 가와지 긴고 이야기는 겉으로 드러난 생생

한 상처 같은 것이었다. 아파서 견딜 수 없기에 아무도 건드리지 않기를 바랐을 것이다.

무가 사이에 복잡한 문제가 생겨서 혼담이 사라지고 말았다. 가와지가 변심한 것도 아니고 오키미가 잘못해서도 아니라고 요시코에게 들었다.

하지만 어린 오키미가 납득할 수 있을 리가 없었다. 영문도 모른채 사랑하는 이와 결별을 강요당한 것이다.

그래도 오키미는 할아버지나 어머니에게 원망 어린 말을 던지거나 추궁하려 들지 않았다.

"신부수업을 받아 보고는 싶었지만 막상 받으니 저한테는 어울리지 않았어요. 무가에 시집간다는 건 도저히 무리라는 걸 알고 돌아온 거예요."

이튿날부터는 예전처럼 매대에 서서 손님에게 그렇게 설명했다.

무리하다 탈이 나서 쓰러지지는 않을까. 지혜에는 오키미의 씩씩한 모습에 오히려 가슴 아파하며 조마조마한 심정으로 지켜보고 있었지만, 세월은 아무렇지도 않게 모든 것을 감싸서 감춰 준다. 이전과 다름없는 나날이 이어지자 지헤에는 어느새 방심하고 있었다.

그동안 오키미는 습기 먹은 화약 같은 것을 조금씩 쌓아 가고 있던 것이 틀림없었다. 축축한 화약이라 불이 붙지는 않았지만,

어느 날 그 화약이 스스로 폭발했다.

"아주머니, 오키미 짱은 돌아왔나요?"

찾아온 사람은 오이마였다. 다소 덜렁대기는 해도 명랑하고 성격 좋은 아이인데, 평소와 달리 표정이 어두웠다.

"아니, 아직인걸. 아, 실은 너희 집에 놀러갔던 건데, 여태 같이 있던 거 아니었니?"

지헤에 옆에서 오에이가 대답했다. 오늘은 매달 두 번 있는 휴일이었다. 오키미는 아침밥을 먹기 무섭게 오이마와 놀러가겠다며 집을 나갔다.

"오키미 짱은 한참 전에 먼저 돌아갔는데…… 어떡하나, 역시 그 편지는……."

안 그래도 심상치 않던 오이마의 얼굴이 이내 창백해졌다.

예삿일이 아님을 눈치챈 오에이가 오이마에게 자세히 물었다.

"둘이 3초메에 있는 한에리여성이 속에 입는 상의의 목깃이 때가 타는 것을 막기 위해 덧대는 장식용 깃 가게를 구경하러 가자고 했는데, 길에서 아는 파발꾼을 만났어요. 마침 오키미에게 전할 편지가 있다고 해서 그 자리에서 받았는데……."

"누구한테 온 편지였지?"

"저는 몰라요. 오키미 짱이 얼른 품에 감춰서…… 하지만 어두운 얼굴로 그만 돌아가겠다고 한 것을 보면, 아마도……."

"히라도의, 가와지 님?"

지혜에의 물음에 오이마는 울음을 터뜨릴 것 같은 얼굴로, 아마도요, 하고 대답했다.

"걱정은 됐지만 오키미 짱이 여전히 가와지 님 이름을 듣는 것조차 힘들어하는 것 같아서 그때는 아무 말도 하지 않았어요……. 하지만 점점 걱정돼서……."

오에이는 오이마에게 고맙다고 말하고 일단 돌려보냈다. 그때까지 간신히 평정을 유지하고 있었지만 아버지와 단둘이 남는 순간 오에이답지 않을 만큼 당황하기 시작했다.

"어떡하죠, 아버지? 곧 날이 어두워질 텐데 그 아이가 어디로 간 걸까요?"

일단 짚이는 데라면 곳카이가 있는 요쓰야 쇼텐지, 신부수업을 하던 오카모토가 정도였다. 하지만 곧 쇼텐지를 떠나는 동생은 인수인계와 이곳저곳에 작별 인사를 하느라 요즘은 거의 절을 지키지 않았다. 한편 오카모토가는 이미 혼고 저택을 비우고 혼조로 이사했는데, 새로 이사한 집은 지혜에도 아직 가 보지 못했다.

"혹시 아비한테 간 건 아닐까?"

"다른 곳은 몰라도 거기에는 갈 것 같지 않은데요……. 일단 확인해 보고 올게요."

옷도 제대로 갈아입지 않고 나가려고 하는데 뜻밖의 인물이 오키미가 있는 곳을 알려 주러 달려왔다.

"오래간만이오, 주인장. 나를 기억하시나? 왜 있잖소, 일전에 쇼가토 얘길 했던."

"아아, 히라도 번저의……."

쇼가토와 사내 얼굴이 머릿속에서 이어졌다. 가와지를 만나러 히라도 번 상번저에 갔을 때 안내해 준 문지기 주겐이다.

"그때 주인장한테 가게 위치를 들은 적이 있어서 일단 고지마치로 달려와 봤소. 난보시야는 이 근방에서 꽤 유명한 것 같더만. 사람들에게 물어보니 바로 가르쳐 주더군."

"그랬습니까. 그때는 고마웠습니다."

"아니, 굳이 인사까지야…… 그보다, 조금 급한 일이 생겼소."

지혜에의 인사를 중간에 자르며 남자가 다급하게 말했다.

"오키미라고 주인장의 손녀라는 처자가 히라도 번저에 불쑥 찾아와 가로님을 만나게 해 달라고 하며 물러서질 않고 있소."

부녀가 한순간 얼굴을 마주보았다. 오에이 얼굴은 전에 한 번도 본 적도 없을 만큼 안색이 파리해졌다.

혼담이 깨지고 나서 두 달이 지난 9월 중순이었다.

"싫어요, 가로님을 만나뵙기 전에는 절대로 여기서 움직이지 않을 거예요."

두 사람은 즉시 아사쿠사의 히라도 번저로 달려갔지만, 가는 내내 제정신이 아니었다.

이렇게 달려가는 동안 돌이킬 수 없는 상황이 벌어지진 않을까.

가슴이 옥죈 것은 급하게 뛰어가기 때문만은 아니었다.

다행히 야하기 가로는 아침에 볼일이 있어 번저를 나갔다가 아직 돌아오지 않았다. 소식을 전해 준 주겐 덕분에 큰 사고는 벌어지지 않았다.

두 사람은 일단 가슴을 쓸어내렸지만, 오키미는 마치 커다란 누름돌이라도 안고 있는 사람처럼 버티고 있어서, 지렛대를 써도 꼼짝할 것 같지 않았다. 그 모습에 기함을 토하듯 오에이가 긴 한숨을 짓고 말투를 바꾸어 말했다.

"얘, 오키미, 가와지 님 편지를 받았지? 뭐라고 쓰여 있던?"

세 사람은 대문 안쪽에 놓은 장의자에 나란히 앉았다. 가운데 앉은 오키미의 얼굴이 바늘이라도 밟은 것처럼 살짝 일그러졌다.

"……왜 이렇게 되었는지, 가와지 님도 모르겠대요."

"그래서 가로님에게 그 이유를 물어볼 생각이니?"

"물어보는 건 죄가 아니라고 생각해요."

토라진 듯 중얼거렸다. 그동안 오키미는 아마도 '하는 수 없지'라는 말을 염불 외듯 반복하고 있었는지도 모른다. 하지만 정작 파혼의 이유를 알 수 없으니 납득할 수도 없고 한을 풀 길도 없었다. 새삼 너무 가련해서 지혜에가 그만 입을 열었다.

"미안하다, 오키미……. 다 이 할아비 탓이다."

"할아버지……."

그제야 오키미가 지헤에를 돌아다보았다.

"오키미, 너에게 다 얘기하마. 물론 오에이한테도."

이유를 다 말할 테니까 일단 집에 가자— 그렇게 말할 작정으로 입을 열 때였다.

"난보시야 지헤에 아닌가."

대문 쪽에서 야하기의 목소리가 들렸다. 수행하는 무사 세 명을 대동하고 외출했던 듯하다. 그 모습을 알아본 순간 옆에 앉아 있던 오키미가 튕겨나가듯 의자에서 일어섰다. 말리려고 얼른 손을 뻗었지만 이미 늦었다. 오키미가 야하기에게 달려들자 수행하던 무사들이 한순간 긴장했다. 오키미는 야하기 가로 앞에 몸을 던지다시피 하여 땅바닥에 무릎을 꿇었다.

"가로님께 부탁이 있어 찾아뵈었습니다!"

야하기가 놀라자 뒤에 있던 무사 하나가 냉큼 앞으로 나섰다. 난폭한 짓을 꾸짖으려고 했겠지만 야하기가, 괜찮다, 하고 수행 무사들을 뒤로 물렸다.

"난보시야의 손녀인가. 아마 오키미라고 했던가."

"그렇습니다. 가로님께 도움을 청하고 싶은 일이 있습니다. 무례하기 짝이 없는 짓임을 잘 압니다만 부디 용서해 주십시오."

열일곱 살 조닌 처녀의 말이라고는 도저히 생각할 수 없는 말투였다. 오카모토가에서 받은 신부수업의 성과이겠지만, 지헤에는 눈을 동그랗게 떴다.

"부탁이라면 가와지 긴고 일이냐?"

야하기가 천천히 곱씹듯이 묻고는 곧장 말을 이었다.

"가와지와의 혼담은 이미 깨졌다. 이제 와서 물릴 수도 없다. 딱하기는 하다면 어쩔 수 없는 일로 체념하는 수밖에 없다."

가차 없고 단호한 말투였다. 야하기도 역시 오키미를 불쌍하게 여겼을 것이다. 젊은 처자를 체념하게 하려고 애써 단호하게 말했는지도 모른다.

그러나 고개를 쳐든 오키미는 고개를 저었다.

"혼담이라면 저도 벌써 체념했습니다."

"뭐라?"

야하기가 보인 얼빠진 얼굴에 지혜에는 흡사 거울을 보는 기분이었다. 자신도 비슷한 표정을 짓고 있을 게 틀림없다.

"애초에 신분도 처지도 다른 분입니다. 짧은 기간이었지만 좋은 꿈을 꾸었다고 생각하면 마음도 추스를 수 있습니다."

망설임을 보이면서도, 그래? 하고 야하기는 가까스로 위엄을 차렸다.

"하지만, 혼담이 깨진 탓에 엉뚱한 재난을 당한 분들이 있습니다. 제 조부의 본가인 오카모토가와 작은할아버지 곳카이 승정님입니다."

"오키미, 너……."

지헤에는 신음처럼 그런 말이 새어 나왔다. 오키미가 울거나 화를 내는 것은 늘 지헤에나 오에이를 위해서였다. 가와지가 그렇게 말한 것은 반년 전 이 상번저에서 매화를 바라볼 때였다. 그리고 오키미는 지금도 지헤에를 위해 열심히 목소리를 내고 있었다.

"오카모토가도 곳카이 승정님도 제 혼담 때문에 직책을 잃고 말았습니다. 저 하나의 불운이라면 얼마든지 받아들일 수 있습니다. 하지만 소중한 주변 분들께 돌이킬 수 없는 불행을 안겨 드린 것은 아무리 후회해도 끝이 없을 것입니다."

일언일구 틀린 말이 없다. 오키미는 결국 지헤에의 마음을 대변하고 있었다.

한 번도 느껴 본 적이 없는 뜨거운 감정이 몸속에서 부글부글 끓었다. 오키미 말이 옳다. 하지만 이런 결과를 가져온 사람은 다름 아닌 지헤에다. 그런데 정작 자기는 어쩔 수 없다고 체념하려고 했다. 어쩔 수 없다는 말을 염불처럼 외고 있던 것은 오키미가 아니라 바로 자신이었던 것이다.

"제발 부탁드립니다. 부디 가로님께서 말씀을 올려 주실 수 없습니까. 저로서는 달리 부탁드릴 데가 없습니다."

"오키미, 이제 됐다."

지헤에는 오키미 어깨에 손을 얹었다.

"하지만 할아버지……."

"네 말이 다 맞다. 이 할아비가 잘못했다. 하지만 이곳에 부탁드리는 건 도리에 맞지 않아."

고작 도자마다이묘가 쇼군의 결정을 뒤집을 수는 없다.

지헤에는 오키미 옆에 무릎을 꿇었다.

"가로님, 손녀의 무례는 거듭 사죄드립니다. 모쪼록 용서해 주시기 바랍니다."

"친척까지 해를 입었다니…… 억울한 마음은 알겠는데 우리 번으로서는 역시 방법이 없다."

"예, 잘 알고 있습니다. 큰 폐를 끼쳤습니다. 지금부터는 제가 어떻게든 해야 할 일이지요."

"어떻게든 해야 한다지만, 뾰족한 방법이 없을 텐데?"

"저는 과자를 만드는 재주밖에 없는 늙은이입니다만, 뭔가 할 수 있는 일은 있을지도 모릅니다. 앞으로 그걸 찾아보겠습니다."

지헤에는 야하기를 향해 조용히 고개를 숙였다. 오키미와 오에이도 돌바닥에 무릎을 꿇고 지헤에를 따라 고개를 숙였다. 야하기는 잠시 세 사람을 말없이 내려다보고 있다가 문득 생각난 듯이 말했다.

"그러고 보니 지헤에. 너는 여러 지방을 돌아다니며 온갖 과자를 견문했다지."

"……예, 그렇습니다."

"너라면 가능할지도 모르겠다."

"가능하다니, 무엇이 말입니까."

"방금 말했지? 너는 과자 만드는 재주밖에 없다고."

영문을 모르겠다는 얼굴로 고개를 갸웃거리는 지헤에에게 야하기는 빙긋이 웃었다.

“오늘 기슈 번의 상번저에 다녀왔다.”

히라도 번저의 작은 방에 마주 앉자 야하기는 그렇게 말을 꺼냈다. 야하기는 오에이 모녀를 먼저 집으로 보내고 지헤에에게만 상황을 설명했다.

기슈 도쿠가와가라면 고산케쇼군가에 버금가는 세 가문으로 쇼군가에 세자가 끊길 경우 세 가문 중에서 쇼군을 택했다의 하나로 8대 쇼군 요시무네를 배출한 가문이다. 그 광대한 상번저는 고지마치에서도 그리 멀지 않다.

“실은 기슈가의 당주께서 병환을 얻어…… 상태가 몹시 안 좋다고 한다.”

아리마는 말끝을 흐렸지만 의원의 진단도 좋지 않아 해를 넘길 수 있을지도 의문스럽다고 했다. 고산케의 당주가 바뀌는 것은 중대한 일이므로 절대로 발설하지 말라고 야하기는 못 박았다.

“식사량이 하루하루 줄고 있다고 기슈가의 가로들도 걱정이 많더군.”

히라도 번 마쓰라가는 도자마에 불과하지만 각 번의 가로들 간에는 교류가 있었다.

“보양에 좋은 음식을 올려드려도 젓가락을 대려고 하시질 않는다네. 죽이나 조금 마시는 게 고작이라는데, 다만 꼭 드시고 싶다고 하시는 게 있네. 어릴 적에 좋아하던 어떤 과자라는 거야.”

자신을 부른 이유를 그제야 짐작할 수 있었다. 그렇군요, 하며 지혜에는 고개를 끄덕였다.

"그런데 기슈가의 어느 누구도 그 과자를 먹은 적도, 심지어 본 적도 없다더군. 우리 마쓰라가는 과자에 조예가 깊다고 알려진 터라 나를 불러 상의했는데, 유감스럽게도 도움이 되지 못했네."

"그 과자라는 게 어떤 것인지요? 어느 지방의 과자라는 것이라도 알면 대강 짐작은 할 수 있을 것 같습니다만."

"아니, 지방 과자가 아니고 한때 에도 성에서 드셨던 거라고 하더군."

"지요다 성에서 말입니까? 그렇다면 기슈가의 당주님은……."

"그래, 전대 쇼군 이에나리 님의 스물한 번째 아드님이시네."

문득 누구에게 겨드랑이 밑을 쿡 찔린 기분이었다. 야하기는 지혜에의 비밀을 모른다. 움찔하려는 몸을 애써 억눌렀다.

"기슈가의 당주님은 올해 겨우 서른이 되셨네. 나이는 젊으시지만 수많은 고초를 겪고 이제야 겨우 기슈가에 안착한 참인데 병으로 누우셨네. 이야기를 듣고 보니 너무 안 되셨어."

기슈가를 도울 수 있다면 마쓰라가에게도 좋은 일이다. 하지만 손익 계산만이 아니라 야하기의 말투에서는 젊은 당주와 가신들에 대한 깊은 동정이 느껴졌다.

이에나리의 많은 아들딸들이 여러 다이묘 가에 양자로 보내지거나 시집을 갔다. 쇼군가의 젊은이나 처녀를 내보내면, 보내는 막부도 받아들이는 다이묘가도 막대한 비용이 들었다. 번거롭기 짝이 없는 짐 덩어리로 여겨져 입적을 거절당하는 일도 있었다.

기슈가의 현 당주도 고산케, 고산쿄8대 쇼군과 9대 쇼군의 아들을 분가시켜 세운 세 가문으로, 고산케가 세워진 지 오래되어 종가와 혈연이 멀어졌다는 이유로 세워졌다 가문을 전전하다가 마침내 기슈 도쿠가와가의 번주로 낙착되었다. 그러나 불과 2년 반 만에 병을 얻어 죽어 가고 있는 것이다.

나이는 절반도 안 될 정도로 젊은 사람이지만 틀림없는 지혜에의 동생이었다. 예전에 까딱했으면 자신도 그런 길을 걸었을지도 모른다. 지혜에 가슴에도 문득 연민의 정이 솟아났다.

"당주님이 찾으시는 과자는 이미 명맥이 끊기고 말았네. 에도 성 식재 담당이던 요리사가 개발한 과자라는데, 제조법도 그자만이 알았다고 하더군. 수량도 많지 않아서 도쿠가와 종가 분들만 맛볼 수 있었지."

와병중인 번주를 위해 기슈가에서 그 과자의 제조법을 에도 성에 문의했으나 요리사는 20년 전에 세상을 떠났고 그 뒤로 아무도 만드는 자가 없었다고 한다. 어쩔 수 없이 병상에 있는 당주나 형제들에게 어떤 과자였는지를 물어서 만들어 보았지만 모양은 비슷해도 그 맛이 아니어서 당주가 만족해하지 않았다. 더는 방법이 없자 기슈가의 가로가 마쓰라가에 도움을 청했다고 한다.

"에도 성에 있던 가신들도 좀처럼 먹지 못한 과자다. 일개 과자 장인인 네가 알 리 없지만…… 그래도 온갖 과자를 견문했으니 단서가 될 만한 과자들을 알고 있지 않을까 싶은데."

"그게 어떤 과자라고 합니까?"

"뭐라더라, 다치바나즈키橘月라는 이름의 떡과자라고 한다."

기억에 있는 이름이었다. 오카모토가에 하사된 과자 중에 있었던 것 같았다. 다만 과자 모양은 떠오르지 않았다.

다치바나즈키는 음력 5월을 뜻한다. 여름용 과자일까, 하고 지혜에가 고개를 갸웃거리자, 야하기는 상세한 내용은 차라리 기슈가의 요리사에게 듣는 것이 좋을 거라고 했다.

"만약 일이 잘된다면 기슈가에서 포상을 내릴 것이다."

"저는 포상은 필요 없고 아까 말씀드린 대로 저 때문에 이번 사태에 휩쓸려 피해를 본 사람이 많습니다. 다는 힘들더라도 다소 참작해 주실 수는 없겠습니까?"

"나로서는 해결해 주겠다는 말은 하지 못한다. 다만 에도 성을 움직이자면 기슈가보다 강한 원군도 없겠지."

야하기는 부드러운 표정으로 대답했다.

이튿날 난보시야가 문을 열고 포렴을 내걸 무렵 지혜에는 야하기를 따라 기슈가의 상번저에 들어섰다.

"어제 집에 왔었다고? 자리를 비워서 미안했네."

요쓰야 쇼텐지는 기슈가에서 고지마치로 돌아가는 길에 있다. 기슈가를 출발한 지혜에는 집으로 가는 길에 동생을 찾아갔다.

"듣자니 오키미가 히라도 번저에 찾아가 소동을 피웠다던데?"

곳카이가 커다란 눈을 뜨르륵 굴리며 형을 똑바로 쳐다보았다.

곳카이는 어제 오래간만에 난보시야에 찾아갔었다. 지혜에와 오에이가 주겐 차림의 남자와 급히 나갔다는 이야기를 같은 나가야 주민에게 듣고 속을 끓이며 부녀가 돌아오기를 기다렸다고 한다. 오키미가 농담처럼 전한 바에 따르면, 먼저 돌아온 오에이가 자세한 이야기를 들려주자 그 커다란 눈망울이 툭 빠질 것처럼 소스라치게 놀랐다고 한다.

"괜찮수?"

"그래, 가로님 덕분에 무사했지. 너야말로 괜찮나?"

"내 일이라면 걱정할 거 없수. 사실 너무 바빠서 눈이 뒤집힐 지경이우. 이젠 절에서 빨리 나가 버리고 싶수."

요쓰야 쇼텐지의 주지에서 물러나기로 했지만 여기저기 인사도 다니고 새 주지에게 업무도 인계하며 아직 절에 머물고 있었다.

"여기를 떠나면 정착할 곳이 정해질 때까지 우리 집에 머무는 건 어떠냐?"

"그건 걱정 마슈. 나처럼 덕이 높은 스님은 오라는 데가 한두 군데가 아니니까. 어디로 갈지 아직 고르지 못하고 있을 뿐이우."

지혜에의 조심스러운 제안을 웃음으로 사양했다. 형을 배려하려는 생각도 있겠지만, 요시코가 말한 대로 적어도 겉으로는 요만큼도 개의치 않는 것 같았다.

"그렇다면 다행이지만…… 오늘은 잠깐 네 도움을 받았으면 해서 왔다."

절대로 아무한테도 말하면 안 된다고 야하기가 입단속을 했지만 입이 무거운 동생이라면 걱정할 필요가 없었다. 지혜에는 기슈가의 내부 사정과 번저를 찾아갔던 이야기를 해 주었다.

"기슈가의 주방에서 온갖 방법을 시도했지만 당주님을 만족시키지 못했다고 하더군. 요리사가 골머리를 앓고 있네. 어떻게든 도와주고 싶지만 나도 통 짐작 가는 게 없으니."

요리사에게 그 과자에 대해서 많은 이야기를 들었지만 지혜에도 단서가 될 만한 것을 잡지 못하고 있었다. 집에 돌아가 오에이와 함께 과자첩도 뒤져 볼 생각이었다.

"어쩌면 너에게도 짚이는 과자가 있지 않을까 해서 들렀다. 다치바나즈키라는 이름을 어디서 들은 것도 같은데, 기억이 아무래도 애매모호해서 말이지."

"다치바나즈키라면 알지."

곳카이가 별일도 아니라는 투로 대답했다. 지혜에는 저도 모르게 눈을 두 번 깜빡거렸다.

"뭐라고! 고로, 정말 기억이 나는거냐?"

"그러니까 미캉모찌를 말하는 거 아니우?"

"아, 아하, 그래……. 네가 잘 기억하고 있구나."

지혜에는 연신 고개를 끄덕끄덕했다.

미캉모찌는 귤 모양으로 만든 달콤한 떡과자이다. 치자를 넣어 주황색으로 착색한 쌀가루로 귤껍질을 표현하고 꼬투리째 먹는 연초록 콩으로 소를 만들어 귤 꼭지처럼 살짝 얹어 놓는다. 보는 눈까지 즐겁게 만드는 과자였다.

하지만 오카모토가에 하사된 과자 중에는 미캉모찌가 여러 종류 있었다. 색과 맛이 다 달라서 어떤 것이 영주님이 찾는 것인지는 지혜에도 알 수 없었다.

"다치바나즈키는 미캉모찌치고는 별종이었지. 그래서 잘 기억하고 있수."

"고로의 식탐은 알고 있었지만, 이야, 정말 놀랐다. 대단해."

진심으로 감탄해 보이자 곳카이는 쓴웃음을 지으며 말했다.

"그 과자는 맛은 좋았지만 개수가 적어서 내 몫으로 한 개밖에 돌아오지 않더군. 한 개로는 부족해서 어머니와 누이를 위해 시즈가 따로 챙겨 둔 것을 몰래 훔쳐 먹었지. 나중에 아버지한테 크게 혼나고 한나절쯤 마당이 있는 나무에 묶여 있었수."

"아하, 듣고 보니 기억난다. 그랬지, 그런 일이 있었어."

그 기억이 떠오른 순간 웃음이 흘러나왔다. 배고프다고 조르는 고로에게 어미 새처럼 먹을 것을 가져다주던 기억이 희미하게 살아났다.

"그때 아버지가 나를 묶어 놓은 나무가 마당에 자라던 밀감나무였수. 그렇게 밀감이 좋으면 평생 붙어 살아라 하시며 묶어 놓았지. 과자 이름도 그래서 기억하고 있는 거요. 마침 밀감꽃이 피기 시작하던 무렵이라 말 그대로 다치바나즈키였을 거유."

"그랬던가. 아마 이름처럼 5월에 만든 과자겠군……. 미캉모찌 치고는 너무 늦지만."

미캉모찌는 밀감이 시중에 나오는 섣달 중순부터 봄까지 볼 수 있는 과자이다. 기슈가의 영주님도 병상에 가져다준 조생종 밀감을 보고 다치바나즈키를 떠올렸던 거라고 식재 담당에게 들었다.

"다치바나즈키는 미캉모찌치고는 엄청 크고 색이 연했지. 밀감 색이라기보다 유채꽃 빛깔이었수. 특이하게도 속에 넣은 팥소에서도 밀감 냄새가 났지."

평범한 미캉모찌는 모양만 비슷할 뿐 과일은 전혀 들어가지 않는다. 다치바나즈키는 미캉모찌와 달리 과육을 섞은 소를 넣는 것이 특별했다.

동생이 들려준 이런저런 이야기들이 먼지를 뒤집어쓰고 있던 지혜에의 기억을 비질해 주었다.

먼지 밑에서 노란색을 띤 떡과자가 낯을 내밀고 상큼한 향이 혀에 되살아났다.

"고로 말이 맞아. 소에 밀감 향기가 희미하게 배어 있었지."

다만 이만한 정보는 당주 등의 설명을 통해 기슈가의 요리사도 알고 있었다. 까다로운 것은 그다음이었다. 어떤 밀감을 사용해도 당주를 만족시킬 수 없었다.

"유자나 금귤, 스다치귤의 일종으로 신맛이 강하여 향신료나 과일청 재료로 쓴다 등 에도에서 구할 수 있는 밀감 종류는 전부 시험해 보았는데 다 실패했다는 거야."

"에도에서 구하지 못했다면 특정 지방에서만 맛볼 수 있는 밀감인가."

에도에는 전국에서 온갖 특산물이 모여든다지만 개중에는 시중에 나오지 않는 특산물도 있다. 그런 귀한 물건을 구할 수 있는 사람은 한 명밖에 없다.

"아마 쇼군께 헌상품으로 들어온 진귀한 밀감을 사용했겠지."

궁리를 거듭한 곳카이가 그런 결론에 다다랐다.

"기슈가에 부탁하면 구할 수도 있겠지만…… 정작 그 밀감의 정체를 모르니."

"아니, 다치바나즈키의 향기는 어디서 맡은 적이 있었어."

머릿속에 다치바나즈키와 그 향이 떠올랐다. 여러 지방을 전전하다가 그것과 꼭 닮은 밀감을 분명히 어디선가 보았고 맛도 보았을 것이다.

"아마 서쪽 끝…… 사쓰마였나 히고였나."

하지만 아무리 머리를 쥐어짜도 도통 답이 보이지 않았다.

"아버지, 혹시 그거 아닐까요?"

그 답을 확실하게 해 준 것은 딸 오에이였다.

저녁밥상을 앞에 놓고 연신 고개를 갸웃거리는 지혜에에게 오에이가 말했다.

"기억 안 나세요? 엄마 돌아가시고 한동안 구루메의 과자점에서 일했잖아요. 그때 사쓰마에서 온 행상이 유채꽃 빛깔의 유난히 커다란 밀감을 보여 주었는데."

"그래, 그거다!"

오키미가 깜짝 놀랄 만큼 큰 소리로 외치고 말았다.

"너무 비싸서 도저히 살 수 없었지만 설탕에 잰 청이라면 사쓰마에서 먹어 본 적이 있다고 아버지가 말씀하셨죠. 과자첩에도 분명히 기록해 두었고요."

"그래? 그래서 기억해내는 데 시간이 걸렸구나."

지혜에가 사쓰마에 간 것은 초가을이었다. 그때 어느 과자점에서 설탕에 잰 청을 먹어 보았지만, 생과일을 처음 본 것은 구루메에 있을 때였다. 눈으로 본 것과 혀로 맛본 것이 어긋난 탓에 기억을 끌어내는 데 시간이 걸렸던 것이다.

"아마 그 밀감이 틀림없을 거다. 수확량이 적은 데다 시장에서 팔리는 기간도 며칠 안 되지. 그래서 설탕청으로 만들어 보존했던 것이고."

오에이 덕분에 알아낼 수 있었다고 기뻐하며 이튿날 즉시 기슈가의 번저로 찾아갔다.

기슈가의 요리사 앞에서 지혜에는 전에 없이 힘주어 말했다.

"다치바나즈키에 사용된 밀감은 분탄이라고 생각됩니다."

"난보시야 지혜에, 정말 훌륭하게 해결해 주었다."

다음 달인 10월 중순, 지혜에는 히라도 번 상번저를 다시 찾아가 야하기 히로쓰구를 만났다.

"기슈 공께서 이게 바로 다치바나즈키라고 하시더니 눈물을 흘리며 맛있게 드셨다고 한다. 기슈가의 가로에게 그 말을 듣고 나도 가슴이 뜨거웠다."

"정말 다행입니다."

지혜에는 진심을 담아 그렇게 말했다. 젊은 나이에 미래를 잃은 번주에게 소소한 위안이 되었다면 더 바랄 것이 없었다. 지혜에도 그만 눈시울이 붉어졌다.

"그런데 분탄이라니…… 그게 어떤 과일인지도 모르는 자가 많아서 자네 아니었으면 찾아낼 수도 없었을 거다. 참으로 장하다고 기슈가의 가로가 몸소 번저에 오셔서 인사를 전했다."

"제가 한 일은 대단치 않습니다. 다치바나즈키를 만들 수 있었던 것은 요리사를 비롯해 기슈가 분들이 노력하신 덕분입니다."

결코 겸손이 아니라, 지혜에의 조언을 순순히 받아들여 그 짧은 기간에 분탄을 찾아내고 모양과 맛을 궁리하며 만들어 낸 것은 기슈가 사람들이었다.

분탄은 지름이 다섯 치를 너끈히 넘고 무게도 두세 근은 된다.

동그란 무로 유명한 교토의 쇼고인 무만큼 커다란 것도 드물지 않다. 다만 껍질이 매우 두꺼워서 알맹이는 외형보다 훨씬 작지만, 껍질과 알맹이 모두 설탕청으로 만든다.

과즙이 많지 않아 생과일을 씹으면 아삭아삭한 식감이 있다고 한다. 온화하고 상쾌한 향과 단맛이 나는데, 많이 재배되지 않는 데는 이유가 있었다.

분탄은 에도 초기에 해외에서 들어왔는데, 기후에 예민한 과일이라 사쓰마나 히고, 도사처럼 아주 따뜻한 지역이 아니면 재배할 수 없었다. 게다가 수확 후에도 계속 관리해야 하는 과일이다.

1월 말부터 2월까지 수확하는데, 갓 수확한 분탄은 신맛이 강해서 먹기에 적당치 않다. 숙성실에 넣고 짚을 덮어 세 달쯤 숙성시켜야 한다. 숙성되면 신맛이 두드러져 초여름에 어울리는 향기를 풍기지만, 숙성시킨 열매는 신선함을 오래 유지하지 못한다.

에도 서민들은 접할 수 없는 귀한 과일이지만, 선편이나 육로로 운반하는 과정에서 숙성된 것을 쇼군가에 헌상했다고 해도 이상할 게 없었다. 만들어진 시기로 볼 때 다치바나즈키는 숙성시키지 않은 분탄을 사용했을 공산이 컸다.

물론 지금 생과일을 구하는 것이 불가능하다. 하지만 설탕청이라면 어떻게든 방법이 있을지도 모른다.

지혜에에게 그 이야기를 들은 기슈가의 가신이 에도 성은 물론이고 사쓰마 번저와 히고 번저에 문의했으나 구하지 못하고 도사

번저에 찾아가서야 어렵게 분탄 설탕청을 얻을 수 있었다.

설탕청에 물과 소량의 술을 넣고 향이 날아가지 않도록 약불로 졸인 뒤 고운체로 거른다. 그리고 역시 향이 변하지 않도록 설탕을 조금 넣은 소와 섞고, 치자 양을 적당히 조절하여 유채꽃 빛깔로 착색한 떡으로 소를 감싼다.

지혜에는 기슈가 요리사의 노력에 한몫 거들었다. 야하기는 이미 상세하게 들었는지 눈웃음을 지었다.

"조만간 기슈가에서 직접 사례하고 포상을 내릴 것이야."

"전에도 말씀드렸지만 저는 큰 상에는 관심이 없습니다. 그것보다……."

"음, 자네 바람은 전해 두었다. 기슈 공과 가로가 힘을 써주셔서 가까스로 희망이 보이네. 오늘 그 사실을 일러 주려고 했네."

"정말입니까!"

"네 본가와 아우에게는 해가 밝는 대로 기별이 갈 거다."

오카모토가는 본래대로 5백 석 봉록을 되찾을 거라고 야하기는 말했다. 새로 당주가 된 요시에의 아들 유키타카는 아직 너무 어리니 가문의 격에 어울리는 직무에 맡으려면 시간이 필요하겠지만, 성실하게 일하면 언젠가 어울리는 직책을 받게 될 것이다.

나중에 안 사실이지만 오카모토가는 전에 살던 혼고의 배령저택에 다시 입주하는 것도 허락받았다. 동생이 올라갔던 모밀잣밤나무나 곤스케와 오오우즈라모찌를 만들던 부엌은 지금도 눈에

선했다. 지혜에로서는 무엇보다 기쁜 소식이었다.

"곳카이 스님도 요쓰야 쇼텐지에 맞먹는 대형 사찰에 주지로 임명될 것이다."

"감사합니다. 무슨 말로 감사를 드려야 할지……."

머리를 깊이 조아렸지만 야하기는 아쉬운 듯 고개를 숙였다.

"하지만, 미안하네. 손녀의 혼담만은 뒤집을 수가 없네……."

놀랍게도 야하기가 지혜에에게 사과했다.

마쓰라가를 압박한 것은 다름 아닌 막부였다. 이를 곧장 번복한다면 쇼군의 위신에 흠이 난다. 마쓰라가의 번주가 직접 나서서 쇼군 측의 의견을 애둘러 타진해 보았지만 어찌할 도리가 없었다면서 야하기는 유감스러워했다.

"이번에 네 덕분에 마쓰라가가 기슈가에 단단히 면목을 세웠다. 그러나 정작 우리 번은 너를 돕지 못하는구나."

오키미의 안쓰러운 표정이 머리에 스쳐서 가슴이 아팠지만 마쓰라가의 번주나 야하기가 열심히 힘써 준 것은 사실이었다.

"그거면 충분합니다, 가로님. 손녀에게도 무엇보다 기쁜 선물이 될 겁니다."

히라도 번저에서 집으로 돌아오니 이미 저녁이었다.

뒤쪽 현관으로 돌아가니 마당에서 가는 연기가 오르고 있었다.

"오키미……."

낙엽을 모아 태운 모닥불 앞에 오키미가 쪼그리고 앉아 있었다. 가슴에 뭔가 하얀 것을 안고 있었다. 가만히 보니 편지 더미라는 것을 알 수 있었다.

오키미는 연기를 올리는 낙엽 더미에 그 편지들을 작심한 듯 휙 던졌다. 주저하는 것처럼 짙은 연기가 꾸역꾸역 퍼졌고 부드러운 종이는 곧 밑에서부터 불길에 싸였다.

"……오키미, 그거 가와지 나리의 편지 아니냐?"

"할아버지……."

지헤에를 올려다보는 오키미 얼굴이 아이처럼 일그러졌다. 눈물이 샘솟아 뚝뚝 떨어지자 양손으로 떠받치듯이 얼굴을 감싼다. 지헤에는 손녀 옆에 가만히 앉았다.

"사실 저는…… 마음 한구석에서는 희망을 품고 있었어요. 히라도에 소식이 알려지면 가와지 님이 어떻게든 해 주시지 않을까 하고…… 파혼을 뒤집어 주시지 않을까 하고."

"오키미……."

"하지만 소용없었어요……. 가와지 님도 영문을 모르겠다, 납득이 안 된다……. 그래도 막부의 지시는 쇼군의 명이나 다름이 없으니 당주로서 따르지 않을 수 없다고……."

지난 세 달 동안 오키미는 허망한 희망에 매달려서 씩씩한 모습을 연기할 수 있었을 것이다. 마지막 희망이 사라지자 가와지에 대한 미련을 스스로 끊을 수밖에 없었다.

문득 돌아보니 툇마루 너머로 방 안에 있는 오에이 모습이 보였다. 바깥이어서 그림자처럼 보일 뿐이지만 소매로 입을 가리고 있는 것이 역시 울고 있는 것 같았다.

“그러고 보니 저번에 이야기하다 말았지……. 너는 아무 잘못도 없다. 모든 말썽의 씨앗은 나에게 있다.”

오키미는 눈물이 그렁그렁한 눈으로 지헤에를 올려다보았다.

“할아버지가 쇼군님의 숨겨 둔 아드님이라는 얘기요?”

지헤에는 눈꼬리가 찢어지겠다 싶을 정도로 눈을 크게 떴다.

“오키미, 너, 그건 누구한테…….”

“고로 할아버지가 말씀해 주셨어요.”

차분한 목소리로 대답한 것은 오키미가 아니라 오에이였다.

“아무것도 모르게 놔두자니 오키미가 너무 불쌍하다고 하시며…… 아버지가 그런 의심을 받았고, 소문이 돌고 돌아서 혼담에 문제가 생긴 거라고 말씀해 주셨어요.”

오키미가 히라도 번저로 달려갔던 날, 모녀가 집에 돌아와 보니 곳카이가 기다리고 있었다. 바로 그날이었다고 오에이는 말했다.

다만 동생은 정작 중요한 점은 모호하게 얼버무린 듯했다. 누명에 불과하다고 둘러댔는데, 다행히 두 사람에게 통한 듯했다.

“할아버지가 하필이면 쇼군님의 숨겨 둔 아드님이라니, 너무 우습잖아요. 쐐기벌레의 정체는 나비가 아니라 용이었다는 터무니없는 옛날이야기보다 엉뚱하잖아요.”

오키미는 전혀 믿지 않는 것 같았다. 울다 웃는 얼굴이 되었다.

"고약한 농담이라고 웃어넘기면 그만인데 쇼군이 왜 문제 삼는지 저는 통 모르겠어요. 할아버지는 그냥 우리 할아버지일 뿐인데."

"오키미……."

얼굴은 여전히 홍조를 띠고 있지만 한탄이 아닌 다른 뭔가가 오키미의 작은 몸을 채우고 있었다.

"언제나 인자하고 친절하고 매일 맛난 과자를 만들어 사람들을 기쁘게 하는 난보시야 주인이잖아요. 확실한 건 그것뿐인데!"

오키미 눈에서 따뜻한 정이 흘러넘쳤다. 툇마루에 있던 오에이도 소매로 얼굴을 가렸고, 지헤에는 참지 못하고 터지려는 오열을 애써 억눌렀다.

얼마나 그러고 있었을까.

하얀 점들이 허공을 하늘하늘 춤추며 발치로 떨어졌다. 불에 탄 편지 더미에서 타다 남은 하얀 조각이 지헤에의 눈길을 끌었다. 거기에는 '과자'라는 글자가 적혀 있었다.

"……오키미, 너, 가와지 님께 편지 쓸 때 과자 얘기도 적었니?"

갈라진 목소리로 물었다. 고개를 쳐든 오키미가 코를 킁킁거리며 고개를 주억거렸다.

"네, 그래요……. 가와지 님은 그곳에서 직책이 바뀌어 섭섭하게도 과자에서 멀어지고 말았대요……. 하지만 저야 어디로 시집가든 난보시야의 딸인걸요."

가와지와 오키미는 편지를 교환할 때 늘 이런저런 과자 이야기를 했던 듯하다.

"나가사키 과자 같은 것도 자세히 가르쳐 주셨어요. 할머님 고향이 나가사키여서 그곳에 가끔 가신대요. 보기 힘든 남만 과자를 보았다거나 조금 풍미가 부족한데 할아버지라면 더 맛나게 만들 것 같다든가…… 그리고."

울어서 부어오른 오키미의 눈이 지헤에에게 똑바로 향했다.

"진짜 할아버지의 과자를 먹어 보고 싶다는 글도 있었어요."

"……진짜, 나의 과자?"

"다른 지방에서 배운 과자가 아니라 할아버지가 처음부터 창작한 과자 말예요."

정수리에서 작은 번개가 튀었다.

사실 과자를 처음부터 고안해서 개발한 적은 없었다.

과자 장인으로서 자부심은 있었지만 어딘가 엉거주춤한 태도를 버리지 못하고 있었다. 쇼군의 숨겨 둔 아들이라는 굴레에서 도망치려고 과자 장인이 된 임시방편적 자세가 골수에 스며들어 장인의 본분을 가리고 있었는지도 모른다.

편지들은 낙엽과 함께 거의 다 타 버리고 이제는 연기만이 저무는 하늘로 피어오르고 있었다. 지헤에는 평생 들러붙어 있던 어두운 그림자마저 다 벗겨져 연기와 함께 공중으로 사라지는 듯한 기분을 느끼며 스러져 가는 연기를 바라보았다.

"얘, 오키미. 할아버지랑 새로운 과자를 만들어 보련?"

"……할아버지랑, 같이요?"

다시 가와지를 떠올리는지 눈물을 쏟고 있던 오키미가 돌아다보았다.

"나 혼자서는 미덥지 않지만 오키미와 함께라면 만들 수 있을지 모르지. 물론 엄마도 함께해야지."

오키미가 퉁퉁 부운 눈을 활기차게 깜빡였다. 눈물은 멎었는지 지혜에가 휴지를 내밀자 눈가를 닦고 킁, 하고 코를 풀었다.

"저도, 만들어 보고 싶어요……. 할아버지의 새로운 과자."

그래? 하고 지혜에가 고개를 끄덕이자 오키미가 웃음을 지었다.

들러붙어 있던 견고한 껍질을 벗어 버린 듯 이전과는 다른 구김살 없는 웃음이었다.

"역시 새로운 소를 넣어야 좋을 것 같아요. 팥소 대신 아마미소싱거운 미소된장로 해 보면 어떨까요?"

"교토에 그와 비슷한 치고모찌라는 게 있단다."

그래요? 하며 오키미가 입술을 삐죽 내민다. 그 뒤로 세 사람은 모이기만 하면 새로운 과자를 궁리하게 되었다. 사실 대화를 활발하게 주고받는 것은 모녀뿐이었고, 오키미의 착상에 과자첩을 외우고 있는 오에이가 조언을 내놓는 식이었다.

“팥 대신 감이나 밤을 소로 쓰면 어떨까요?”

“밤소가 드문 것도 아니고 감은 가을이 지나면 구할 수 없잖니.”

“그러네요, 곶감도 신선도를 오래 유지하지 못하죠.”

두 사람의 대화를 듣고 지헤에가 흐음, 하고 생각에 잠긴다.

“보관이 힘들다면 철마다 재료를 바꾸어도 재미있겠군.”

“그러게요, 할아버지. 난보시야 간판대로 별을 넣은 만주는 어떨까요?”

“별이라니, 무얼 넣으려고, 오키미?”

“그거야 당연히 곤페이토죠.”

그 모양을 상상한 모녀가 동시에 웃음을 터뜨렸다.

“부드러운 만주를 덥석 깨물었다가 딱딱한 곤페이토가 씹히면 깜짝 놀라겠지.”

젊은 오키미의 발상은 풍부하고 참신했다. 지헤에의 늙은 머리까지 마구 흔들어서 새로운 착상이 톡톡 튀어나오게 해 주었다.

“별이 아니라 달은 어떨까.”

“달이요? 정취가 있어서 좋네요.”

오에이는 빙긋 웃고 말았지만 오키미가 할아버지에게 물었다.

“하지만 달을 어떻게 표현하죠, 할아버지? 설마 달맞이경단을 말씀하는 건 아니겠죠?”

“뭐 조만간 만들어 보지. 이제부터는 내가 할 일이구나.”

머릿속에 과자의 모습이 대강 그려졌다. 하지만 막상 만들어 보니 놀랄 만큼 수고가 많이 들었고, 맛도 색깔도 애초의 구상과 전혀 비슷하지 않았다. 과자 하나를 개발한다는 것은 실패를 산더미처럼 쌓아 올리는 일이었다.

두 달이 금세 지나 문득 돌아보니 선달이 다가오고 있었다.

그래도 지헤에는 조금도 힘들지 않았다. 혼자였다면 일찌감치 벽에 부딪혔을 것이다. 하지만 곁에는 늘 자신을 위로하고 격려하는, 샛길로 빠지면 제 길로 이끌어 주는 딸과 손녀가 있다.

"과자 만드는 건 정말 즐거운 일이구나."

지헤에는 진심에서 그렇게 말했다.

"할아버지도 새삼스럽기는. 그야 당연한 거잖아요."

"그래? 당연한 거니?"

먹는 사람의 마음까지 이렇게 충만하게 만들고 싶다는 마음으로 지헤에는 과자 창작에 박차를 가했다.

새해 영업 개시일을 정월 초사흘로 정하고 이튿날부터 지헤에는 신작 과자를 마무리하기 시작했다.

선달그믐을 나흘 앞둔 날, 지헤에가 깜짝 놀랄 일이 일어났다.

"할아버지, 큰일 났어요. 1초메의 고지야가 문을 닫았대요!"

뭐야? 하며 지헤에가 고개를 들었다. 손가락에 힘이 들어가는 바람에 시작품이 보기 흉하게 뒤틀렸다.

오키미는 가게를 닫은 뒤 오이마네 집에 놀러갔는데, 소식이 빠른 그 집 부인에게 소식을 들었다고 했다.

"오이마네 어머니가 1초메까지 살펴보러 갔다 왔는데, 연말 대목인데도 문이 닫혀 있고 영업을 중단한다는 안내서가 붙어 있더래요. 가게 안에 누가 있는 기미도 없고요."

지혜에가 심문을 당한 소동은 벌써 몇 달 전이었다. 고지야 다메에몬은 그 소동을 일으켜 놓고도 약삭빠르게 처신한 것이 분명했다. 징벌받은 기미는 없었던 것이다.

하지만 기량이 뛰어난 장인들을 놓친 데다, "저 가게는 직인을 무시한다. 고지야에서는 일할 맛이 안 난다"는 좋지 않은 소문이 퍼졌다. 변변한 일손을 구하지 못하자 과자 맛은 더욱 떨어졌고, 그 탓에 손님들도 가을 낙엽처럼 우수수 떨어져 나갔다.

"고지야 주인은 어떻게 지낸다더냐?"

"그건 모르지만, 부인과 딸은 이미 인연을 끊고 나갔대요."

바람의 냉기가 한층 사무치는 추운 오후였지만 겨울 하늘은 티 없이 맑았다. 가 보지 않을 수 없어서 지혜에는 하던 일을 걷어치웠다. 몸을 웅크리고 6초메에서 1초메까지 고지마치를 거슬러 올라갔다.

"이에야스 공 시절부터 이어져 온 미카와의 위세도 알고 보면 허망한 것이었구나."

오키미가 말한 대로 폭이 널찍한 가게 전면에는 널문들이 빈틈없이 닫혀 있고, 구경꾼 몇 명이 가게 앞에서 소문을 나누느라 여념이 없었다.

지혜에는 오랫동안 그 자리에 우두커니 서 있었다.

소중한 오키미의 행복을 무참하게 짓밟은 사람이었다. 조금은 속이 후련해져도 좋으련만, 기분은 전혀 개운하지 않았다. 지혜에 가슴에 쓸쓸함만 사무쳤다.

4반 각 정도나 지났을까, 구경꾼이 다 떠나자 기다렸다는 듯이 쪽문에 틈새가 벌어졌다. 바깥 동정을 확인함 직한 시간이 지나자 남자 하나가 밖으로 나왔다. 지혜에를 발견하고 소스라치게 놀라는 남자는 바로 다메에몬이었다.

“흥, 비참하게 망한 꼴을 비웃으려고 왔나.”

내가 누구에게 동정이나 받을 사람처럼 보이나, 하며 가슴을 뒤로 젖혔다.

“그럴 리가요……. 이제 어디로 가실 겁니까?”

다메에몬은 먼 길에 나설 채비를 하고 있었다. 그는 잠시 미카와의 친척에게 가 있겠다고 무뚝뚝한 표정으로 대답했다.

“하나만 말해 두지. 나는 당신에게 사과할 생각 같은 건 없어.”

이제 와서 사과한다면 오히려 정말 화가 날지도 모르겠지만, 다메에몬은 역시 다메에몬이었다.

“당신은 뭐 하나 손해 본 게 없으니까.”

변함없는 모습에 지혜에는 마음속 한구석에서 안도했다.

"새해 복 많이 받으세요, 여러분. 올해도 잘 부탁드립니다."

정중하게 고개를 숙이는 지혜에 옆에는 정장을 차려입은 오에이와 오키미가 나란히 서 있었다.

정월 초사흘, 매년 영업 개시일이 되면 지혜에도 이렇게 손님들에게 신년 인사를 해 왔다.

"축하해요, 지혜에 씨."

"올해도 난보시야 과자를 기대할게요."

저마다 덕담을 던진 손님들이 흥미진진한 눈초리로 세 사람의 뒤쪽을 들여다보았다.

"올해 정월 과자는 뭔가?"

"예, 난텐즈키南天月입니다."

가게 안 다다미방에는 어긋나게 쌓아 올린 쟁반들이 높이 솟아 있었다. 지혜에가 그중 하나를 들고 와서 손님들에게 보여 주었다. 손님들 사이에서 일제히 환성이 올랐다.

"참 예쁘기도 해라. 이름대로 달님처럼 동글동글하네."

"겉을 카스테라처럼 만든 만주입니다" 하고 지혜에가 설명했다.

카스테라라면 아무래도 가격을 낮추기가 힘들다. 치자로 색을 낸 노란 만주로 달을 표현했다.

"속에 달이 하나 또 들어 있어요."

하나를 절반으로 잘라 속을 보여주었다. 손님들 사이에서 다시 환성이 올랐다.

“정말이네! 안에 반달이 들어 있어!”

검은 팥소 위에 하얀 팥소를 얹어 소를 두 개 층으로 만들었다. 주발에 뚜껑을 덮은 모양의 하얀 팥소가 반달을 닮았다. 난보시야 옥호를 별이 아니라 남쪽 하늘에 뜬 달로 표현한 것이다.

“그래, 이 난텐즈키는 어느 지방의 과자인가?” 하고 단골 직인이 물었다.

“이건 어느 지방 과자도 아니고 난보시야 지헤에가 처음부터 고안한 과자입니다.”

오키미가 자랑스레 소리 높여 말했다. 웅성거림이 더욱 커지자 지헤에는 몹시 쑥스러워졌다. 지헤에가 입을 열지 못하고 있자 오에이가 거들었다.

“자, 맛을 보시겠어요?”

정월과 난텐즈키 개시를 두루 축하하는 의미에서 무료로 나눠주기로 했다. 오에이의 말이 떨어지기 무섭게 커다란 쟁반 위로 마구 손들이 뻗어와 서른 개쯤 되는 과자가 어, 하는 사이에 자취를 감추었다.

“이거 정말 맛있네! 껍질이 폭신폭신한데다 유자향까지 그윽해!”

“이 하얀 팥소에 유자가 들어간 것 같군. 정말 정월다운 맛 아닌가 일본은 새해에 유자를 장식하고 설날 음식에 유자를 많이 넣어 먹는 풍속이 있다.”

어느 손님이나 만족스레 미소를 짓는 것이 결코 공치사가 아닌 듯했다. 마음속에서 고마움이 차올라 하마터면 눈물을 지을 뻔했다.

"난텐즈키는 이게 전부가 아닙니다" 하고 오키미가 설명했다.

매달 7일과 8일에 판매할 계획인데, 계절 따라 재료를 달리할 것이다.

늦봄엔 벚꽃, 여름에는 은행, 가을에는 감을 흰 팥소에 섞으면 달의 빛깔은 다양하게 변할 것이다. 그거 기대되네! 하며 한층 커다란 환성이 일어났다.

"어디에 내놔도 부끄럽지 않은 난보시야의 명물이 태어났구먼."

맨 앞에 있던 우에시게 노인이 웃는 낯으로 평을 내려 주었다.

조금 많이 준비한다고 했지만 손님들이 평소보다 더 많이 사 가는 바람에 난텐즈키는 불과 4반 각 만에 매진되었다.

"할아버지, 익숙지 않은 손님 응대 하느라 피곤하시죠?"

"이제 저희가 할 테니까 아버지는 안에 들어가 쉬세요."

손녀와 딸 말대로 지헤에는 먼저 가게를 물러났다. 화로에 숯을 넣고 차를 준비하는데 뒤쪽 현관에서 귀에 익은 소리가 들렸다.

"형, 있수? 난텐즈키가 꽤 평판이 좋은 것 같더만."

장지 뒤에서 울퉁불퉁한 스님의 두상이 쑥 나타났다.

"뭐야, 또 온 거야?"

"뭐야라니, 무슨 인사가 그러우, 형."

"신년 인사라면 그제 원단에 했잖아."

"오늘은 난텐즈키를 처음 파는 날이잖수. 나도 맛 좀 보려고 왔지."

"이미 실컷 먹어 놓고 뭘……. 그런데 너는 왜 그러냐. 고마운 분들이 모처럼 베푼 친절을 함부로 마다하다니."

요쓰야 쇼텐지를 물러난 곳카이는 우시고메에 있는 작은 사찰의 주지가 되었다.

기슈가와 마쓰라가가 힘을 써준 덕분에 나름대로 유서 깊은 사찰을 배정받았다는데 곳카이가 그 제안을 거절하고 냉큼 스스로 갈 곳을 정해 버렸던 것이다.

동승과 절에서 일하는 사내를 합쳐도 겨우 네 명밖에 안 되는 소박한 사찰이었다. 무슨 때마다 행사로 북적거리던 쇼텐지와 달리 시간이 남아돌아 무료할 지경이었다. 해서 전보다 자주 난보시야에 들르고 있다.

"이야, 그나저나 중노릇이 이렇게 편한 밥벌인 줄 몰랐네. 신도도 별로 없고 며칠 동안 열리는 요란한 법회도 없더군. 진짜 극락이라니까."

어렵게 쌓아 올린 지위를 박탈당했다고 요시코에게 들었을 때는 안타깝기만 했지만, 지금의 생활을 진심으로 만끽하는 동생을 보니 그런 기분도 사라지고 말았다.

곳카이는 난텐즈키 시제품을 이미 질리도록 먹었다. 아직도 더 먹을 거냐고 지헤에가 쓴웃음을 흘리며 물었다.

"너한테는 숫제 집세를 받아야겠다고 오키미가 그러더구먼."

"오키미는 여전히 말본새가 고약하군."

곳카이는 골이 난 얼굴이 되었지만 오키미 이름이 나오자 얼른 몸을 기울였다.

"오키미 말이 나와서 말인데, 형. 오에이한테 들었는데, 그자의 심부름꾼이 종종 드나들고 있다던데?"

그자란 오에이의 전남편 슈조를 말한다. 오키미가 돌아오자 오에이와 재결합하는 문제는 자연히 꼬리를 감추어 지금도 따로 살고 있다. 심부름꾼이란 슈조의 부탁으로 가게에 손님처럼 찾아오는 젊은 미장이를 말한다.

"그냥 가끔 과자 사러 오는 게 전부인걸……. 뭐, 예전보다 더 자주 오는 것 같지만."

"형도 참 태평하슈. 오키미에게 수작을 부리려는 것 같던데."

그쪽으로는 감이 둔한데다 최근 오키미에게 어떤 결심을 전해 들은 참이었다.

"오키미는 과자 장인이 돼서 난보시야를 물려받을 생각인걸."

"여자 장인이라니, 될 법이나 한 소리우."

"오키미는 그렇게 생각하지 않는 것 같더군."

과자 장인을 데릴사위로 들인다면 몰라도 할아버지의 맛을 계승할 수 있는 사람은 자기뿐이라고 오키미는 단언했다. 함께 난텐즈키 개발에 매달리면서 오키미 안에 작은 꿈이 싹튼 것이다.

"과자 일은 정말 재미있네요, 할아버지."

지혜에를 올려다보는 오키미의 눈은 별이 가득 박힌 남녘 하늘보다 반짝거리고 있었다.

지헤에의 입에서 후후, 하는 웃음이 흘러나왔다.

—당신은 뭐 하나 잃은 게 없잖아.

다메에몬의 목소리가 머릿속을 스치자 지헤에는, 맞는 말이야, 하고 고개를 크게 끄덕였다.

가게에선 늘 딸과 손녀의 웃음소리가 들려온다.

언제나 자신을 지탱해 준 동생도 변함없이 곁에 있다.

아까는 농담으로 타박했지만 동생 몫은 따로 남겨 두었다. 지헤에는 접시에 난텐즈키 세 개를 얹어 동생에게 내밀었다.

"으음, 역시 형네 과자는 어느 가게 과자보다 맛있단 말이야."

예전에 함께 과자를 먹던 그 얼굴로 동생이 씩 웃었다.

편집 후기

“사람을 행복하게 만들어 주는 단것과 따뜻한
인정이 잘 어울릴 거라 생각했습니다.”

작가 사이조 나카는 요시카와 에이지 신인문학상을 수상하며 이렇게 말했습니다. 정작 작가는 단것이 질색이라 전혀 먹지 않는다고 합니다만, 그런 작가에게도 달콤한 과자 한입이 주는 위안 만큼은 확실하게 느껴졌던 것일까요.

『오늘은 뭘 만들까 과자점』은 따스한 인정과 가족 이야기이자 ‘과자 이야기’입니다. 온화하고 마음씨 좋은 지헤에, 착실하고 섬세한 딸 오에이, 밝고 명랑한 손녀 오키미, 그리고 붙같지만 올곧은 성격의 동생 고로까지. 저마다 말 못할 사정이나 마음을 품고 있지만, 서로를 애틋하게 여기며 울고 웃는 따뜻한 가족의 모습을 보여 줍니다. 그리고 그들을 하나로 묶어 주는 것은 바로, ‘과자’와 ‘과자를 향한 한결 같은 애정’입니다.

“역시 나는 과자로밖에 말하지 못하는 모양이군”이라는 지헤에의 말처럼, 난보시야가 건네는 과자 하나하나에는 이야기가 담겨 있습니다. '이가모찌'는 동그랗고 부드러운 마음 속에 숨은 가시를, '마쓰카제'는 겉으로는 드러낼 수 없는 뒷면의 쓸쓸함을 말해 줍니다. 말로는 차마 전하지 못했던 서로의 마음이 과자로 이어지는 것이지요.

하루하루 먹고사는 것이 지금보다 훨씬 힘겨웠던 에도 시대. 분명 과자는 사치품이자 힘들고 단조로운 나날을 견디게 해 주는 소중한 활력소였을 겁니다. 그런 만큼 과자 이름 하나하나도 이처럼 각별한 마음을 담아 짓지 않았을까요?

사이조 나카는 시대소설과 판타지소설을 절묘하게 결합하기로도 유명합니다. '근미래의 에도'를 배경으로 한 데뷔작 『능악사 고메스』부터 '사람의 죄를 비추는 눈'을 가진 소녀 이야기 『정월동자』, 한 소녀를 위해 천년의 세월을 견디는 꼬마 귀신 이야기 『천년귀』 등 다양한 에도 판타지를 써냈습니다. 그중에서도 무려 "고양이가 인간을 조종해 사건을 해결하는", 에도 고양이 미스터리를 다음 달에 출간할 예정으로 열심히 작업중이니 부디 기대해 주시길 바랍니다.

한재현(책임편집자) 드림

오늘은 뭘 만들까 과자점

초판 1쇄 발행 2019년 1월 25일

지은이 사이조 나카
옮긴이 이규원

발행편집인 김홍민 · 최내현
책임편집 한재현
편집 조미희
표지디자인 형태와내용사이
용지 한승
출력(CTP) 블루엔
인쇄 현문
제본 현문

펴낸곳 도서출판 북스피어
출판등록 2005년 6월 18일 제105-90-91700호
주소 (121-826) 서울특별시 마포구 망원동 513 상암마젤란21 101-902
전화 02) 518-0427
팩스 02) 701-0428
홈페이지 www.booksfear.com
전자우편 editor@booksfear.com

ISBN 978-89-98791-84-1 (04830)
978-89-98791-25-4 (세트)

이 도서의 국립중앙도서관 출판예정도서목록(CIP)은 서지정보유통지원시스템 홈페이지(http://seoji.nl.go.kr)와 국가자료공동목록시스템(http://www.nl.go.kr/kolisnet)에서 이용하실 수 있습니다.(CIP제어번호: CIP2019000650)

책값은 뒤표지에 있습니다.
파본은 구입하신 곳에서 교환해 드립니다